にほんご

穩紮穩打日本語
教師手冊與解答 中級篇

目白JFL教育研究会

關於本教材

　　◆不同於初級篇以及進階篇的各四冊，本教材的中級篇僅有「中級 1」與「中級 2」兩冊。「中級 1」以較口語的對話為主，情節設定也多為朋友間對話或者大學生之間的對話，因此使用的例句較偏向年輕人之間，常體的口語會話。「中級 2」則是以較正式的、偏向商用日語為主，敬語也是從「中級 2」的第一課（第 55 課）才正式導入，前三課則是系統式地學習日語中的敬語。

　　◆關於中級篇的語彙：由於本教材是專為華語圈學習者所設計的教材，因此中級 1 以及中級 2 所使用到的語彙，整體程度會略高於 N3，甚至達到 N2 水準的程度。日語中的高階字彙，有許多都是漢語系的詞彙，因此即便在中級程度就引進中高級 N2 水準的高階字彙，對於以中文為母語的學習者而言，並不會造成太大的負擔。但要注意的是，學習每個單字時，需注意其正確的語調以及語意。

　　◆關於中級篇的授課時間：除了使用難度較高的語彙以外，各個文法例句以及對話文的難度也明顯提升。因此教師使用本教材授課時，建議每課教學時長為初級篇、進階篇的兩倍。舉例來說，本教材初級篇、進階篇時，建議每課的授課時間為 4.5 小時至 6 小時（依學習者吸收能力而定），因此使用本教材中級篇時，則是建議每課的授課時間至少要 9 至 12 小時。每個句型學習時間可設定為 1 至 1.5 小時、本文以及衍生閱讀則是可以使用 1.5 至 2 小時的時間。衍生閱讀部分可設定更長的授課時間。這是因為進入中級後，學習者必須大量閱讀文章，習慣文章的表達方式。

　　◆至於閱讀的導入方式，可以先讓學生藉助已有的知識進行略讀（Skimming），之後老師再針對文章內容提出簡單的問題，要求學生找出答案（Scanning），完成 Top Down 閱讀方式的練習。結束後，老師再帶著學生逐句精讀，以 Bottom Up 的方式細讀。中級篇各課文章的撰寫方式，多以較簡單的內容理解為主，目的就是要讓習者習慣閱讀日文的文章。至於 N3 檢定範圍不會出題的主張理解、統合理解以及情報檢索類型的文章，本教材也不會出現。

　　本教材在中級篇設立「延伸閱讀」專欄的目的，在於讓學習者習慣閱讀文章，使用到單字表中沒有的詞彙是刻意為之。閱讀文章時，本來就會有不懂的單字，這時可請學習者利用閱讀的技巧（如前後文的判斷、漢字的構造）來推敲其含義。這些單字表裡面沒有出現的字彙，也不需要強迫學生背誦。

◆「語句練習」選自文法部分及本文常見口語表現，透過代換練習學習「小知識、小文法」。老師可在時間許可下舉出更多例句，讓學習者進行造句練習，並由老師確認文法正確性。這部分所提出的文法或句型，不需要再額外耗費太多的時間來解釋。當然，除了書本中每個語句有兩個代換練習以外，若時間許可，老師亦可「照樣照句」，多舉出一些例句給學習者參考，亦可請學習者發揮造句，再由老師確認文法上是否正確。

◆中級篇刪除了初級篇及進階篇每課最後的隨堂練習及每冊最後的綜合練習。這是考量到中級篇學習內容的豐富性及學習者的負擔所做出的決策。雖然中級篇僅有兩冊，但其內容份量相當於初級篇及進階篇的四冊。完成中級篇的學習後，預期學習者的日語能力可達中級中期（約 N2 前半）程度。

◆《穩紮穩打日本語》原本是一套專為教室授課使用而設計的教材，因此同步出版了「教師手冊」以供輔助。隨著「初級篇」和「進階篇」的推出，許多讀者提供了寶貴的意見回饋。其中，不少已有一定程度的學習者表示，他們會一邊參考教師手冊，一邊進行自學與複習。有鑑於此，在編寫「中級篇」的教師手冊時，特別將這群自學者的需求納入考量。

「中級篇」的教師手冊不僅保留了對教師的實用指導，還針對學習者可能感興趣的問題，增添了詳盡的說明。這些內容包括一些看似簡單、教師或許覺得無須多提，但對學習者來說卻可能至關重要的細節。因此，「中級篇」的教師手冊內容極為豐富，篇幅也相對龐大，使整套教程不僅適合在課堂上使用，同時教師手冊也能作為一本詳實的文法解析書，供稍有基礎的學習者自修參考。

希望這套教材能讓課堂上的教師教學更得心應手，同時也為自學的學生提供充足的支持，幫助他們取得理想的學習成果。

想閱文化編輯部

穩紮穩打日本語 中級篇　　解說

第 49 課　學習重點與單字　　　　　　　　　　p10
　　　　　　1. 形容詞＋そうです（樣態）　　　　p13
　　　　　　2. 形容詞＋なさそうです　　　　　　p15
　　　　　　3. 動詞＋そうです（徴兆・預測）　　p17
　　　　　　4. 動詞＋そうに（も）ないです　　　p19
　　　　　　本文　　　　　　　　　　　　　　　p20
　　　　　　語句練習　　　　　　　　　　　　　p21
　　　　　　延伸閱讀　　　　　　　　　　　　　p27

第 50 課　學習重點與單字　　　　　　　　　　p29
　　　　　　1. 〜そうな＋名詞　　　　　　　　　p31
　　　　　　2. 〜そうに＋動詞　　　　　　　　　p33
　　　　　　3. 〜（だ）そうです（傳聞）　　　　p35
　　　　　　4. 〜んだって　　　　　　　　　　　p36
　　　　　　本文　　　　　　　　　　　　　　　p37
　　　　　　語句練習　　　　　　　　　　　　　p39
　　　　　　延伸閱讀　　　　　　　　　　　　　p44

第 51 課　學習重點與單字　　　　　　　　　　p46
　　　　　　1. 〜ようです（推量）　　　　　　　p49
　　　　　　2. 〜ようです（比況）　　　　　　　p51
　　　　　　3. 〜ような／ように（例示）　　　　p52
　　　　　　4. 〜みたいです　　　　　　　　　　p53
　　　　　　本文　　　　　　　　　　　　　　　p54
　　　　　　語句練習　　　　　　　　　　　　　p57
　　　　　　延伸閱讀　　　　　　　　　　　　　p63

第 52 課　學習重點與單字　　　　　　　　　　p66
　　　　　　1. 〜らしい（接尾辞）　　　　　　　p69
　　　　　　2. 〜らしい（助動詞）　　　　　　　p71
　　　　　　3. 〜より　〜のほうが　　　　　　　p73
　　　　　　4. 〜というより　　　　　　　　　　p74
　　　　　　本文　　　　　　　　　　　　　　　p75
　　　　　　語句練習　　　　　　　　　　　　　p78
　　　　　　延伸閱讀　　　　　　　　　　　　　p88

第 53 課	學習重點與單字	p91
	1. ～くらい（ぐらい）／ほど	p95
	2. ～ほど　～ない	p97
	3. ～ほど　～はない	p99
	4. ～くらいなら	p100
	本文	p101
	語句練習	p103
	延伸閱讀	p110

第 54 課	學習重點與單字	p113
	1. ～のは　～だ（強調構句）I	p117
	2. ～のは　～だ（強調構句）II	p120
	3. ～たら　～た（事實條件）	p122
	4. ～たら（反事實條件）	p124
	本文	p125
	語句練習	p128
	延伸閱讀	p133

第 55 課	學習重點與單字	p136
	1. ～（ら）れます（尊敬）	p145
	2. お／ご～になります	p147
	3. お／ご～くださいます	p149
	4. お／ご～ください	p151
	本文	p153
	語句練習	p157
	延伸閱讀	p164

第 56 課	學習重點與單字	p167
	1. お／ご～します（いたします）	p169
	2. お／ご～いただきます	p172
	3. ～ていただけませんか	p174
	4. ～（さ）せていただきます	p175
	本文	p178
	語句練習	p183
	延伸閱讀	p189

第 57 課	學習重點與單字	p191
	1. 特殊尊敬語動詞	p194
	2. 特殊謙讓語動詞	p196
	3. 謙讓語Ⅱ（丁重語）	p197
	4. お／ご～です	p200
	本文	p201
	語句練習	p202
	延伸閱讀	p207
第 58 課	學習重點與單字	p208
	1. ～ことになりました／なります	p210
	2. ～ことになっています	p213
	3. ～ことにしました／します	p215
	4. ～ことにしています	p218
	本文	p219
	語句練習	p222
	延伸閱讀	p228
第 59 課	學習重點與單字	p230
	1. ～ことです	p232
	2. ～こと（は）ありません	p233
	3. ～ところです	p235
	4. ～ところでした	p237
	本文	p238
	語句練習	p240
	延伸閱讀	p244
第 60 課	學習重點與單字	p246
	1. ～（よ）うとします	p248
	2. ～（よ）うとしません	p249
	3. ～はずです	p251
	4. ～はずが（は）ありません	p252
	本文	p253
	語句練習	p255
	延伸閱讀	p261

穩紮穩打日本語　中級篇　　解　答

第 49 課 ………………… p264
第 50 課 ………………… p268
第 51 課 ………………… p271
第 52 課 ………………… p274
第 53 課 ………………… p277
第 54 課 ………………… p280

第 55 課　　　　　　　　　p284
第 56 課 ………………… p287
第 57 課 ………………… p290
第 58 課 ………………… p293
第 59 課 ………………… p297
第 60 課 ………………… p300

穩紮穩打日本語 中級篇

解說

第 49 課

頭がおかしくなりそうだ。

> 學習重點

◆ 「～そうだ」，有「樣態助動詞」（例：今にも雨が降りそうだ）以及「傳聞助動詞」（例：明日雪が降るそうだ）兩種用法。兩者對於前方品詞的接續方式，以及可接續的品詞不同。本課（第49課）所學習的四個句型都屬於「樣態助動詞」，前方只能接續「形容詞」以及「動詞」，不可接續「名詞」。本課的「句型1」與「句型2」介紹前接「形容詞」的用法，「句型3」與「句型4」則是介紹前接「動詞」的用法。關於本課會學習到的用法，將會於後述的各個句型中詳細解釋。

下一課（第50課）將會學習的前兩個文法「句型1」與「句型2」也是屬於「樣態助動詞」，這裡是學習其後接名詞（～そうなN）與後接動詞（～そうにV）的用法。而「句型3」所學到的「～そうだ」則是「傳聞助動詞」。

> 單　字

◆ 初級篇以及進階篇，單字表所列出的動詞以「ます」形為主，這是因為初級學習時，為了學習上的方便，不得不採取的手段。進入中級篇後，原則上單字表所列出的動詞，會以動詞「原形」為主。除了這才是字典上的表記外，從動詞原形學習，才可學習到每個動詞其正確的語調（動詞ます形時，語調永遠落在 -2，因此無法分辨每個動詞是起伏型還是平板型）。

關於語調，本教材亦有出版『穩紮穩打日本語 語調篇』一書，老師可以參考，並於教學時留意學生的語調。

◆ 「少子高齢化」的音調表記為（1-0）。此種表記為複合語以及連語時，前部「小子」為起伏 1 號音，後部「高齢化」為平板 0 號音之意。

◆ 「脱出する、暴落する...」等サ行複合動詞的語調分成兩部分。分別是漢語部分以及「する」部分。「する」的語調本身為平板 0 號音，因此本書的單字表僅標示出前面的漢語部分的語調。不再以 (0-0) 的方式呈現。

◆ 「働かされる」為「働く」的「使役被動形」，表「主語被迫做某工作」。被迫者使用「～は」，強迫者則使用「～に」。本教材中級篇並無學習使役被動，因此姑且將「働かされる」作為一個動詞學習，並舉出幾個例句即可。

・毎日遅くまで働かされて、もう疲れ果てた。
　（每天都被迫工作到很晚，已經筋疲力盡了。）
・上司に毎日遅くまで働かされている。
　（被上司強迫每天工作到很晚。）
・彼は若い頃、家の事情で工場で働かされていた。
　（他年輕時因為家裡的緣故，被迫在工廠工作。）

※ 註：「働かされていた」當中的「働かされる」為使役被動形，意思是「被迫做...」的意思。「～ていた」則是用於表達「1. 動作或 2. 狀態在過去某個時間點正在進行，或者 3. 反覆持續發生的情況」。

1. 動作：「～ている」前接持續性動作時（テレビを見ている／テレビを見ていた）
2. 狀態：「～ている」前接瞬間性動作時（車が止まっている／止まっていた）
3. 反復：「～ている」一段時間多次動作（工場で働いている／働いていた）

「～ていた」在本教材首次出現於第 32 課「句型 4」「～と言っていた」當中，表示此人「之前一直都這麼說」。而本句中的「働かされていた」則意指「他在年輕時有一段時間持續處於被強迫工作的狀態」，也就是說「這個被強迫工作」的情

況在過去某個階段一直在發生，而不是短暫的事件。因此，在會話中，使用「～ていた」表現時，多半會有一個過去的參考時間點，來述說「那段時間，都持續著這樣的狀態」。

・私が帰宅した時、子どもはテレビを見ていた。
　（我回家的時候，小孩子正在看電視。）
・夕方５時ごろ、ここに車が止まっていた。
　（傍晚五點左右，這裡停著一輛車子。）

◆　「当面」與「当分の間」為類似表現，這裡不需過度強調兩者有何不同，僅需讓學習者知道有這兩種表達方式即可。

句型 1：形容詞＋そうです（樣態）

◆ 本項文法的「そうだ」為「樣態助動詞」。依照前接的品詞不同，會有不同的意思。「句型 1」學習前接「形容詞」（包含イ、ナ形容詞）時的用法，用於表達「可以從外觀上推測、判斷出的性質」。這也是為什麼它稱之為「樣態助動詞」。

◆ 樣態助動詞「そうだ」前接形容詞時，若為「いい／よい」、「ない」等語幹為一音節的形容詞時，會插入「さ」。「よさそうだ、なさそうだ」。注意，沒有「（×）いさそうだ」的講法。

・体調がいい　→　よさそうだ
・問題はない　→　なさそうだ

上述「問題はない」的「ない」，為形容詞。但若是「降らない」這種接在動詞未然形後方的「ない」，則這個「ない」則屬於助動詞，因此「降らない」後接樣態助動詞「そうだ」時，原則上不是「降らなさそうだ」，而是「降らなそうだ」。只不過近年的口語表現，有越來越多人使用「降らなさそうだ」這種講法。

※ 註：「動詞ない」在語意上，會接續上「そうだ」的情況本就不多。比起「降らなさそうだ／降らなそうだ」，更多的是使用「句型 4」這種「〜そうに（も）ない」的表達方式。

◆ 「濃い」一詞雖然其語幹也是一音節，但它接上「そう」時，為「濃そう」，而非「（×）濃さそう」。教學時，稍微留意學生是否誤用。

◆ 形容詞＋「そうだ」，不可用於「可愛い／背が高い」等一目瞭然的事情。只能使用於「可從外觀上來觀察或推測出，其主體內在的性質或狀態」者。

・（×）あの子は　可愛いそうです。
　（○）あの子は　可愛いです。

- （✕）彼は　背が　高そうです。
  （○）彼は　背が　高いです。

- （○）あのカバンは重そうです。
  （可從包包厚重的外觀，來推測其內在狀態很重。）

◆ 形容詞＋「そうだ」，除了可以用於表達前述的「樣態」以外，亦有少許情況可以用來表達「預測」、「預想」。如：

- 彼を説得するのは難しそうです。
  （此為說話者的預想，認為想要說服他，是一件很困難的事。）
- 今日は日曜日だから、デパートは人が多そうだ。
  （說話者尚未來到百貨公司，但依照自己的預測，認為應該會很多人。）

　　這個用法在本句型並未提出學習，為了不造成學習者過多的負擔，教學者亦不需要額外補充，僅需當作知識了解即可。

◆ 感情感覺形容詞「嬉しい、悲しい、痛い、気分が悪い…」等詞彙，用於表達「第三人稱」的感情、感覺時，必須與這裡學習的樣態助動詞「そうだ」一起使用。

- （✕）彼は　嬉しいです。
  （○）彼は　嬉しそうです。

句型 2：形容詞＋なさそうです

◆ 「句型 1」學習了形容詞「ない」，加上樣態助動詞「そうだ」時，為「なさそう」。「句型 2」則是學習所有イ、ナ形容詞的否定，加上樣態助動詞「そうだ」時的用法。

・イ形容詞：寒い　　　→　寒くない　　　→　寒くなさそうだ
　　　　　　美味しい　→　美味しくない　→　美味しくなさそうだ
・ナ形容詞：静かだ　　→　静かじゃない　→　静かじゃなさそうだ
　　　　　　有名だ　　→　有名じゃない　→　有名じゃなさそうだ

◆ 基本上，「名詞」無法加上「そうだ」來表達樣態，但「名詞的否定」可以加上「そうです」，因此例句中，也有刻意使用「名詞＋ではなさそうだ」的用例。

・（×）あの人は学生そうです。
　（○）あの人は学生じゃなさそうです。

※ 註：若想表達「從外觀上推測此人似乎是學生」，可使用第 51 課「句型 1」，表推量的「ようです」。

・（○）あの人は、学生のようです。

至於「あの人は学生じゃなさそうです」與「あの人は学生ではないようです」的差別，請參考本手冊第 51 課「句型 1」的說明。

◆ 練習 A 的第 2 小題所舉出的形容詞「つまらない、危ない、少ない、汚い」，這些並不是否定的型態，只是單純語尾為「〜ない」結尾的形容詞的肯定形，因此加上「そう」時，並不是「〜なさそうだ」，而是「〜なそうだ」。

這一小題的練習，應該屬於「句型1」的範圍，但刻意放在這裡，就是要與形容詞否定「なさそうだ」來做個對比，提醒學習者不要搞混。

◆ 樣態助動詞「そうだ」前接イ形容詞時，其否定形態除了上數的「～なさそうだ」以外，亦有「～そうじゃない」的講法，本書僅導入「～なさそうです」的講法。

　　イ形容詞：美味しい　→　美味しくなさそうだ。
　　　　　　　　　　　→　美味しそうじゃない。

　・A：昨日のパソコン教室の見学、どうだった？入るの？
　　B：ううん、入らない。　あまり面白そうじゃなかったから。
　　　　　　　　　　　　　あまり面白くなさそうだったから。

◆ 練習 B 的第 2 小題問句「あの映画は、面白いでしょうか」的「でしょうか」是一個禮貌的疑問語尾，它比起「ですか」更柔和、恭敬，適合使用於正式或需要小心措辭的場合。整體感覺更謙遜、更不強硬，有避免給對方壓力的語感。

句型 3：動詞＋そうです（徵兆・預測）

◆「句型 1」與「句型 2」學習樣態助動詞「そうだ」前接「形容詞」時的用法，而這裡「句型 3」則是學習樣態助動詞「そうだ」前接「動詞」時的用法。

「そうだ」前接動詞時，主要有 1. 表示說話者看到某事即將發生的「徵兆」。例如看到擺在行李架上的行李搖搖欲墜時，而說出「あっ、荷物が落ちそう」。或看到天氣烏雲密佈，而說出「雨が降り出しそう」等等。而這也僅僅是「徵兆」，並不見得一定會發生。行李不見得一定會掉下來，也不見得一定會下雨。這個用法，分別會在練習 A 與練習 B 的第 1 小題練習。

※ 註：若想表達「現正處於某件事情確定即將發生前」時，會使用「中級 2」第 59 課將會學習的「～るところです」。

「そうだ」前接動詞時的第 2. 種用法，為「就現階段事情的發展，說話者對於接下來（未來）事件將如何演變的預測」。例如看見餐廳裡，其中一個餐桌的人拿起皮包準備起身去結帳，就說出「あそこの席が空きそう」。或是見到日幣不斷貶值，就預測將來可能會持續地物價高漲，說出「物価の高騰はしばらく続きそう」。這個用法，分別會在練習 A 與練習 B 的第 2 小題練習。

◆ 本句型學習到的，無論是第 1 種用法還是第 2 種用法，都是使用「動作性動詞」。若「そうだ」前接「狀態性動詞」，則語意為「某人或某物（主體）呈現出看起來像是那樣的性質、樣子或狀態」。

・椋太君はスタイルがいいから、スーツが似合いそう。
　（椋太的身材很好，應該很適合穿西裝。）
・彼の態度が急変したのは、なんか訳がありそうだ。
　（他的態度突然改變，感覺好像有什麼原因。）

上述兩例使用了狀態性動詞「似合う」、「ある」，分別描述「椋太所呈現出來的外觀體格等性質，就是會很適合穿西裝」、「他態度突然改變的這個狀態，似乎有什麼隱情」。這裡所指的都不是「即將」發生的徵兆或對於「未來」的預測，而是「現在」所呈現出的徵兆。為了避免帶給學習者過多的壓力，此種用法本書並未提出，老師只需要了解即可。若有學生詢問，再簡單回答即可。

◆ 此外，動作性動詞＋「そうだ」，亦有「某人或某物（主體）呈現出看起來像是會做出某事的性質、樣子或狀態」之用法。這種並非「徵兆」或「對於近未來預測」的用法，屬於中高級，本書就不提出了。

・これ、触ると割れそうです。（這感覺就是一摸就會破。）
・彼なら、そういうことを言いそうだ。（他感覺上就很有可能會這麼說。）

◆ 副詞「今にも」經常與本句型一起使用，因此老師授課時，可以用「今にも〜そうです」的照樣照句，讓學生練習。

句型 4：動詞＋そうに（も）ないです

◆ 「句型 4」則是學習樣態助動詞「そうだ」前接動詞時，其否定型態的用法。本教師手冊於「句型 1」的說明，講述了「動詞な（さ）そうだ」的講法，並說明了這種說法比較少見，因此本教材只學習更常見的「〜そうにない」、「〜そうもない」或「〜そうにもない」這種表達方式。教學者在教導本課時，不需要提及「動詞な（さ）そうだ」的存在。

・雨が降りそうだ　→　雨が降らな（さ）そうだ。
　　　　　　　　　　（本手冊於句型 1 提及，不用教）
　　　　　　　→　雨が降りそうにない。（句型 4）

◆ 「動詞な（さ）そうだ」與本句型的「動詞そうに（も）ない」，語感上的差異如下：

・雨が止まな（さ）そうだ。（僅限口語，並且有些人認為這是錯誤的）
　雨が止みそうにない。（正確講法）
・仕事が終わら（な）さそうだ。（僅限口語，並且有些人認為這是錯誤的）
　仕事が終わりそうにない。（正確講法）
・俺にはできな（さ）そう。（僅限口語，並且有些人認為這是錯誤的）
　俺にはできそうもない。（正確講法）

◆ 「〜そうもない」比起「〜そうにない」，語感上多了一層較悲觀的感覺。

本文

◆ 本文部分所出現的注意點或小文法，如果有被選入「語句練習」單元，則其詳細的說明會放在「語句練習」的部分。沒有出現在「語句練習」部分的注意點或小文法，才會在此處提出。

◆ 「これじゃ、落ち着いて仕事ができそうもないじゃん」中，「これじゃ」和「じゃん」都是很口語的表達方式。「これじゃ」是「これでは」的口語化形式，表示「這樣的話」、「這種情況下」。

・これじゃ（これでは）うまくいかないよ。（這樣的話，行不通。）

「じゃん」則是「じゃない」的口語化表現，通常用於關東地區的年輕人對話，帶有輕微的主張或確認語氣，相當於「不是嗎？」、「對吧？」。

這一句話可以翻譯為整句翻譯與語感「這樣的話，根本沒辦法靜下來工作啊！」，語氣中帶有說話者輕微的抱怨以及無奈的感覺。

◆ 「怖そうだし、感じ悪そうだし、それに、日本人ではなさそうです」，可參考第 27 課「句型 1」的說明。

◆ 「全然集中できないや」中的「や」是日語中口語表現的終助詞，用來表達輕微的感嘆、獨白或語氣上的緩和。多用於自言自語、或對熟人、朋友輕鬆地表達自己的狀態，且帶點無奈的語氣。

語句練習

◆ 01. 的練習，選自本課「句型 1」的例句。這裡使用到本句型學習的，表樣態的「〜そうだ」，與第 37 課「句型 2」表達說話者意志的「〜（よ）うと思っている」一起使用的表現。「〜そうですから、〜（よ）うと思っている」整體的意思是「因為看起來...，所以我打算...」。

◆ 02. 的練習，選自本課「句型 2」的例句。這裡使用到本句型學習的「そうだ」前接形容詞否定「なさそうだ」的用法，與第 27 課「句型 2」所學習到的，表建議的「〜た／ないほうがいい」一起使用的表現。此處又將「〜た／ないほうがいい」中的「いい」改成「よさそう」，以「〜た／ないほうがよさそうだ」的表達方式，來呈現出說話者「帶有一點不確定性的建議或推測」。「〜なさそうだから、〜たほうが良さそうだ」整體的意思是「因為看起來不...，所以（我認為）似乎這麼做會比較好」。

「〜た／ないほうがよさそうだ」，意思是「看起來最好這樣做」或「似乎這樣做比較好」，與「〜た／ないほうがいい」在口吻上的差異如下：

・「〜たほうがいい」：直接建議，語氣較強。
・「〜たほうがよさそう」：表示「看起來這樣比較好」，語氣較婉轉，可能是根據某些跡象推測出來的，而不是絕對的建議。

・風邪なら、薬を飲んだほうがいいよ。
（感冒的話，最好吃藥。）　直接建議，較強烈
・風邪なら、お風呂に入らないほうがよさそうだね。
（感冒的話，似乎不要泡澡比較好。）　推測與委婉建議，說話者自己也不確定

◆ 03. 的練習，選自本課「句型 3」的例句。這裡主要練習經常與「そうだ」一起使用的副詞「今にも」，再加上第 27 課「句型 2」所學習到，表建議的「〜た／な

いほうがいい」所組成的表現。

◆ 04. 的練習，選自本課「句型 3」的例句。這裡使用到第 23 課「句型 4」所學習到的「〜のに、〜必要だ／かかる」（為達目的所需的花費）。此練習的後半部分直接使用「もう少し時間がかかりそうです」這樣的表現，來練習表達「似乎還需花點時間才能做到此事」。翻譯依序為：「似乎還需要花點時間才能習慣日本的生活／似乎還需要花點時間才能忘了前男友／似乎還需要花點時間才能整理好自己的心情」。

※ 註：這裡的「〜のに」，並非第 39 課「句型 3」所學習到的「逆接」，請學習者留意。

◆ 05. 的練習，選自本課「句型 4」的例句。用來表達「從當前情況來看，短期內不太可能（改變／結婚／退休）」。

◆ 06. 的練習，選自本課「句型 4」的例句。「〜んだけど」是「〜のだけど」的口語省略形式，用於先帶出事情的背景或狀況，然後引出後續內容（可能是請求、抱怨、詢問、說明等）。

後句的「〜そうになくて」則是本句型中，「そうにない」改為中止形「なくて」而來的。這句話其實亦可以只講到「今急いでそっちに向かっているんだけど、約束の時間に間に合いそうにありません／間に合いそうにない」，就此打上句號完結，然而這裡使用「なくて」，並就此打住，則是暗示著說話者後面含有「辯解」話語的語感：「間に合いそうになくて、（すみません／申し訳ございません）」等。

「〜なくて」後面應該接著講出原因、理由或辯解，但在口語中，有時候說話者會省略後續內容，讓對方自行理解，這是一種常見的日語表達方式。在口語中，說話者可能會省略後半部分，因為對方通常能夠理解省略的內容，這樣的表達方式更自然、更婉轉。

「約束の時間に間に合いそうになくて……」這樣的句子，通常後面可以接：「ど

うしよう……」（怎麼辦……）「申し訳ない……」（很抱歉……）「ちょっと待ってくれる？」（能等我一下嗎？）但在實際對話中，這些話可能會透過語氣或停頓來表達，讓對方自行理解，所以會省略不說。

◆ 07. 的練習，選自對話本文。本文中，「上の階、何やってんだ」中的「何やってんだ」為「何をやっているのだ／のですか／のでしょうか」的口語表現。其中的「ているの」的部分縮約成了「てん」。

這句話看似是疑問句，在詢問對方在做什麼，但實質上是「使用疑問的語氣，來表現出自己的不滿、不悅」。若要表現出更生氣的語氣，可以講「何やってんだよ！」

在此可教導學生，如果真的是要表現疑問的語氣，而不是上述這種不滿、不悅口吻時，可以使用「何をやっているんだろう／何をやっているんでしょうか」的講法。

◆ 08. 的練習，選自對話本文。本文中，「文句を言ってやろう」為「言ってやる」的意向形「〜てやろう」，表示說話者要去做某事的決心。

初級篇時，本教材曾經學習過「〜てあげる、〜てくれる、〜てもらう」等，為「恩惠」的授受。其中，「〜てやる」則是對於地位比自己低下的人或動物等的授受。

・犬に　餌を　与えてやった。（餵小狗吃飼料。）
・息子に　おもちゃを　買ってやった。（買玩具給兒子。）

然而，「〜てやる、〜てくれる、〜てもらう」亦有「非恩惠」授受的用法。這種用法在中級以上很常見，如：

・いつか殺してやる。（我總有一天宰了你！）
・よくもやってくれたわね！（你好大膽子，竟敢這麼做！）

・あんなやつと一緒にしてもらっては困る。（別把我跟那種人相提並論！）

　　課文中的「文句を言ってやる」（說話者決定去抱怨），就是屬於「非恩惠」的授受。

◆ 09. 的練習，選自對話本文。本文中，「日本人ではなさそうだから、言ってもわかってくれるかどうか」，使用到了第 37 課「句型 2」所學習到的「不含疑問詞」的疑問句式名詞子句「～かどうか」。整體結構拆解為「～から、～かどうか（わかりません）」，意思是「因為（那些人看起來應該不是日本人），所以（不知道）（即便去抱怨，他們能不能理解）」。

　　「分かってくれる」則是使用到第 30 課「句型 3」的受益表現，意指「對方願意理解我」、「對方設身處地為我著想」、「對方體諒我的處境」。因此，整句話的語感帶有「擔心對方（那些似乎是外國人的人）是否能理解自己」的意思。說話者正在猶豫要不要去抱怨，因為不確定對方會不會設身處地替自己想。

◆ 10. 的練習，選自對話本文。本文中，「管理組合を通して、言ってもらったほうがいいと思います」，當中的「～を通して」為「透過、經由、藉由」的意思。這是一種表示手段或媒介的表現方式。

　　・先生を通して申し込みました。（透過老師申請了。）

　　「言ってもらったほうがいい」，部分的「言ってもらう」則是第 30 課「句型 2」，「請對方（來為我方發聲／來幫我們講）」的句型，再加上表第 27 課「句型 2」所學習的，表建議的「～たほうがいい」所構成的進階複合表現。這裡的對方，就是暗指「管理組合（管委會）」。整句話的意思就是「請管委會來幫我們告知發出噪音的工人」。

　　在第 30 課的「句型 2」練習 A 的第 2 小題當中，亦有學習到「～てもらったほうがいいですよ」的表達方式，可利用此機會順便複習。

◆ 11. 的練習，選自對話本文。本文中，「こう毎日うるさくされては、頭がおかしくなりそうだ」，這裡的「うるさくされては」，是「うるさくする」的間接被動（第 42 課「句型 3」）「うるさくされる」，用於表達「某人的行為，讓說話者感到困擾、困惑」。因此後述也直接接上第 42 課「句型 3」所教導的常用句型「〜（ら）れては困る」的表達。為了不造成學習者的負擔，這裡所附屬的兩個練習題，已經先行改為間接被動的形態。但由於這已經是之前就學過的表現了，因此也請教學者可藉由此練習喚醒學習者的記憶。

此外，這裡的「うるさくする」的「する」，有用來表達「呈現 … 某狀態」的語意，例如「静かにする／している」、用例如下：
・子供たちが教室でうるさくしている。（小孩們在教室裡吵鬧。）
・夜遅くにうるさくしないでください。（請不要在深夜吵鬧。）
・パーティーであまりうるさくすると、隣人が怒るかもしれないよ。
（在派對上太吵的話，鄰居可能會生氣喔。）

◆ 12. 的練習，選自對話本文。本文中，「そんなに気になるなら、今日は向こうのカフェで仕事をしてきたらどうですか」。當中的「〜たらどうですか」是第 31 課「句型 4」所學習到的句型，用於表達說話者給聽話者「建議」或「提案」的表現方式。而「なら」則是用來提示「前提」。因此，「〜なら、〜たらどうですか」的句型，就是「根據此前提，說話者給後述的建議」。

※ 註：請注意，這裡的「なら」，與第 45 課「句型 4」所學習到的「假定條件」、「主題」的用法不同。

順道補充說明，這個句子中的「なら」不可改為「たら」，是因為「なら」是基於「前提」來表達條件或建議。「なら」的條件通常是根據對方的情況、話題或已知事實來提出建議、評論或推測。它不強調因果關係，而是基於前提的討論。翻譯時可理解為：「如果是這樣的話，那麼……」。

而「たら」，則是用於表達「假定條件」，表示說話者假設的狀況，或者「確定條件」，表示「前者必然發生」。在「確定條件」的語境下，「たら」強調時間

順序，表示「發生 A 之後，B 發生」，「たら」表示條件達成後，結果才會發生。它更注重前後發生的順序，有「等 A 發生後，再 B」的意思。翻譯時可以理解為：「當 A 發生的時候，就……」。因此無論是「假定條件」的用法，還是「確定條件」的用法，都與這裡的「前提」用法不同，因此不可使用「たら」取代「なら」。這個說明，不需在課堂當中特別提出，教學者僅需稍微了解一下即可。

・お金がないなら、私が貸してあげるよ。（如果你沒錢的話，我可以借給你。）
　基於對方「現在沒錢」這個前提，提出建議，所以用「なら」。
・お金がなくなったら、私が貸してあげるよ。
　（如果等你沒錢了，我再借給你。）
　等到某個時間點真的沒錢了，才發生後續行動，所以用「たら」。

延伸閱讀

◆ 延伸閱讀部分，在教學時，不需要太側重於逐字逐句文法上的解析，而是要著重在學習者對於文章整體的大意以及內容是否可以掌握。因此這部分，教學時老師亦可採取較輕鬆的方式，跟學生分享一些背景知識，再一起來導讀文章。教師手冊的延伸閱讀部分，也會針對當課的主題，進行背景知識的補充。或許與課程內容無直接關聯，但可作為知識，或者作為授課時的話題，供老師與學習者在課堂上，能有更近一步的互動與討論，增添上課時的趣味。

◆ 在日本，如果居住的房屋屬於社區型大樓，若想裝修，並不像台灣這樣可以為所欲為。首先，在台灣，常常會將兩間比鄰的單位買起來，然後打通。但這種兩間打通的施工方式，除了會破壞結構牆以外，兩間房屋中間的水泥牆部分屬於「公設」領域，打通後於法律上就是屬於佔用公設，因此這樣的行為在日本是行不通的。

此外，日本的裝修業者，在裝修期間，為了避免工具以及建材搬進搬出破壞公設，都會於施工前就做好「養生工事（ようじょうこうじ）」，這些措施通常包含：1. 地面保護：施工前會在地板上鋪設防護板、地毯或塑膠布，以避免刮傷、污染或損壞地板材料。2. 牆面與柱子的保護：透過膠帶、紙板、塑膠布等材料包覆牆壁、門框、柱子等，以防止施工時的刮傷或汙損。3. 家具與設備的保護：若裝修時室內已有家具或設備（如廚房流理台、浴缸、空調等），則會使用防塵罩、塑膠布或紙板包覆，以避免沾染灰塵或受損。4. 粉塵與汙染防護：為防止粉塵擴散，施工區域可能會使用塑膠帆布封閉，或使用負壓裝置來減少灰塵流入其他區域。5. 安全防護：施工現場可能會設置臨時扶手、防滑墊或警示標誌，確保施工人員與住戶的安全。

正因為多了這層工作，再加上日本人力成本本就比較高昂，在日本裝修房屋所需要的花費會比起在台灣做相同的工程貴上許多。若想在日本購買中古屋，再自行裝修，建議先找專業的業者估價一下，因為這些費用往往會超越你原本的想像。

◆ 裝修時，建議多找尋幾家業者，索取「相見積もり（あいみつもり）」。所謂的「相見積もり」，指的是向多家公司或業者索取報價單（見積もり），並進行比

較以選擇最佳方案的做法。這個詞來自「相（あい）」意指「互相、比較」，「見積もり（みつもり）」則是「報價單、估價單」的意思。

　　不同業者的報價可能有所差異，透過「相見積もり」可以找到性價比最好的選擇。不同公司可能會提供不同的施工方式、材料或保固條件，透過比較可以找到最符合需求的方案。此外，日本的工程業界中，也存在著可能會有虛高的情況，透過多方比較可以防止被不合理的價格欺騙。有了多家報價後，可以與業者進行價格與條件的談判，爭取更優惠的條件。當然，索取報價時，也要避免讓業者知道競爭對手的詳細報價，否則可能會影響談判策略。

第 50 課

生きるか死ぬかの瀬戸際だそうよ。

學習重點

◆ 本課延續上一課所學習的樣態助動詞「そうだ」的用法。上一課學習其「接續」（前接形容詞與動詞）時的用法，本課的前兩個句型則是學習其本身的「活用」（後接名詞語動詞）時的用法。

「句型 3」與「句型 4」則是分別介紹傳聞助動詞「そうだ」以及其口語的表現「んだって」。

單字

◆ 「気の毒（きのどく）」用來表示對他人的不幸或困境感到同情。它帶有一種惋惜、哀憐的語氣，類似於中文的「可憐」、「令人同情」、「真不幸」。

・A：「昨日、山田さんのお父さんが亡くなったんだって。」
　B：「それは気の毒だね。」（聽說山田先生的父親過世了。真令人難過。）
・A：「彼は交通事故に遭って、入院しているらしい。」
　B：「それは気の毒に。」（他好像因為車禍住院了。真可憐。）

此外，「気の毒」一詞不適合對著當事人直說，因為可能會讓對方覺得被憐憫，應該用更委婉的方式，如：「残念ですね」、「お悔やみ申し上げます」（對喪事表達哀悼）。

◆ 「ここ数日が山だそうよ。」這句話中，「山」的意思是事情的高峰、關鍵時刻或最艱難的時期，類似於中文的「關鍵期」、「最困難的時刻」或「高峰期」。

這種用法來源於山的特徵——當你爬山時，山頂是最難到達的部分，一旦越過山頂，接下來的路就會比較輕鬆。

・ここ数日が山だそうよ。（聽說這幾天是關鍵時期。）
可能是在說某件事情（如考試準備、專案進行、病情發展等）已經到了最緊要的關頭，之後可能會變得輕鬆或明朗。

・仕事の山を越えたら、少し休めるね。（度過這段工作高峰後，就可以稍微休息一下了。）這裡的「山」指的是工作最忙碌、最辛苦的時期。

・この患者は今が山場だ。（這位病人的狀況現在是最危險的時期。）
醫療用語中，「山場（やまば）」指的是病情的危險期或關鍵時刻，例如病人的病情已經進入最嚴重的階段，接下來可能會好轉或惡化。

「山を越える」表示「度過困難的階段」，常用於工作、考試、病情等情境。

◆ 「瀬戸際」是「成敗的分界線」，可能成功，也可能失敗。這裡是指「比喻生死存亡的最後一刻，情況非常危急」。

「瀬戸際」比「山」更強調危機感，有「不能回頭」的感覺。常用於生死攸關、競爭、重大決策等場合。

・彼は今、人生の瀬戸際に立たされている。
（他現在正處於人生的存亡關頭。）
暗示如果做錯決定，人生可能會完全改變。
・この試合の勝敗は、まさに瀬戸際だ。
（這場比賽的勝負，正處於最關鍵的時刻。）
可能會贏，也可能會輸，關鍵就在這一刻。
・会社の存続が瀬戸際に追い込まれた。
（公司的存亡岌岌可危。）
這是一個非常緊急的情況，公司可能倒閉。

句型1：～そうな＋名詞

◆ 「句型1」為上一課樣態助動詞的延伸用法。上一課僅有學習到前接動詞或形容詞時，後面接上「そうだ」的用法而已。而這裡則是學習樣態助動詞本身的「活用」，也就是樣態助動詞本身品詞變化後的情況。「句型1」學習後接名詞時，要改成「～そうな」，「句型2」則是學習後接動詞時，要改成「そうに」的表達方式。

既然上一課學習了「形容詞＋そうだ」以及「動詞＋そうだ」的用法，本句型當然也會學習「そうなN」，前面為形容詞以及動詞的用法。以下舉更多的例子，供教學者參考使用：

◆ 「形容詞＋そうな＋名詞」的用例如下：
- 美味しそうなケーキ。（看起來很好吃的蛋糕。）
- 楽しそうなイベント。（看起來很有趣的活動。）
- 寒そうな天気。（看起來很冷的天氣。）
- 嬉しそうな笑顔。（看起來很開心的笑容。）
- 眠そうな赤ちゃん。（看起來很睏的嬰兒。）
- 元気そうな子供。（看起來很有精神的小孩。）
- 幸せそうな夫婦。（看起來很幸福的夫妻。）
- 大変そうな仕事。（看起來很辛苦的工作。）
- 便利そうな道具。（看起來很方便的工具。）
- 暇そうな人。（看起來很閒的人。）

◆ 「動詞＋そうな＋名詞」的用例如下：
- 雨が降りそうな空。（看起來快要下雨的天空。）
- 壊れそうな橋。（看起來快要壞掉的橋。）
- 倒れそうな木。（看起來快要倒下的樹。）
- 泣きそうな子供。（看起來快要哭出來的小孩。）
- 噴火しそうな火山。（看起來快要噴發的火山。）
- 寝てしまいそうな人。（看起來快要睡著的人。）

- こぼれそうなお茶。（看起來快要灑出來的茶。）
- 崩れそうな建物。（看起來快要崩塌的建築物。）
- 泣き出しそうな表情。（看起來快要哭出來的表情。）

◆ 練習 A 的第 2 小題，主要練習常與「～そうな」一同出現的「顔をしている」的表達方式。「～をしている」可用來表達「外觀上呈現著一種狀態」。前面多接續「色（顔色）、目（眼睛）、様子（樣子）、形（形狀）」等視覺上可以看到的詞彙。

此句型一定要配合「～ている」使用，因此只會以「～をしている」的型態出現，沒有「～をする」的講法。但若放入連體修飾節（形容詞子句）內，修飾名詞，則亦可使用「～をした N」的型態。更多例句：

- 彼はジムに通っているからか、程よく筋肉がついていい体をしている。
 （不知道是不是因為他有在上健身房，肌肉適當，身材不錯。）
- 山田さんは、今日すごく嬉しそうな顔をしている。何かあったんだろうか。
 （山田小姐今天一副很高興的樣子，不知道有什麼好事。）
- キリッとした目をした男子が訪れてきた。（有個目光銳利的男子來訪。）
- 変な色をした靴をもらった。（我得到了一個很奇怪的顏色的鞋子。）
- 世界中で使われている硬貨には、丸い形をしているものが多いのは
 なぜでしょうか。
 （世界上被使用的貨幣當中，呈現圓形的很多，這是為什麼？）

句型 2：〜そうに＋動詞

◆ 本句型學習「そうだ」後接動詞時，要改成「そうに」的表達方式。一樣，本句型也會學習「そうに V」，前面為形容詞以及動詞的用法。以下舉更多的例子，供教學者參考使用：

◆ 「形容詞＋そうに＋動詞」的用例如下：
・彼は嬉しそうに笑った。（他開心地笑了。）
・子供たちは楽しそうに遊んでいる。（孩子們快樂地玩耍著。）
・彼女は悲しそうにうつむいた。（她悲傷地低下了頭。）
・彼は苦しそうに息をしている。（他痛苦地喘著氣。）
・学生たちは眠そうに授業を聞いている。（學生們睏倦地聽著課。）
・彼は元気そうに歩いている。（他精神飽滿地走著。）
・彼女は幸せそうに微笑んだ。（她幸福地微笑著。）
・おばあさんは楽しそうに孫と話している。（奶奶愉快地和孫子說話。）
・彼は不安そうに周りを見回した。（他不安地環顧四周。）
・彼女は恥ずかしそうに顔を赤らめた。（她害羞地臉紅了。）

◆ 「動詞＋そうに＋動詞」的用例如下：
・子供が泣きそうに顔をゆがめた。（孩子扭曲著臉，看起來快要哭了。）
・彼女は倒れそうにふらふらと歩いていた。
（她搖搖晃晃地走著，看起來快要倒下。）
・荷物が落ちそうに揺れている。（行李搖晃著，看起來快要掉下來。）
・その鳥は飛び立ちそうに羽をばたつかせた。
（那隻鳥拍動著翅膀，看起來快要飛起來了。）

「動詞＋そうに＋動詞」的用例較少，且多偏向文學上的描述，因此本課並不提出來學習。取而代之，本課直接學習「動詞＋そうに＋なった（動詞）」這個慣用表現，用於表達「某個動作差點發生或曾經接近發生，但最終沒有發生」。這種表達方式通常用來描述一個狀況接近發生但被阻止或未完全實現，通常用於負面的

情況,例如差點跌倒、差點哭出來、差點遲到 ... 等。例如:

- 危なく階段から落ちそうになった。(差點從樓梯上摔下來。)
- 試験の時間に遅れそうになった。(差點趕不上考試時間。)
- その映画を見て泣きそうになった。(看那部電影時差點哭出來。)
- 暑すぎて倒れそうになった。(太熱了,差點昏倒。)
- 慌てて電車に乗り遅れそうになった。(因為慌張,差點錯過電車。)
- お腹が空きすぎて倒れそうになった。(肚子太餓,差點昏倒。)

這個句型特別適合用來強調驚險或緊張的瞬間,表示「好險沒發生!」的感覺。這種句型實際情況使用較為頻繁,因此本課請老師直接練習這個用法,而不是「動詞+そうに+動詞」。

句型 3：〜（だ）そうです（傳聞）

◆ 本項文法的「そうだ」為「傳聞助動詞」，用於表達述說的內容為「從別人那裏得到的情報」，也就是二手資訊。因此常常與「〜によると」、「〜ては」等詞語一起。此用法與目前為止學習到的樣態助動詞「そうだ」在用法上、接續上、意思上截然不同，指導時請留意。但就學習上的難易度來說，傳聞助動詞的用法比較容易上手。

◆ 傳聞助動詞「そうだ」本身不可改否定或過去。
- （○）雨が降ったそうです。
  （×）雨が降るそうでした。

- （○）雨が降らないそうです。
  （×）雨が降るそうじゃありません。

◆ 雖然本句型中沒學到，但老師亦可適時導入下列的進階複合表現：

「〜そうで（中止形）」
・彼が無事アメリカに着いたそうで、安心しました。
　（聽說他已經平安抵達美國了，那我就安心了。）

「〜（さ）せる（使役）」＋「そうだ」
・父は、将来弟に会社を継がせるそうです。
　（聽說爸爸將來要讓弟弟繼承公司。）

「〜（ら）れる（被動）」＋「そうだ」
・この町は、世界大戦で多くの建物が壊されたそうです。
　（這個城鎮聽說在世界大戰的時候有許多建築物被破壞掉。）

句型 4：〜んだって

◆ 「〜んだって」為「句型 3」傳聞助動詞「そうだ」的口語表現，與「そうだ」的不同之處，在於「そうだ」不能使用於否定形，但「んだって」可以。因此練習 A 與練習 B 皆使用了其否定形來做練習。

傳聞助動詞「そうだ」的作用是傳達已獲得的資訊，類似於轉述某人的話。這表示說話者已經聽到這個消息，並以「傳聞」的形式轉述。然而，疑問句的本質是「詢問對方資訊」，但「傳聞」不需要詢問對方，因此傳聞助動詞「そうだ」才不可使用否定形。

- （×）明日は大雪になるそうだ？

這種句子邏輯上矛盾，因為「〜そうだ」表示「已經得知的消息」，但「？」卻表示「不知道、在詢問」，語意上不相容。

如果想詢問對方是否聽說過某件事，可以使用「って聞いた」表示「我聽說」，再加上「本当？」來確認真實性。或者使用第 52 課「句型 2」即將學習的「〜らしいけど、知ってる？」。

- （○）明日は大雪になるって聞いたけど、本当？
- （○）明日は大雪になるらしいけど、知ってる？

本句型學習到的「〜んだって」，本質上其實就是「〜って（聞いたけど、本当？）」，省略掉了述語部分的講法，因此可以使用於疑問句。此外，「〜んだって」因為有「〜のだ」的成分，本身就帶有一種「把某件事拿出來討論」的感覺。當後面加上「？」時，語氣自然轉為「我聽到的是這樣，你怎麼看？」或「聽說是這樣，真的嗎？」，不會顯得突兀。這是因為「〜のだ」原本就常用來確認或徵求意見，與疑問句的語意相容。

本 文

◆ 「それがね、楊君が中国に帰国するから行かないって」。這裡的「それがね」是一種口語表現，具有轉折語氣，表示事情發展出乎意料，或者與預期不同。「それ」本身是指代前面提到的事情，也就是「關於旅行安排」的這件事。而「が」在這裡並不是主語，而是起到轉折或引出後續話題的作用。這個「が」常見的意思有「轉折（與預期不符）」、「鋪陳（引出後續情節）」…等。當說話人使用「それが」時，通常意味著「本來以為會是這樣，但實際上卻……」，或「關於剛剛提到的事，實際情況是……」。

則是「ね」讓語氣更加自然、柔和，適合對話中使用。因此，「それがね」通常用來鋪陳意外的訊息，或帶著感慨地說明事情的變化。帶有一種「你知道嗎？其實啊……」的感覺。

◆ 「何だって？」是「何だと言った？」（你說什麼？）的省略和口語化形式，表示要求對方重複剛剛說的話。其語氣可能是1.純粹沒聽清楚：「你說什麼？」。2.驚訝、意外：「什麼？真的假的？」。3.質疑、不相信：「你說什麼？這是真的嗎？」。

因此本文中的「えっ？何だって？」可以理解為：「咦？你說什麼？」（驚訝）、「嗯？你剛剛說了什麼？」（沒聽清楚）、「什麼？真的假的？」（不敢置信）。從前後文來判斷，就可得知這是五十嵐對於佐佐木所提到的，「小楊不去旅行了」一事所做出的情緒反應。

「何だって？」經常使用於各種日常對話，但必須留意使用的場景以及對象，才不至於失禮。
・A：「昨日、田中さんが会社を辞めたんだよ。」（昨天田中先生辭職了。）
　B：「えっ？何だって？」（咦？你說什麼？）

◆ 「じゃあ、誰を誘おうかなあ。」當中的「かな」，是終助詞「か」加上「な」而來的連語。後面使用「あ」來拉長音，也是口語上很常見的表現。「かな」表示

一種自言自語或輕微的疑問，帶有思考或猶豫的語氣，相當於「該怎麼辦呢？」、「要不要這樣做呢？」之類的語感。

- 誰を誘おうかなあ。（要邀請誰好呢……？）
  說話者在思考要邀請誰，帶有不確定感、猶豫

- 明日、晴れるかな？（明天會放晴嗎？）
  有點期待但不確定

語句練習

◆ 01. 的練習，選自本課「句型 1」的例句，直接以「～そうな感じだったよ」來做口頭練習。「～そうな感じだったよ」的意思是「感覺好像～」、「看起來像是～的樣子」。用於「描述印象或推測，來給另一名也關心此人／此事的人聽」。此例句的意思，就是「說話者將自己所見的、奶奶的近況，轉告給也關心奶奶狀況的聽話者知道」。這是說話者根據觀察或感覺得出的印象，而不是確定的事實。

・あのレストラン、すごく美味しそうな感じだったよ。
　　（那家餐廳感覺好像很好吃的樣子。）

◆ 02. 的練習，選自本課「句型 2」的例句。句型「A も～ば、B も～」表示將類似的事物並列起來，強調「這些都…」。正、反面事物皆適用。另外，需特別注意的是，若接續ナ形容詞，則條件形為「なら」。

・この団地には、学校もあれば病院や図書館などの施設もある。
　（這個團地社區，既有學校又有醫院跟圖書館等設備。）
・この家には何もない。テーブルもなければ、冷蔵庫もない。
　（這個家裡什麼都沒有。既沒餐桌，也沒冰箱。）
・佐藤さんは勉強もできればスポーツもできる。
　（佐藤小姐既會讀書，又會運動。）
・私は歌も下手ならダンスも下手だ。
　　（我歌唱得差，舞也跳得不好。）

　　上面四則例句分別使用了述語「ある、ない、できる、下手だ」，但本課為了不過分造成學習者的負擔這裡僅練習「いる」的動詞。以「A 人もいれば、B 人もいる」，可直接翻譯為「既有 A 這樣的人，也有 B 這樣的人」。老師可以就此模式練習即可，不必再導入其他名詞。

◆ 03. 的練習，選自本課「句型 3」的例句。本教材的第 52 課「句型 3」，將會

學習中級的比較句「Aより、Bのほうが〜」。本課這裡先直接學習「思ったより」這樣的常見固定用法。「思ったより〜」的意思是「比想像中還要〜」，用來表達與預期不同的結果。

・試験は思ったより簡単だった。（考試比我想的還簡單。）
・この料理は思ったより美味しいね。（這道料理比想像中還好吃呢。）
・山登りは思ったより疲れた。（爬山比我預期的還累。）

而「〜の話では」，則是日語中常見的表現，表示「根據某人的說法」或「聽某人說」。用來引述資訊來源，因此經常與我們這一課所學習的傳聞助動詞「そうだ」以及之第 52 課「句型 2」會學習到的「らしい」一起使用。

・先生の話では、来週は試験がないそうです。（老師說下週沒有考試。）
・ニュースの話では、台風が近づいているらしい。（根據新聞報導，颱風正在接近。）

句尾的「そうよ」是本課學習的傳聞助動詞「そうだ」，口語時省略掉了「だ」，而「よ」則是表示提醒或強調訊息的終助詞。

◆ 04. 的練習，選自本課「句型 4」的例句。這裡的「って言ってたよ」，是第 32 課「句型 4」所學習到的，「轉告、傳達」他人講法的「と言っていました」的口語表現。

「って」是「と」的口語用法，用來表示引用或傳聞，等同於「〜という」。在這句話中，「って言ってたよ」的意思就是「〜と言っていたよ」的省略口語形。這句話說話的主語是「兄」，因此整句話的意思是「哥哥說，他明年要加入自衛隊」。

◆ 05. 的練習，選自對話本文。本文中「静かそうな店ね。ちょっと入らない？」的前半段「静かそうな店ね」，當中的「ね」為終助詞，表示說話者尋求對方的認同或確認，帶有輕鬆的語氣。而「ちょっと入らない？」當中的「ちょっと」則是用來緩和語氣，讓提議顯得不那麼強硬，帶有隨意、輕鬆感覺的副詞。「ちょっと

入らない？」是用否定疑問的形式來表達邀請的講法。為第 9 課「句型 4」所學習到的「～ませんか」的常體表現。

◆ 06. 的練習，選自對話本文。本文中「もう決まった？」，是問聽話者「是否已經決定好去哪了嗎？」。這裡使用自動詞「決まった」意思是「被決定」或「定下來」，直譯中文就是「某件事已經有了結果或結論」。這是因為說話者詢問的方式較中性、客觀，關注的是「事情是否已經有了結果」。不特別強調是誰決定的，可能由多人討論或情況自然形成。當說話者想確認某件事是否已經塵埃落定。感覺更像是問一個狀態，而不是某人的具體行動。

若使用他動詞「もう決めた？」則語感上「強調某人主動去做決定」。本課使用自動詞這種表達方式更含蓄，符合日本人避免直接指涉主體的語言習慣。且「もう決まった？」可以涵蓋「由你決定」「由我們決定」或「由情況決定」的多種可能性，而「もう決めた？」則明確假設「是你自己做的決定」，範圍較窄。

◆ 07. 的練習，選自對話本文。本文中的「楊さんは中国に帰国するから、旅行には行かないって。」的「って」，並非第 26 課對話文中所學習到的「主題」用法，而是第 29 課「句型 4」表「引用」的「と言いました」，或第 32 課「句型 4」表「轉告、轉述」的「と言っていました」口語講法。與上述 04. 練習的「って」是相同的用法。

這一整句話的結構為：「楊さんは　～と　言っていました」直接以「って」取代了「と言っていました」，意思是楊先生說了「～」這句話。而這裡（引述、轉告）的內容，則是「中国に帰国するから、旅行には行かない」。

◆ 08. 的練習，選自對話本文。本文中「それじゃあ、人数が足りないじゃん」，當中的「それじゃあ」是接續詞「それでは」的口語表現，通常用來承接前文，表示「基於剛才的情況」或「如果是這樣的話」（這裡指的是小楊不去旅行，要回國一事）。它起到一個連接上下文的作用，帶有輕微的因果或結論意味。

「じゃん」，則是「じゃない？」（不是嗎）的縮略形式，帶有強烈的口語色彩。表示說話者的主觀判斷或驚訝，並帶有「你看吧、不是嗎？」（不滿、驚訝或無奈）

的語氣。在這句話中，「人数が足りないじゃん」可以理解為「這樣的話，人數不夠啊！不是嗎？」。說話者可能對「人數不足」感到有點失望或焦急，用「じゃん」來表達這種情緒，並希望對方也能正視這個問題。

◆ 09. 的練習，選自對話本文。本文中「だからここんとこ、心配そうに電話で話してるんだ」，當中的「ここんとこ」，完整講法為「ここのところ」。

「ここ」指的是最近這一段時間。「んとこ」是「のところ」的口語縮略形式，「ところ」在這裡意思是「時點」。「ここんとこ」合起來是「最近這段時間、這陣子」的意思。用來泛指「最近的某段時間」，具體範圍不明確，可能是幾天、幾週，甚至更長，視語境而定。

而「～んだ」則是「～のだ／んです」（関連付け）的用法。這裡並非第 34 課所學習到的「要求說明」、「說明回答」或「開場白」的用法，而是「說話者對於前述的一件事情，（因為獲得了進一步資訊<這裡指楊先生的老爸住院了這件事>）而感到理解（納得）」的用法。因為說話者獲得了楊先生老爸住院了的這個資訊，因此才反應過來說，「難怪這幾天看他都很擔心地在講電話」。

「～んだ」用來解釋原因、強調事實或引起對方注意。與「だから」的搭配，以「だから～んだ」的形式，來表示說話者「恍然大悟，終於知道為什麼他最近都神情擔心地講著電話了」。

◆ 10. 的練習，選自對話本文。本文中「今のところ、まだ何も」當中的「今のところ」這是一個常見的慣用語，用來表示「截至目前的情況」。目前為止、到現在這個時間點。

「まだ何も」，則是後半段省略了「わからない／決まっていない」...等。日文口語中，常省略顯而易見可推測出來的動詞，就前後文來看，五十嵐問佐佐木，小楊什麼時候回國，因此我們可以推定這裡省略的就是「目前還不知道／小楊還沒決定」。

◆ 11. 的練習，選自對話本文。本文中「もしかしたら、学校を辞めるかもしれません。」當中的副詞「もしかしたら」經常與第 26 課「句型 3」所學習到的句末表現「かもしれません」一起使用。

「もしかしたら」和「かもしれません」都表達不確定性，但功能不同。「もしかしたら」在句首，作為引子，提出一個可能的假設，它相當於副詞「もしかして」。而「かもしれません」則是放在句末，用於表達說話者感到不確定性的心境。更多例句如下：

・もしかしたら、午後から雨が降るかもしれません。
・もしかしたら、彼はパーティーに来ないかもしれません。
・もしかしたら、締め切りを延ばしてくれるかもしれません。
・もしかしたら、私、来年海外に引っ越すかもしれません。
・もしかしたら、電車が遅れるかもしれませんね。

◆ 12. 的練習，選自對話本文。第 31 課「句型 2」曾經學到，假定條件的「～たら」前方可接名詞。例如：「学生だったら」。而「延期だけだったら」則是將「～たら」接續在副助詞「だけ」後方的用法，以「だけだったら」的形式，來表達「情況限定在某個範圍內」的假設。

延伸閱讀

◆ 日本觀光業的蓬勃發展離不開全球疫後旅遊大復甦的增長與政策的助力。2024年，訪日外國人數已創下 3687 萬人的歷史新高，截至本書出版時，2025 年的預測數據顯示，這一數字將進一步攀升至 4020 萬人，增長率約 8.9%。台灣遊客尤為突出，2024 年 1 至 11 月訪日人次已達 555 萬，若全年達 600 萬，則 2025 年可能增長至 653 萬人，增加 53 萬人。這不僅反映了日本對台灣旅客的吸引力，也得益於円安與便利的旅遊政策，例如 2025 年起實施的台灣人優先通關措施。這些數字背後，是旅遊業對日本經濟的顯著貢獻，涵蓋住宿、餐飲、交通與零售等領域。

◆ 然而，觀光客的源源不絕也帶來了「オーバーツーリズム」（過度旅遊）的隱憂。「オーバーツーリズム」（過度旅遊）在日本，又被稱作「観光公害（かんこうこうがい）」，指的是遊客數量超出當地承載能力，對環境、文化與居民生活造成負面影響。在東京、大阪、京都等熱門城市，以及富士山、箱根等人氣景點，這一問題尤為明顯。

首先，交通與基礎設施不堪重負，例如京都公交車因遊客過多而擁擠不堪，當地居民難以正常出行。其次，環境與文化遺產受損，垃圾堆積、自然植被被破壞，甚至神社寺廟因遊客的不當行為失去原有寧靜。此外，居民生活品質下降，噪音、混亂與房價上漲迫使部分京都居民搬離，傳統社區逐漸瓦解。更有甚者，醫療與安全隱憂浮現，狹窄山區因交通堵塞導致救護車無法及時抵達，威脅生命安全。

為應對這些問題，日本政府與地方自治體採取了多項措施。例如，限制富士山入山人數、推廣北陸與四國等非熱門地區旅遊以分散客流，並運用 AI 技術提供多語言資訊，減少因資訊不足引發的混亂。這些努力旨在平衡旅遊收益與社會成本，但效果仍待觀察。

◆ 在過度旅遊的壓力下，「二重価格（にじゅうかかく）」成為另一個備受關注的話題。這是指針對外國觀光客與本地居民設定不同價格，外國人通常支付更高費用。這種做法已在部分地區出現，例如某些餐廳對外國人提供更貴的菜單，或旅遊

景點對外國遊客加收維護費。富士山登山費便是實例之一，2024 年起對外國人實施更嚴格的收費標準，而本地人則享有優惠。

二重價格的推行有其經濟邏輯。日圓貶值提升了外國遊客的消費能力，商家希望從中獲取更多收益；同時，過度旅遊導致的資源緊張，也讓部分人認為外國遊客應支付額外費用以補償基礎設施維護。然而，這一做法引發爭議。反對者認為，這是對外國人的歧視，可能損害日本的國際形象；支持者則主張，這是平衡旅遊負擔的有效手段。目前，日本政府尚未全面推行此政策，但隨著問題加劇，相關討論日益增多。

◆ 近期，日本政府與執政黨正考慮提高「出国税（しゅっこくぜい）」金額，初步提案將稅額調整至 3,000 至 5,000 日元。這一調整旨在應對上述提及的「オーバーツーリズム」（過度旅遊）問題，並擴大資金用途，例如分散旅遊客流、保護環境及文化遺產等。政府目標是在 2030 年將外國遊客數量提升至 6,000 萬人（目前約 3,000 萬人），因此需要更多資金支持相關政策。若此提案通過，稅額上調可能在未來幾年內實施。

出國稅正式名稱為「国際観光旅客税」，是一項自 2019 年 1 月 7 日起實施的稅制，針對所有從日本出境的旅客（無論國籍）徵收。稅款通常由航空公司或船舶公司代為收取，直接加到機票或船票費用中，旅客無需額外支付現金。出國稅的推出與日本近年來旅遊業快速增長有關。伴隨而來的過度旅遊問題（如交通擁堵、環境破壞）促使政府尋求新的資金來源與解決方案。1,000 日元的稅額看似不多，但對經常出國的日本人或多次往返的旅客而言，累積成本可能有所影響；而若稅額提升至 5,000 日元，影響將更顯著。總之，日本出國稅是一項旨在支持旅遊業發展的稅收政策，目前為 1,000 日元，但未來可能因應旅遊挑戰而調整金額與用途。

日本 2025 年的觀光熱潮無疑是經濟復甦的助推器。然而，伴隨而來的オーバーツーリズム與二重價格爭議，提醒我們旅遊業的發展不能僅追求數量增長，而應注重可持續性與公平性。分散客流、提升基礎設施、透明化價格政策，或許是未來的方向。唯有如此，日本才能在迎接世界的同時，守護自身的文化與環境，讓這片土地的魅力長存。

第 51 課

外国人みたいな人と歩いているのを見ちゃった。

學習重點

◆ 本課主要學習比況助動詞「ようだ」與「みたいだ」。兩者的用法幾乎一致，僅些微語感上的差異。本課「句型 1」～「句型 3」分別學習「ようだ」的三種用法，「句型 4」則是將「句型 1」～「句型 3」所學習到的「ようだ」替換為「みたいだ」。因此「句型 4」刻意選用與「句型 1」～「句型 3」相同的例句。

◆ 「ようだ」與「みたいだ」分別有 1.「推量、推測」、2.「比況、比喻」、以及 3.「例示、舉例」三種用法。本課的「句型 1」～「句型 3」，就是分別針對上述用法來學習「ようだ」。

單　字

◆ 本課的對話文使用了較多年輕人非正式的用語，如「コクる」、「ヤる」、「フラれる」等。

◆ 「コクる」的意思是「向某人告白」或「表達愛意」，這個詞源自於動詞「告白する」，也就是「告白」的意思，但被簡化和口語化成了「コクる」。這裡亦可使用漢字，寫成「告る」，但「コクる」用片假名表達，帶有更輕鬆、時髦的語感，適合非正式場合或年輕人的對話。而「告る」雖然也口語化，但因為有漢字，感覺稍微傳統一點。選擇哪個形式主要取決於說話者的語氣和場景。

「～る」為日文動詞的常見結尾，日文中，在創造新的動詞時，經常會使用這樣的形式，活用也多以五段活用（I 類動詞）為主，如較早期的「サボる（翹課）」，近期的「ググる（上網搜尋）」。即便它的外觀看起來是上下一段動詞（II 類動詞），

如：「メシる（吃飯）、ケチる（小氣不花錢）」...等，它還是以五段活用為主。但如果是「モテる（受歡迎）、キレる（發火生氣）」等，沿用自原本就有的上下一段動詞的新詞時，還是會按照其原本上下一段動詞的活用。

- サボる → サボらない サボって
- ググる → ググらない ググって
- メシる → メシらない メシって
- ケチる → ケチらない ケチって

- モテる → モテない モテて
- キレる → キレない キレて

◆ 「やる」的原意為「做」或「幹」。當它被用來形容做愛時，經常會使用片假名「ヤ」而非漢字「やる」或「遣る」。這樣的表記，會讓人感到比較直接以及粗俗。「ヤる」的語氣非常直白，甚至帶有點隨性或不雅的感覺。相較於更隱晦或中性的「愛し合う」、「する」，「ヤる」更像是年輕人或非正式場合的用詞。

- あいつとヤったの？（你跟他上床了嗎？）
  這裡的語氣隨意，甚至可能帶點八卦或調侃。

類似這樣的表現還有「ハメる」，原意為「嵌上、裝上、套上」，但這裡引申為性行為上的「插入」或「搞上」。

◆ 「フラれる」的意思是被甩、被拒絕，特別是指在戀愛關係或告白時被對方拒絕。這個詞源自於動詞「振る」的被動形式「振られる」。

「振る」的原意是「甩動」或「揮動」，引申為「甩掉某人」或「結束關係」。主動態時，不會使用「フる」這樣的表記，反而在被動態時，則一定會使用片假名「フラれる」，而不會使用「振られる」。

◆ 「句型 3」練習 B 的第 6 小題「下手したら死ぬ」，「下手したら」是一個慣

用表現，意思是「沒弄好的話」、「搞不好」、「說不定」或「如果不小心」，用來表示某種不太理想的可能性或潛在的風險。多用在非正式對話中，提醒或假設某種不太樂觀的情況。經常與「〜かもしれない」一起使用。

・下手したら試験に落ちるよ。（搞不好會考試不及格哦。）
・下手したら、飛行機乗り遅れて帰れなくなるよ。
（搞不好會錯過飛機回不來哦。）
・下手したら大怪我するかもしれない。（要是弄不好，可能會受大傷。）
・下手したら、この風邪が悪化して寝込むかもしれない。
（要是不小心，這感冒可能會惡化到臥床不起。）

句型1：〜ようです（推量）

◆「句型1」所學習的「ようだ」，用於表「推量、推測」。是「說話者綜合視覺、聽覺、嗅覺、味覺、觸覺等五感的感受所做出的推論」，經常配合著副詞「どうも」使用。前方除了接續動詞以外，亦可接續形容詞以及名詞。「練習A」的第1小題就是練習前接動詞的情況，第2小題就是練習前接形容詞與名詞的情況。

◆ 第49課「句型1」，前接形容詞的「そうだ」與本句型的語意相近。兩者的不同在於，前者「そうだ」只能使用形容詞（※註：「そうだ」若使用動詞，語意會變為徵兆、預測的用法），但後者「ようだ」則是除了前接形容詞外，亦能前接動詞。

就語意上，「そうだ」為「說話者看到後的外觀描述（較為表面、淺層）」，而「ようだ」則為「說話者綜合自己五感所得的各項情報所進行的判斷（較為深入、包含說話者的推論）」。如下例：「忙しそうだ」，為「看到某人進進出出，手邊工作停不下來的樣態」。而「忙しいようだ」則可能是某人很難連絡上，事情回覆很慢等，讓你判斷出他似乎很忙。

・忙しそうですね、手伝いましょうか。（你看起來好像很忙，我來幫你吧。）
・田中さんは最近忙しいようで、連絡してもなかなか返事をくれない。
（田中先生最近似乎很忙，聯絡他都不回覆。）

◆ 正因為「そうだ」表「樣態」的用法，與「ようだ」表「推量、推測」用法，兩者對於某事象的「推論深度」有差別，因而這種「心的態度（modality）」上的差異，導致前者可以使用於名詞修飾節內，而後者無法使用於名詞修飾節內。

・（×）忙しいような 同僚 を手伝ってあげてください。
→（○）忙しそうな 同僚 ／忙しくしている同僚／忙しい同僚

少數可以使用推量、推測的「ようだ」用來修飾的名詞，就只有「〜ような 気 がします」這樣的慣用表現，因此練習A的第3小題，特別針對「〜ような気がし

ます」來做練習。

- （○）今年は、例年より忙しいような気がします。

◆ 「～ような気がします」是日文中的一個常用表達方式，用來表示一種主觀的感覺或直覺，意思是「我覺得好像……」或「我有種感覺好像……」。它的語氣比較溫和、不確定，帶有一點推測的意味，而不是百分之百確定的陳述，顯示說話者對自己的判斷並非完全有把握。

◆ 此外，本句型前接否定「～ないようだ」時，與第 49 課「句型 2」的「～く／じゃなさそうだ」亦有語意雷同的地方。例如：「あの人は学生ではないようです」與「あの人は学生じゃなさそうです」，這兩句日文雖然意思相近，都表示「那個人好像不是學生」，但語感與使用場合略有不同。

「あの人は学生じゃなさそうです」，是根據外表或表現來推測「那個人看起來不像學生」。比較適合用在根據視覺或直觀印象來判斷的場合，例如看到一個穿著正式西裝的人，感覺不像學生，就可以這麼說。

「あの人は学生ではないようです」，則是根據某些證據、訊息或間接推測（而非單純的外觀）來推測「那個人不是學生」。可能是透過對話、背景資訊等間接推測的。例如聽到那個人說「我每天都去上班」，所以認為他應該不是學生，就可以這麼說。

因此，若單純覺得某人看起來不像學生，適合用「～じゃなさそう」；如果是基於某些訊息或背景來判斷，則適合用「～ではないよう」。

句型 2：〜ようです（比況）

◆ 「句型 2」學習的「ようだ」，用於表「比況、比喻」。旨在將某事物或狀態比喻成其他不同的事物，經常配合著副詞「まるで」使用。「Aは、まるでBのようだ」，也因為它是用於來將A類比為B的，因此帶有「A，其實不是B」的含義在。例如：「真冬のような天気」，就是拿「冬天（隆冬、嚴冬）」來比喻今天很冷的天氣。言外之意，就是目前並不是冬天。「氷のように冷たい」則是拿「冰塊」來比喻的他冷淡的心。

◆ 表「比況、比喻」用法的「ようだ」，也經常使用後接名詞「〜ような」的形式（練習A第2小題），或後接動詞或形容詞的「〜ように」（練習A第3小題）的形式，分別用來做比喻。這點與「句型1」表「推量、推測」的用法不同。

教學者在教導「句型1」時，可以先不用讓學習者意識到其活用形態「ような／ように」，只先將「ような気がします」當作是一固定表現導入即可。等到進入「句型2」後，在教導其活用的形態「ような／ように」。這也是為何本書將「比況、比喻」的用法，放在「推量、推測」用法之後學習的緣故。

句型 3：～ような/ように（例示）

◆ 「句型 3」學習的「ようだ」，用於表「例示、舉例」。旨在列出一「具體例」來說明接續在後面的事物，因此這種用法只會以「～のような、～のように」的形式出現，而不會有終止形「ようだ」的形態。

　　與「句型 2」的「比況、比喻」用法不同的是，「東京のような大都会（A のような B）」，這其中的「A（東京），其實就真的是 B（大都會）」。

◆ 表「例示、舉例」的「ようだ」，其被舉出的例子，除了是名詞外，亦可以是動詞句。如練習題中的「映画に出てきたような豪邸」、「どこにでもあるような家」，這些都是「動詞＋ような＋名詞」的例句。

◆ 此外，如果「ようだ」的後方為動詞或形容詞的話，則需要使用「ように」。如：

・彼のように頑張りなさい。（你也要像他這樣努力。）
・この街は東京のように人が多い。（這個城鎮就像東京一樣人很多。）

句型 4：〜みたいです

◆ 本句型所介紹的比況助動詞「みたいだ」與「句型 1～3」所學習的比況助動詞「ようだ」的功能幾乎一樣，兩者也多可替換，唯「ようだ」較為書寫、正式用語，而「みたいだ」則較為口語。因此「みたいだ」的三種用法，請直接參照「句型 1～3」的說明。

◆ 唯一需要留意的是接續的方式。「ようだ」前接名詞以及ナ形容詞時，分別是「子供のようだ」、「お酒が好きなようだ」；而「みたいだ」前接名詞以及ナ形容詞時，則分別為「子供みたいだ」、「お酒が好きみたいだ」。

◆ 「ようだ」跟「みたいだ」都有「推量、推測」（句型 1）跟「比況、比喻」（句型 2）的用法。因此，如果只是光看句子，「あの人は日本人のようだ」亦可做兩種解釋。

　　1.「推量、推測」：不知道他的國籍，但從他外觀穿著很日系，或日語發音地道，來推測他可能是日本人。

　　2.「比況、比喻」：很清楚知道他是台灣人，但因為他日文流利，外觀也有日本人的味道，因此把他比喻成跟日本人一樣。

　　像是這樣，有可能會產生歧義的句子時，說話者可透過加上副詞，來使語意更明確，以避免誤會。如，透過加上「どうも」（彷彿、好像），來表示它屬於「推量、推測」的用法；加上「まるで」（有如），則是用來表示它屬於「比喻、比況」用法。

・あの人はどうも日本人のようだ／日本人みたいだ。（推量）
　（總覺得那個人好像是日本人。）
・あの人はまるで日本人のようだ／日本人みたいだ。（比況）
　（他就有如日本人一般。）

本文

◆「菫ちゃん、最近部活に顔を出さないね。どうしたんだろう」。這一句話，是晴翔詢問日向有關於小菫的事情。也就是說，這裡的小菫是第三人，並無在現場。使用「〜んだろう／のだろう」，是用來針對「小菫最近沒參加部活」的行為感到疑惑，並試圖猜測背後的原因。可以理解為「會是怎麼回事呢？」。

若今天小菫在場，而晴翔直接詢問「你為什麼最近都沒來部活，是怎麼了呢？」，這時就不會使用「〜んだろう」，而會僅使用「〜の？」。

・菫ちゃん、最近部活に来てないけど、どうしたの？

◆「えっ？それ、いつの話？」，這裡的「それ」，為「言語文脈指示」，並不是用來指現場的物品，而是指與對方談話中的言語文脈的內容。言語文脈指示，多使用「そ〜」系列的指示詞，少數文學作品上的描述使用「こ〜」系列的指示詞，這裡割愛不談。

若使用「あ〜」系列的指示詞，則會被解釋為「記憶文脈指示」。所謂的「記憶文脈指示」，指的就是參照說話者或聽話者的長期記憶的指示。多半用於「存在於說話者與聽話者兩者的記憶當中的事情」。如：

・あの人は、実に変わった人だね。（那個人真的是個怪咖）
  代表說話者與聽話者都認識這個人，存在於兩人的長期記憶當中，
  屬於記憶文脈上的指示。

・木村さんって人、知ってる？その人は、めっちゃ面白い人だよ。
  代表說話者認為聽話者不知道這個人，這裡的「その」用於指這句話文脈上，
  前面提到的「木村さん」這個人。屬於言語文脈上的指示。

對話文這裡使用「それ、いつの話？」，正是晴翔對於日向前述所提出的言語

文脈上的指示。若這裡使用「あれ、いつの話？」，則語感會變成「（我們兩個都知道的，之前發生的）那件事是什麼時候的事啊？」。會變成記憶文脈指示，因此這裡不可使用「あれ」。

◆「うちのクラスの琥太郎君ってさあ」，這裡的「って」用來提示主題，「琥太郎君って」可以理解為「說到我們班的琥太郎君」或「關於琥太郎君」，用來標明話題的主角。

而「さあ」則是間投詞（感動詞）「さ」的拉長形式，放在句末，帶有強調或吸引注意的效果。在口語中，「さあ」通常用來讓語句聽起來更隨性、更親切，或者稍微拉長語調，讓聽者準備好接下來的內容。它也可以表達一種「你聽我說」的感覺，像是說話者在分享某個有趣或值得一提的事。

「ってさあ」合起來，作用是引出話題並增添隨興的語氣。在這句話中，它讓「琥太郎君」成為焦點，同時給人一種「我跟你聊點八卦」的輕鬆氛圍。說話者可能是想分享一個觀察或傳聞（琥太郎君和菫ちゃん交往的事），用「ってさあ」讓語句聽起來不那麼正式，更像朋友間的閒聊。

如果這裡是使用「琥太郎君がさあ」，則語氣會稍微直接一點，但少了「って」的那種「提起話題」的感覺。

◆「あたし、あんたみたいなバカはごめんだわ」。這裡的「わ」，為終助詞，有上升語調以及下降語調兩種解釋。女性兩種都會使用，而男性多半只會使用下降語調。

上升語調的「わ」為女性專用，目的是讓語句聽起來更溫柔、更帶有感情色彩，而不是生硬或直接。在這裡，「わ」稍微緩和了「あたし、あんたみたいなバカはごめんだ」（我才不要你這種笨蛋）的強硬態度，使其帶有一點撒嬌或感嘆的感覺。這句話帶有輕微的不滿或嫌棄，可能是開玩笑或真的在表達拒絕。「わ」讓語氣不至於太過尖銳，反而有點像是在撒氣或耍小脾氣。

下降語調的「わ」則男女通用，用來強調說話者的心情或立場。帶有隨性、不在乎或輕微感嘆的感覺。語氣顯得更輕描淡寫，甚至帶點不耐煩的感覺。

　　這句話由於是女性日向的發話，因此就前後文脈來看，這裡要念成上升語調或下降語調皆可。

語句練習

◆ 01. 的練習，選自本課「句型 1」的例句。使用副詞「どうも」，與表「推量、推測」的「ようです」一起使用的表現。詳細用法請參閱「句型 1」的說明。

◆ 02. 的練習，改寫自本課「句型 2」的例句。使用副詞「まるで」，與表「比況、比喻」的「ようです」一起使用的表現。詳細用法請參閱「句型 2」的說明。

◆ 03. 的練習，選自本課「句型 1」的例句。「あの人の服装から見ると、彼はサラリーマンではないようです」。這裡的「ようです」表「推量、推測」，係針對五感的觀察所導致的推測，因此也經常會與「～からみると」一起使用。

「～からみると」的意思是「從…的立場，觀點來講（來看）的話…。以…來看」。此句型用來表達從某個特定的著眼點，來判斷，或者評價一件事情。亦可講成「から見ると／から見れば／から見ても」。

・彼の成績から見れば、志望大学に合格するのは難しいだろう。
（如果從他的成績來看，考上理想大學可能很困難。）
・彼の成績から見ても、志望大学に合格するのは難しい。
（即使從他的成績來看，考上理想大學也很困難。）

「～から」的前方，可以是「人」，表「從某人的立場來看」；亦可以是「某種條件或事實」，表「從某種條件、事實來判斷」。

・日本人から見ると、中国の漢字は少し違って見える。
（從日本人的角度來看，中國的漢字看起來有些不同。）
　表示日本人和中國人在書寫方式上的差異。
・このデータから見ると、今年の売り上げは増加するはずだ。
（從這些數據來看，今年的銷售額應該會增加。）
　表示依據數據來推測未來的趨勢。

◆ 04. 的練習，選自本課「句型 3」的例句。此處的「ような」為「例示、舉例」的用法，詳細用法請參閱「句型 3」的說明。

在「例示、舉例」的用法當中，多以「名詞」來舉例，而這裡則是以「思っているような」，動詞來舉例。拿出對方腦中想像中的形象來做舉例，說明他不是你所想像中的那樣的人。這個表現很常見，可以請學習者當作是慣用表現記起來。

除了「思っている」以外，亦有使用到「考えていた」、「聞いていた」、「想像している」等其他「情報表達動詞」的用例。這部分，老師可自行決定要不要補充。

・彼は君が想像しているような人じゃないよ。（他不是你想像中的那種人。）
・これは私が考えていたような物語ではない。
（這不是我原本想的那種故事。）
・この映画は、評判で聞いていたように面白くなかった。
（這部電影並不像評價中聽到的那麼有趣。）

◆ 05. 的練習，選自對話本文。「こないだ、董ちゃんが金髪で外国人みたいな人と歩いているのを見ちゃった。」當中的「こないだ」，是副詞「この間（kon[o] aida）」母音 [o] 脫落後的口語表現。

「見ちゃった」則為「見てしまった」的口語表現，可參考第 33 課的「句型 3」（完了）與「句型 4」（遺憾）。然而，這裡的「見ちゃった」並非表「完了」，也不是表「遺憾」，而是表「驚訝、意外」（進階篇時，暫時將其歸類在表遺憾之處）。帶有「不經意看到」或「意外性」的語感。此種用法可以使用的動詞也多為情報表達動詞「見る、聞く、知る、見つける」...等，表示意外之中獲得了這樣的一個情報、資訊。

・こないだ、先生がデートしてるの見ちゃった！
（前幾天我看到老師在約會！）
・二人が別れたって話、聞いちゃったよ！（我聽說那兩個人分手了！）
・彼の秘密、知っちゃった…。（我不小心知道了他的秘密……。）

・古いアルバムを見つけちゃった！（我找到了一本舊相簿！）

「こないだ、菫ちゃんが金髪で外国人みたいな人と歩いているのを見ちゃった。」整個句子的結構，為「この間、（私は）～を見た（見てしまった）」。這裡以「～のを」來將「見る（看到）」的目的語（受詞）名詞化，說話者看到的為「菫ちゃんが金髪で外国人みたいな人と歩いている」這件事情。關於「～のを」的用法，可以參考第 23 課的「句型 3」。

◆ 06. 的練習，選自對話本文。「そもそも晴翔君は菫ちゃんと付き合ってもいないじゃない」。當中的「そもそも」，是日語中常用的副詞，表示「根本、本來」。用來強調事情的前提或原則「從一開始就不是這樣」。

・そもそも私はそんなことを言っていません。（我根本沒說過那種話。）
・そもそも、この計画は無理がある。（這個計畫本來就不合理。）

在本句中，「そもそも晴翔君は菫ちゃんと付き合ってもいないじゃない」，「そもそも」這裡表示「根本、本來就沒有」。這句話強調「從一開始就不是這樣的，甚至討論這件事都沒意義」。「付き合ってもいない」當中的「も」在這裡強調連這個程度都沒達到，帶有「完全沒有」的語氣。因此整句話的意思就是「你們兩個根本沒交往，甚至討論這件事都沒有意義。

此外，「そもそも」亦有表示「話說回來」的用法，用於話題轉換，類似於「話說、其實...」。這裡僅補充給教學者了解，不需要於課堂上導入。

・そもそも、なんでこんなことになったの？（話說回來，為什麼會變成這樣？）
・そもそも、彼が悪いんじゃないの？（話說，這不是他的錯嗎？）

◆ 07. 的練習，與 06. 的練習的練習同一句話，但這裡著重於語尾「じゃない」的練習。這裡的「じゃない」，並非使用語調上揚來表達「尋求認同」，亦不是語調下降，重音落在「な」（な＼いじゃな＼い）來表達否定的用法，而是語調下降，全體皆為低音的「な＼いじゃない」，意思是「確認要求」。這是以反問的方式，

用來強調某件事情確實如此，帶有「我沒說錯吧？」的語氣。其正式的講法為「ではないか」、「じゃないか」。

◆ 08. 的練習，選自對話本文。「俺、日向ちゃんに乗り換えようかな。」當中的「かな」是終助詞「か」與「な」合在一起的連語。「かな」基本上用於「向對方詢問、試探」，通常是說話者「不確定某件事，並且希望對方給予回應」，但語氣不會太強烈，仍然保持柔和。

・この服、似合うかな？（這件衣服適合我嗎？）
・彼、もう家に着いたかな？（他不知道已經到家了沒？）

但對話文中的「乗り換えよう」，前方使用意向形，並且似乎是在自問自答、自言自語地述說內心話，此種用法則是表示「說話者考慮、猶豫要不要做某事」。雖然這句話當中，「かな」讓整句話聽起來像是晴翔在猶豫，或者只是隨口一提，並沒有下定決心，但對話文中，晴翔向日向說這句話時，其實是帶有一點試探性的感覺在。以這種有點開玩笑的方式，來試探日向是否對自己也有意思。

以下是其他使用「意向形＋かな」，表猶豫的例句：

・明日、映画を見に行こうかな。（明天要不要去看電影呢？）
・そろそろ帰ろうかな。（差不多該回去了吧？）
・お腹すいた。何を食べようかな。（肚子餓了。吃點什麼好呢？）
・バイト、辞めようかな。（要不要辭掉打工呢？）

◆ 09. 的練習，選自對話本文。「優しい子だったら、付き合ってみてもいいかなあと思ってみただけです」。當中的「かな」，雖然前方不是意向形，但也是屬於自言自語地表達說話者內心的想法，沒有期待別人回應的用法。這裡使用「かなあ」，則是在加強語氣。

「〜と思ってみただけです」的意思是「只是隨便想想而已」、「只是試著這麼想了一下」，用來表示自己沒有認真地這麼想，只是隨口一說或稍微有這種想法

但並非認真考慮。這種說法帶有一點試探、玩笑或輕描淡寫的語氣，因此也經常與「かな／かなあ」一起使用。

・引っ越そうかなと思ってみただけです。
（只是隨便想了一下要不要搬家而已。）
・会社を辞めようかなと思ってみただけです。
（只是試著想了一下要不要辭職而已。）
・告白しようかなと思ってみただけです。
（只是試著想了一下要不要告白而已。）

這句話常用來淡化自己的想法，讓對方不會太過當真。也就是文中的晴翔，以這種語氣來告訴日向「我只是隨便想想」，「如果是像你這樣溫柔的女孩，可以試著交往」。因為日向先前拒絕的態度，讓晴翔感到自己告白無望，因此這裡使用這種語氣，帶有一點自打圓場，自己給自己台階下的語感。

◆ 10. 的練習，選自對話本文。「～はごめんだ」，意思是「免了、不要」，是一種強烈拒絕的表達方式，類似於「才不要呢」、「敬謝不敏」。這句話語氣比較強烈，可能會讓對方感到被冒犯，要小心使用。

・あんたみたいな嘘つきはごめんだ。（我才不要跟像你這樣的騙子有關。）
・こんな仕事はごめんだ。（這種工作我才不要做。）

◆ 11. 的練習，選自對話本文。「陽平君にコクっちゃえよ」，當中的「コクる」是日語的口語動詞，來自「告白（こくはく）する」的簡略說法，意思是「向某人告白」或「表白心意」。「～ちゃえ」是「～てしまえ」的縮略口語表達，帶有鼓勵、催促的語氣，類似「快點……吧！」、「乾脆……算了！」的感覺。

◆ 12. 的練習，選自對話本文。「陽平君と付き合うと疲れちゃいそう」。這裡的「疲れちゃう」的「～てしまう」，既不是第 33 課學習到的「完成」的用法，也不是 05. 當中「意外性」的用法，而是表示「徹底變成某狀態」的用法。這種用法多半是說話者不期望發生的事態成真了。使用於非意志動詞，意思是「完全變累」或

「不由自主變累」的語感，通常帶點無奈或抱怨的感覺，屬於自然對話中的口語表達。

「～ちゃいそう」則是將此用法與第49課表徵兆、預測的「そう」（「句型3」）一起使用，表達「說話者認為若做了前面的事情，似乎後面就會變成說話者不期望發生的事態」。意思是「感覺好像（如果跟他交往）會變得很累」、「好像會累壞」、「如果真的這樣做，可能會覺得很累」。

・この映画、見たら泣いちゃいそう。（這電影，感覺看了會哭出來。）
・仕事が大変で、倒れちゃいそう。（工作太累，感覺會倒下。）

延伸閱讀

◆ 留學生赴日留學，發展國際戀情，也有不少機會與日本人結成良緣。隨著全球化與國際交流的深化，「国際結婚（こくさいけっこん）」近年來逐漸增加。截至本書完稿時（2025年3月），日本的國際結婚比例在總婚姻中約占3-5%，尤其在都市地區更為常見。這一趨勢的背後，與日本人口結構的變化和社會需求的轉變密切相關。日本正面臨嚴重的少子化與人口老齡化問題，出生率持續下降，勞動人口萎縮，國際婚姻因此被視為緩解人口壓力的潛在途徑之一。然而，國際婚姻的增加也帶來了法律與文化的挑戰，並在社會接受度上呈現出區域差異。

在法律層面，日本民法第750條規定，結婚時夫妻必須統一姓氏，通常採用丈夫的姓。這項傳統規定對國際婚姻中的外國配偶可能造成身份認同的衝突。例如，許多外國人希望保留自己的姓氏以維持職業或文化身份，但現行法律卻限制了這種選擇。此外，外國配偶的簽證與居留權問題也是一個焦點。配偶簽證的審查標準嚴格，且期限的不確定性常使國際家庭面臨壓力。在文化與社會層面，雖然日本整體對國際婚姻的接受度逐漸提高，但在農村地區或傳統家庭中，仍可能存在偏見或適應困難。

特別值得一提的是，台灣人與日本人結婚的戶籍登記問題在2025年迎來了歷史性改變。日本法務省自2025年5月下旬起修訂規定，允許在戶籍的國籍欄中標示「台灣」，而非過去強制記載為「中國」。這一改變回應了長期以來台灣社群的訴求。歷史上，台灣人在日本結婚或歸化時，國籍欄只能登記為「中國」，引發身份認同爭議。在日本超黨派議員團體及相關組織的推動下，這項政策終於實現。這項修訂與在留卡的記載方式一致，體現了日本對台灣人身份認同的尊重。

總體而言，日本的國際婚姻議題反映了全球化與傳統規範之間的碰撞，而台灣人國籍欄的變更則標誌著政策對多元身份的回應。這不僅是法律上的進步，也為國際婚姻中的文化融合提供了新的可能性。

◆ 日本在同性伴侶權益上的進展緩慢，但近年有所突破。截至2025年3月，日

本尚未全國性承認同性婚姻，民法仍將婚姻限定為異性結合，使同性伴侶無法合法結婚。然而，地方層面的「パートナーシップ宣誓制度（伴侶制度）」逐步推展，截至 2024 年底，超過 300 個地方政府（約占 17%）實施伴侶證書制度，讓同性伴侶在住房、醫療等領域獲得部分權益。

司法上，2024 年福岡、東京、札幌等地高等法院裁定禁同性婚姻「違憲」，2025 年名古屋與大阪的判決也將影響輿論，為立法施壓。但國會受保守派（如部分自民黨議員）阻力，反對修法以維護傳統家庭觀，至今未通過法案。

社會態度顯示進步，約 70% 民眾支持同性婚姻合法化，年輕世代更達 80% 以上。國際壓力隨 2025 年大阪・關西世博會逼近亦增加，促使多元性別議題受關注。然而，同性情侶交往的辛酸不容忽視。法律保障不足下，他們常無法共同申請貸款、繼承財產或為伴侶做醫療決定，生活充滿不確定性。社會偏見也帶來壓力，尤其在保守地區，同性情侶可能隱藏關係以避歧視，甚至面臨家人反對，感情路更顯艱辛。相較異性伴侶，他們缺乏法律與社會的「安全網」，每一步都需更多勇氣與妥協。

這些辛酸凸顯權益進展的迫切性。地方制度與司法判決雖帶來曙光，但全國性同婚合法化仍是漫漫長路。社會支持與國際目光或許能加速改變，讓同性伴侶走出困境，享有平等的愛與權利。

◆ BL（ボーイズラブ／ Boy's Love），指的是男男之間的戀愛小說、漫畫以及影視題材作品，與單純以男同志為主題的文學或影視作品，類型又有些許不同。隨著全球對多元性別題材接受度提升，其市場規模在 2025 年持續擴張。BL 漫畫市場從 2020 年代初的 300 億日元（約 2.3 億美元），預計至 2025 年因電子書與國際擴張成長至 400-500 億日元。主要受眾為 20-30 歲女性，但男性與國際粉絲比例上升，題材也從純愛擴展至懸疑、奇幻等多元類型。同時，BL 電視劇市場從 2023 年的 50-70 億日元，預計 2025 年突破 100 億日元（約 7700 萬美元），涵蓋播出、串流授權與周邊收入。觀眾除日本「腐女子（ふじょし）」（腐女），國際粉絲（泰國、中國、歐美）也不在少數。「腐女」，指的是熱衷於 BL 作品的女性粉絲。「腐」原意為「腐敗」，在此是自嘲意味，暗指她們對男男戀情的「癡迷」超乎常人想像。

值得注意的是，BL 文化中男男題材遠超女女題材（GL，Girls' Love）。市場數據與作品數量顯示，BL 漫畫與劇集占比約為 GL 的數倍。這源於歷史與受眾偏好：BL 自 1970 年代起由女性創作者發展，迎合女性對浪漫與禁忌幻想的需求，市場成熟且商業化程度高。反觀 GL 雖有增長，但受眾較小，商業推廣不如 BL 廣泛。BL 的浪漫化描寫也間接推動日本對同性戀議題的討論，儘管與現實權益運動存差距。男男題材的主導地位，反映了文化消費中的性別想像差異，成為 BL 市場的顯著特徵。

第 52 課

仮想通貨って、儲かるらしいね。

學習重點

◆ 本課學習的「らしい」，其品詞上分成兩種：一為「接尾辞」、一為「助動詞」。「句型 1」所學習到的是「接尾辞」的用法，僅能接續於名詞後方，語意也相對單純。用於表達「具有某種特徵、性質、風度及氣質」。名詞後方加上「〜らしい」後，相當於將這個名詞轉品為「イ形容詞」，因此可改為否定形「〜らしくない」或者修飾名詞「〜らしい＋名詞」。當然，亦可比照「イ形容詞」的方式轉為敬體，如：「男らしいです」「男らしくないです／男らしくありません」。

◆ 「句型 2」學習「らしい」作為「助動詞」使用的用法。此用法前方可接續各種品詞（包含「から、まで、ぐらい、ほど、だけ」等少數助詞及代名詞「の」），用於表達「說話者基於從外部獲得的情報來做判斷，並非單純的想像」。

　　助動詞用法的「らしい」不可改為否定形「らしくない」，只可接續於否定句，使用「〜ないらしい」的形式。但可以作為從屬子句，以「〜らしく（て）」的方式後面繼續接續其他的句子。其敬體的形式為「〜らしいです」、「〜ないらしいです」。

◆ 助動詞的「らしい」可用於表達「傳聞」與「推量」，因此它與第 51 課「句型 1」，表「推量」的「ようだ」有部分雷同之處，也與第 50 課「句型 3」表「傳聞」的「そうだ」有相似之處。關於這點，會於本手冊「句型 2」的說明部分補充。

◆ 本課的最後兩個句型屬於「比較構文」。「句型 3」則是延續初級篇第 6 課的比較表現，學習更高階的「〜より　〜の方が」的比較表現。「句型 4」則是學習「〜というより」（與其說 … 倒不如說）的描述方法。

單　字

◆ 語句練習 11. 的第 2 小題練習，使用到了「～をもとに」的講法。「学習データをもとに、さまざまなコンテンツを生成できる人工知能」，當中的「をもとに」，意思是「以……為基礎」或「基於……」。它通常用來表示某件事情、行動或結果是以某個特定的根據、資料或來源為基礎而進行的。因此這個例句的意思就是說，AI 是基於它所學習的數據來創造內容的。

以下為「～をもとに」的更多舉例，老師可適時補充，但不需花太多的時間在這裡。

- この映画は実話をもとに作られました。
（這部電影是以真實故事為基礎製作的。）
- 彼の意見をもとに計画を見直しました。
（我們根據他的意見重新審視了計劃。）
- 最新の研究結果をもとに、新しい薬が開発されました。
（基於最新的研究結果，開發出了新藥。）

◆ 「NISA」（Nippon Individual Savings Account，日本個人儲蓄帳戶）是一項由政府推出的免稅投資政策，旨在鼓勵民眾將資金投入資本市場，並提升個人的資產累積能力。

日本現行稅法對股票或基金的資本利得和股息徵收約 20% 的稅，但 NISA 帳戶內的收益則完全免稅。新 NISA 將年度投資上限提升至 360 萬日元，終身額度達 1800 萬日元，且免稅期限從原本的 5 年或 20 年延長至無限期。例如，一位年輕上班族若每年投入 120 萬日元於「積立枠」，長期累積下來，可能為退休生活奠定堅實基礎。

相較於日本的 NISA 帳戶，台灣於本書執筆的 2025 年時點，是停徵「證所稅」的，相當於台灣居民每個人的證券帳戶，在資本利得這一塊，都是無上限的 NISA

帳戶。這點在稅務上，比起日本的 NISA 優越許多。

◆ 「日銀」的正式名稱為「日本銀行」，是日本的中央銀行，總部位於東京。它主要負責制定和執行日本的貨幣政策，維持金融系統的穩定，並發行和管理日元貨幣。類似於我們台灣的中央銀行（央行）、美國的聯邦儲備系統（Fed）或歐洲的歐洲央行（ECB）。

句型1：～らしい（接尾辞）

◆ 「句型1」學習「らしい」作為「接尾辞」使用時的用法。前面僅能接名詞，用於表達「具有某種特徵、性質、風度及氣質」。加上「～らしい」後相當於一個イ形容詞，可改為否定形「～らしくない」或者修飾名詞「～らしい＋名詞」。若要使用於敬體的句子，亦可比照形容詞，在後面加上「です」，但本練習僅有學習「～らしい」、「～らしくない」等常體的表現，暫不導入「～らしいです」、「～らしくないです／らしくありません」。

練習A的兩小題，就是分別練習「～らしい」、「～らしくない」等最基本的肯定與否定的練習

◆ 除了上述「～らしい」放在句尾當述語的用法外，例句亦有學習「～らしい」修飾名詞時（例：男らしい男），以及連用中止「～らしく」（例：社会人らしく振る舞う）的形態。

◆ 例句中的「AならAらしく」是很常見的慣用表現。這個句型用來表達「既然是～，就應該有～的樣子（或行為）」的意思，通常用來強調某人應該符合自己的身份、立場或角色，並按照該角色應有的方式行動。

・学生なら、学生らしくしなさい。
（學生就應該有學生的樣子。）
・大人なら、大人らしく振る舞いなさい。
（大人就應該有大人舉止成熟穩重的樣子。）
・リーダーなら、リーダーらしく決断しなければならない。
（領導就應該有領導的樣子，果斷做決定。）
・男なら、男らしく責任を持ちなさい。
（男人就要當個男子漢，要有責任感。）

這個句型通常帶有責備或勸誡的語氣，表示說話者希望對方以符合其身份的方

式行動，例如：努力學習、遵守校規、不做出超出學生身份的行為 ... 等。後句多半為命令或禁止的語氣。

◆ 「～らしい」本身是個形容詞，表示「有～的特徵、風格或典型性」，但「～らしく」則是其副詞形式，表示「按照～應有的樣子，來做某事」。

・彼は彼らしく生きている。（他按照自己的風格生活。）
・君は君らしく頑張ればいい。（你就按照自己的方式努力就好。）

句型 2：～らしい（助動詞）

◆ 不同於「接尾辞」的「らしい」是「接」在名詞的「尾」巴，助動詞的「らしい」則是可以接續於動詞、名詞、イ形容詞い、ナ形容詞語幹的後方（練習 A 第 1 小題），甚至是「から、まで、ぐらい、ほど、だけ」等少數助詞及代名詞「の」的後方（練習 A 第 2 小題）。當然它也有連用中止「～らしく」的形態，來作為句子前半段從屬子句（練習 A 第 3 小題）。

然而，助動詞的「らしい」則是本身沒有否定形「～らしくない」的形式，只可以前接否定句，以「～ないらしい（です）」的形式來表達。

◆ 「らしい」作為「助動詞」使用時，有「傳聞」以及「推量」兩種用法。例句中也分別清楚標示了此句屬於哪一種用法。

表「傳聞」時，用於表達「從別人那裏聽來的情報，但往往情報源不明確」。
表「推量」時，用於表達「說話者基於從外部獲得的情報來做判斷，並非單純的想像」。

◆ 表「傳聞」的「らしい」與表「傳聞」的「そうだ」之比較：
本課的「らしい」，與第 50 課「句型 3」表「傳聞」的「そうだ」之間的異同，在於若情報來源明確，或直接從本人那裡聽到的，一般會使用「そうだ」。當情報來源不明確時，則傾向會使用「らしい」。但這只是傾向而已，不是 100% 嚴格的規定。

・噂によると、春田さんは来月大阪へ転勤するらしいよ。
（根據傳言，春田先生好像下個月要調職到大阪。）
・社長の話によると、春田さんは来月大阪へ転勤するそうだ。
（根據社長所講，聽說春田先生下個月要調職到大阪。）

◆ 表「推量」的「らしい」與表推量的「ようだ／みたいだ」之比較：

本課的「らしい」，與第51課「句型1」，表「推量」的「ようだ」之間的異同，在於「ようだ／みたいだ」比較像是「基於自己看到、聽到、聞到…等五感的感受，進而進行合理推測」時使用。但「らしい」聽起來就比較帶有「較不負責任地去判斷，推測」時使用。如下例：

- 山田さんは咳をしている。風邪を引いているようだ。
  （看到山田咳嗽，便依據自己的醫學常識跟經驗，來合理地判斷。）
- 山田さんは咳をしている。風邪を引いているらしい。
  （只看到山田咳嗽的樣子，便以隨性、不負責任的態度作出判斷。）

　　因此，去看醫生時，醫生用專業判斷後，會對患者說「風邪のようですね」。而不會講「風邪らしいですね」。

◆ 「句型1」學習了「接尾辞」的「らしい」修飾名詞的用法（例：男らしい男），「句型2」這裡則沒有學習助動詞的「らしい」修飾名詞的用法。這裡不導入，主要是因為並不是所有的助動詞「らしい」都可以拿來修飾名詞。

- （○）その学生は、友達から借りたらしいノートを試験に持ち込んだ。（推量）
  （那個學生把似乎是從朋友那裡借來的筆記帶進了考試。）
- （？）幽霊がいるらしい噂を聞いた。（伝聞）
  （我聽到了似乎有幽靈的傳言。）

　　上述表「推量」的例句，可以使用「らしい」來修飾名詞，然而表「傳聞」的例句，則不太適合用「らしい」來修飾名詞。「幽霊がいるらしい噂を聞いた」聽起來有點冗贅，因為「らしい」（聽說）和「噂」（傳聞）都有「間接資訊」的語感，兩者疊加在一起可能讓句子顯得重複或不夠簡潔。母語者可能會覺得這句話稍微「繞口」或不夠自然。因此這句話只需要改成「幽霊がいる噂を聞いた」或「ねえ、聞いた？幽霊がいるらしいよ。」即可。

　　正因如此，「句型2」教學時，可以不需要導入助動詞「らしい」修飾名詞的用法。這裡僅列出來給教學者參考。

句型 3：～より　～のほうが

◆ 初級篇第 6 課所學習到的「A は B より～」的型態，是將 A 做為談論話題的主題，再以 B 作為比較的基準。而本句型「B より A のほうが～」或者「A のほうが B より～」的型態，則是用於將 A 與 B 兩者同時列出並排做比較時使用，因此兩者的問句會不同。

- Q：鈴木さんはかっこいいですか。（鈴木為談論話題的主題）
  （鈴木帥嗎？）
  A：鈴木さんは木村さんよりかっこいいと思いますよ。
  （我覺得鈴木比木村還要帥。）

- Q：鈴木さんと木村さんとどちらがかっこいいですか。
  （並列比較鈴木與木村）
  （鈴木跟木村哪個比較帥？）
  A：鈴木さんのほうが木村さんより　かっこいいと思いますよ。
  （我認為鈴木比起木村還要帥。）
  　木村さんより鈴木さんのほうが　かっこいいと思いますよ。
  （我認為比起木村，鈴木更帥。）

◆ 練習 A 的第 2 小題，則是以「**～は**　B より A のほうが～」或者「**～は**　A のほうが B より～」的型態，來表達在某個特定的人物、主題或話題之下，兩事物之間的比較。

句型 4：～というより

◆ 「A というより、（むしろ）B」，並不是用來比較「兩者在某種性質上的差異」，而是用來比較「哪種表達方式更適合描述某個事物或情境」。意思是「與其說是 A，不如說是 B」。而其中的「むしろ」用來強調「B」比「A」更為恰當的副詞，亦可省略不講。

「A というより B」（與其說是 A）的意思，其實就暗示了 A 可能有部分正確，但並不完全準確，但 B 比 A 更合適，B 才是更貼切的說法。例如：「彼の話し方は、優しいというより、むしろ退屈だ（他的說話方式與其說是溫和，不如說是無聊）」，就是在修正聽話者的認知，強調對於說話者而言，「退屈」的感受更明顯。

◆ 「A というより、むしろ B」的 A 和 B 可以是名詞、形容詞、動詞等。
- 名詞　：彼は天才というより、むしろ努力家だ。
　　　　　（與其說他是天才，不如說他是努力的人。）
- 形容詞：この料理は美味しいというより、むしろしょっぱい。
　　　　　（這道菜與其說是美味，不如說是鹹。）
- 動詞　：彼は遊んでいるというより、むしろ研究しているように見える。
　　　　　（與其說他在玩，不如說他在研究。）

◆ 「むしろ」本身就有「與其說……，倒不如……」的含義，單獨使用時也能表示「寧可」、「反而」的意思。

- 暑い日には、冷たいものよりむしろ温かいお茶のほうが体にいい。
（炎熱的天氣裡，與其喝冰的，反而喝溫熱的茶對身體更好。）

本文

◆ 對話文中的「へえー、凄いなあ」,「へえー」或「へえ」,是一個間投詞(感動詞),表示驚訝、感嘆或對某事的興味。通常用來表達聽到某個信息時的第一反應,類似中文的「哦」、「哇」或「嘿」。在這裡,「へえー」帶有一種輕鬆、隨意的語氣,像是對「凄い」(厲害、驚人)的初步驚嘆或認同。語調拉長(「ー」)更強調了這種感覺,像是自然流露的情緒。

「なあ」或「な」為終助詞,常見於口語中,帶有感嘆、喃喃自語或與聽者拉近距離的語氣。在「凄いなあ」中,「なあ」讓句子聽起來更柔和、更隨性,像是自言自語或隨口感慨,類似中文的「啊」、「呢」或「呀」。它也隱含了一點情感上的共鳴或對話的親切感。
相較於單純的「凄いな」(厲害啊),加上「なあ」會讓語氣更悠長、更帶感情。

◆ 「なあ」或「な」,亦有間投詞的用法,例如:「あのなあ、いいこと教えてやろう」。「間投詞」與「終助詞」不同。「終助詞」是出現在句子末尾的助詞,用來表達說話者的語氣、感情或態度。它通常附在句子的主要成分後面,像是動詞、形容詞或名詞。因此本文當中的「凄いなあ」屬於「終助詞」的用法。

「間投詞」則通常是獨立的感嘆詞,不依附於句子的其他部分,可以單獨使用。如果說「なあ、見てみろよ」(嘿,你看啊),此時「なあ」是間投詞,用來引起注意,獨立於後面的句子。

◆ 關於「間投詞」(かんとうし),這裡更進一步補充說明。「間投詞」,又稱「感動詞」,是指一類用來表達感情、反應或語氣的詞語,通常獨立於句子的主要語法結構之外。它們不承擔具體的語法功能(如主語、動詞等),而是用來增添語感、表達說話者的情緒或引起聽者的注意。簡單來說,「間投詞」就像是語言中的「感嘆聲」或「語氣詞」,在日常對話中常常拉長音(如:「へえー」、「ねえー」、「なあ」)來加強語感。

它用來表達情緒或反應，例如：「驚訝、喜悅、疑惑、痛苦」等。語氣自然，多用於口語，模擬人類的自然發聲。通常不影響句子的語法，可以單獨使用或插入句子中。常見例子如下：

- 「へえー」　：表示驚訝或感嘆，類似中文的「哇」或「哦」。
- 「あっ」　　：表示突然的發現或驚呼，類似「啊」。
- 「ねえ」　　：用來引起注意或感嘆，類似「嘿」或「你看」。
- 「うわっ」　：表示驚訝或害怕，類似「哇塞」或「哎呀」。
- 「やれやれ」：表示疲憊或無奈，類似「哎，真是」。

本句子中的「へえー、凄いなあ」的「へえー」是間投詞，表達驚訝，然後接著主句「凄いなあ」（真厲害啊）。其他像是「あっ、忘れてた！」的「あっ」（表示突然想起），以及上一課本文的「琥太郎君ってさあ」的「さあ」，以及本文中的「ふーん」，都是屬於間投詞。

◆ 「ふーん、そうなの？」的「ふーん」，用來表達說話者對聽到的信息的一種反應，通常帶有「哦，原來如此」、「嗯，我知道了」或「有點興趣」的語感。它的語調和上下文會影響具體的情緒，比如可能表示驚訝、興味、冷淡或敷衍。

如果語調上揚，可能表示真實的驚訝或好奇。如果語調平淡，可能只是隨口應和，甚至有點敷衍。可以翻譯為：「哦，是這樣啊？」（帶點興味或驚訝）「嗯，是喔。」（較平淡或隨意的語氣）。

◆ 「へえー、金投資か、陽平君らしくないね」這句話中，「か」是一個終助詞。在這裡，「か」並不是疑問句中常見的問號用法（例如「何ですか？」），而是作為一個語氣助詞，用來表示驚訝或意外，這裡搭配前面的「へえー」，強化了驚訝的語感。

此外，這句話也帶有輕微的不可置信或確認意味。不直接質疑，而是鋪墊。這個「か」並非真的在問對方，而是為後面的「陽平君らしくないね」（不像陽平君的風格）做情感上的鋪墊，表達說話者的主觀感受。說話者聽到陽平在投資黃金後

後感到意外，因為這不符合他們對陽平君的印象（穗花認為陽平喜歡一夜致富的投機行為）。

◆ 關於對話內容，有一點需要澄清。本文並非反對或贊成加密貨幣的投資。內容描述加幣貨幣有賭博性質，此乃為文中陽平個人的看法以及觀點。事實上，加密貨幣的地位已經不同以往。除了各國政府相繼認可以外，其價值保存的功能已受到主流金融的接納。透過 ETF 的成立而流入比特幣（Bitcoin）或以太坊（Ethereum）的資金，更是為它提供了一定的安定性。

或許早期的加密貨幣帶有賭博以及投機的色彩，但現今，它已不再是小眾投資者的玩具，而是被納入全球金融體系的一部分。市場焦點亦從短期炒作轉向長期價值儲存（如比特幣被稱為「數字黃金」）和實用性（如以太坊的區塊鏈應用）。隨著監管的加強和 ETF 的出現，市場逐步脫離了「野蠻生長」的階段，朝著更規範的方向發展。再加上技術進步和市場參與者的多元化，這些都使得加密貨幣從一個邊緣化的概念成長為全球經濟中不可忽視的一部分。這種變化不僅是數量上的增長，更是性質上的轉型。

授課時，也期望學習者可以透過本課，學習獨立思考判斷，不被舊有的固定框架限制住。

> **語句練習**

◆ 01. 的練習，選自本課「句型 1」的例句。「もう社会人になったんだから、社会人らしく振る舞いなさい」當中的「～んだから」其實是「～のだから」的口語形式，使用了第 34 課「句型 3」說明理由的「～んです」，再加上也是表原因理由的「から」所形成的講法。

如果這句話只是單純使用「もう社会人になったから、社会人らしく振る舞いなさい」，則用來單純表示因果關係，沒有太多的主觀情感。語意為「已經成為社會人了」，所以應該「表現得像個社會人」，語氣比較平淡，單純是敘述理由。

但這邊卻又多加上了一個「～のだ」，與「から」一起使用，這樣的用法，通常用於「說話者認為聽話者已經知道前述的事實，但聽話者卻沒有做到應有的態度，因此再次提出這句事實來提醒聽話者，應該有這樣的認識、態度」。因此「～のだから（んですから）」的後句多會是「意志、命令、推測、責罵、勸告」的語氣。這裡就有帶入說話者的主觀情感。

「もう社会人になったんだから」這句話中，強調說話者認為「你已經是社會人士」這件事是理所當然的事實，聽話者本身也知道，只是聽話者還是屌兒啷噹，沒有表現出一副社會人士該有的態度、心態，因此說話者再次提出，來告誡聽話者，說「你應該已經明白這個道理，卻還沒有達到期望」。帶有一種說話者的情感或主觀看法，可能包含責備、勸誡或期待的語氣。

「～んだから」：強調理由，帶有說話者的主觀情感，可能含有責備、勸告或期待。當說話者認為對方應該明白這個道理，並希望對方改變行為時。用於家長對孩子說話、上司對下屬說話、朋友之間帶點埋怨的語氣。

「～から」：客觀陳述理由，語氣較平和。單純說明原因，沒有特別的情緒色彩。用於說明理由。

◆ 02. 的練習，選自本課「句型1」的例句。「最近は忙しくて、ろくに食事らしい食事もしてない」當中的「ろくに」是一個副詞，表示「充分地」、「像樣地」、「令人滿意地」，通常與表達否定的「〜ない／ません」搭配使用，因此「ろくに〜ない／ません」的意思就是「不夠充分地」、「不像樣地」、「不夠令人滿意地」。言語中帶有不滿、遺憾、抱怨的語氣。

・「最近は忙しくて、ろくに食事らしい食事もしてない」意思就是「最近太忙了，連像樣的飯都沒吃。「ろくに」強調「吃飯的狀況很糟，甚至不算是正常的吃飯」。其他的例句，如：

・昨日は疲れていて、ろくに寝られなかった。（昨天太累了，根本沒睡好。）
　表示睡眠品質很差或幾乎沒睡。

此外，它亦有形容詞「ろくな」的形態，亦與否定的「〜ない／ません」一起使用，表示「沒有像樣的〜」、「沒有好的〜」。

有別於「ろくに」修飾動詞，「ろくな」則是修飾名詞。

・ろくな食事をしていない。（沒有吃像樣的飯），強調吃飯的品質不夠好
・ろくに食事をしていない。
　（沒有好好吃飯），強調沒有正常時間、次數吃飯

◆ 03. 的練習，選自本課「句型4」的例句，請參考「句型4」的說明。

◆ 04. 的練習，選自對話本文。「ビットコインを買ったら、半年で倍になった」，當中的「〜たら、〜た」，後句使用「た」形，屬於「事實條件」。「事實條件」與第31課所學習到的「假定條件」與「確定條件」不同，關於表事實條件的「〜たら、〜た」將會於第54課「句型3」詳細學習。

本文中，這句話的「〜たら〜た」句型表示的是「某個動作發生後，結果發生了後述這件事」，語氣類似於「結果發現…」或「沒想到…」。這裡的「買ったら」

表示「當我買了（比特幣）之後」，而「倍になった」表示「（價格）翻倍了」。

「～たら～た」這種主要子句（後句部分）使用過去式的條件句，通常用來描述過去的經驗或意外的結果，語感上帶有一種「出乎意料」或「偶然發現」的感覺。這種用法多見於日常對話和敘述個人經歷。常用的用法有：

1. 表示某個行為之後，出現意外的結果（意外性）
   - ドアを開けたら、猫がいた。（打開門後，發現有一隻貓。）
     說話者沒有預期到門外會有一隻貓。
   - 薬を飲んだら、すぐによくなった。（吃了藥之後，馬上就好了。）
     說話者沒有預期到藥效如此快速。

2. 表示某個行為之後，發現了某個情況（發現新事實）
   - 昨日の夜、外を見たら雪が降っていた。
     （昨天晚上往外看，發現正在下雪。）
   - 財布の中を見たら、千円しかなかった。
     （看了看錢包，發現只剩一千日圓。）

3. 表示做了某個行為後，某事自然而然發生（結果）
   - ビールを飲んだら、酔っ払った。（喝了啤酒後，醉了。）
     喝酒→醉，結果自然而然發生
   - 電気をつけたら、部屋が明るくなった。（開了燈，房間就變亮了。）
     說明前後動作的因果關係

「ビットコインを買ったら、半年で倍になった。」這句話的「～たら～た」，屬於上述的第 1 種情況，帶有「意外發現」的語感。說話者並沒有特別預期比特幣會翻倍，而是後來發現它漲了，有一種驚訝或幸運的語氣。口氣類似於中文的「我本來只是買了比特幣，結果過了半年，價格竟然翻倍了！」、「沒想到半年內就翻倍了！」

如果這邊將這句話改成第 45 課學習到的「～ば」，並使用「なる」結尾：「ビ

ットコインを買えば、半年で倍になる」，則這句話的意思就會變成「如果買比特幣，半年內就會翻倍」的語感，帶有假設性，反而像是在跟對方說「如果你想賺快錢，就去買比特幣，半年就會翻倍喔」。它就不像原句那樣有「意外發現」的感覺了。

◆ 05. 的練習，選自對話本文。「投資というより、むしろギャンブルのようなものなんじゃないかなあ」。當中的「んじゃないかなあ」是「のではないかなあ」的口語省略形式，用來表達自己的推測、懷疑或委婉的意見。語氣上帶有一種「我覺得可能是這樣，但不確定」或「帶點猶豫的個人看法」，通常用來表達不太強烈的主張，讓語氣聽起來比較柔和。

說話者認為投資加密貨幣這種行為「與其說是投資，倒不如說是賭博」，但又不是非常確定（或不想否認地這麼直接），所以用了「なんじゃないかなあ」來讓語氣變得比較婉轉、柔和，不那麼直接。

「～んじゃないかなあ」常有的語境，有：

1. 個人推測
    ・明日は雨が降るんじゃないかなあ。（明天可能會下雨吧。）
    ・彼、そろそろ来るんじゃないかなあ。（他應該快到了吧。）

2. 委婉的批評或懷疑
    ・それ、本当に大丈夫なんじゃないかなあ？（那個真的沒問題嗎？）
      帶有懷疑，但不想太直接吐槽
    ・あのやり方、ちょっと効率悪いんじゃないかなあ？
    （那種做法，似乎有點沒效率吧？）

3. 委婉的建議
    ・もうちょっと勉強したほうがいいんじゃないかなあ？
    （是不是該再多讀點書呢？）
      比直接說「勉強しなさい！」更柔和

這裡補充說明「～んじゃないかなあ」的語氣 vs. 其他表達方式：

「～んじゃないかなあ」為柔和、不確定，帶有推測或委婉的感覺
　・これはちょっと危ないんじゃないかなあ？（這可能有點危險吧？）

「～のではないかと思う」較正式、慎重的表達
　・この計画は問題があるのではないかと思います。
　（我認為這個計畫可能有問題。）

「～んじゃない？」較直接、口語的詢問或推測
　・もう帰ったんじゃない？（是不是已經回去了？）

「のでは？」的質疑性較強
　・これは間違いなのでは？（這是不是錯誤呢？）

◆ 06. 的練習，選自對話本文。「投資をやるなら、ゴールドのほうがいいと思います」，當中的「なら」表「假設的條件句」。雖與第31課「句型1」的「たら」一樣都是「假設的條件」句，但兩者無法替換。

「なら」是一種假設條件，用來表達「在某種情況下，接下來的事情應該怎麼做」。它的重點是「基於對方所說的事，提出自己的意見、建議或判斷」。舉例如下：

・安いパソコンを買うなら、ネットで探したほうがいいよ。
　（如果要買便宜的電腦的話，最好上網找找。）
・その映画を観るなら、一緒に行こうよ。
　（如果要看那部電影的話，我們一起去吧！）
・この本を読むなら、まず前作を読んだほうがいいよ。
　（如果要讀這本書的話，最好先讀前作。）
・彼が来るなら、待っていよう。（如果他會來的話，那我們等他吧。）

「なら」是基於某個前提條件，提出建議、意見或判斷。上述的例句，皆無法

改寫為「たら」。這是因為「たら」必須是「某件事發生後，才會發生後續動作」。都是「先發生 A，再發生 B」。

然而上例的「A なら B」，則都是 B 先發生。依序為「先上網找，才買電腦」、「先去，才看電影」、「先讀前作，才讀這本」、「先等，他之後才來」。再舉兩個例子：

- アメリカに行ったら、有名な観光地を回りたい。（先去美國，才去觀光。）
- アメリカに行くなら、パスポートが必要だよ。（先有護照，才去美國。）

- このボタンを押したら、ドアが開く。（按鈕之後，門才會開。）
- このボタンを押すなら、気をつけてください。（先留意，再按下去。）

◆ 07. 的練習，選自對話本文。「金、つまりゴールドのほうが安全資産です」，當中的「つまり」，用來對前面說過的內容進行補充說明、解釋。意思是「也就是說、換句話說」。

- 彼は父の兄の息子、つまり僕のいとこだ。
  （他是我父親的哥哥的兒子，也就是說是我堂兄弟。）
- この会社は毎年赤字です。
  つまり、経営がうまくいっていないということです。
  （這家公司每年都虧損。換句話說，經營狀況不佳。）

「つまり」亦可用於下列這樣，用後面的一句話，來總結前面的內容。意思是「總而言之」。此種用法本課沒有學習，這裡僅補充給教學者了解。

- A さんも B さんも C さんも欠席です。つまり、会議は延期になります。
  （A、B、C 三個人都缺席。總而言之，會議得延期。）
- 努力してもうまくいかない。
  つまり、やり方が間違っているのかもしれない。
  （努力了還是沒成功。總而言之，可能是方法錯了。）

◆ 08. 的練習，選自對話本文。「この間、全財産を不動産に突っ込んだって言ってたじゃん」，語尾的「じゃん」是「じゃない」的縮略口語形式，「じゃん」帶有提醒或確認的語氣，表達「你自己之前不是這樣說過嗎？」可能有點責怪或吐槽的感覺。與上一課 07. 的「確認要求」的用法相同。

這個練習題，直接以「って言ってたじゃん」整體，來「提醒或確認對方說過的話」。

・昨日、行かないって言ってたじゃん！
（你昨天不是說不去的嗎？）（帶點抱怨語氣）
・これ、美味しいって前に言ってたじゃん！（你之前不是說這個很好吃嗎？）

此外，「じゃん」還有下述用法，是本課沒學習到的，這裡僅補充說明當參考：

1. 對某個事實做出評論（有點像「不是～嗎？」）
　・この映画、面白いじゃん！（這部電影好看耶！）（還不賴啊，沒那糟）
　・彼、優しいじゃん！（他很溫柔啊！）（沒有你說得那麼糟糕）

2. 用來吐槽或帶點責怪
　・もう終電なくなったじゃん！（終電沒了啊！）（都你害的啦！）
　・だから言ったじゃん！（所以我不是早就說過了嗎！）（誰叫你不聽。）

「この間、全財産を不動産に突っ込んだって言ってたじゃん」當中的「って言ってた」已於第 50 課語句練習 04. 解釋過，請參考。

◆ 09. 的練習，選自對話本文。「熟慮の上でやったことです」當中的「～上で（～うえで）」，用於表示「在～之後」、「基於～的基礎之上」的意思。

「～上で」的前方，若為動詞，則會使用「た」形，以「～た上で」的型態來表達。若為動作性名詞，則會使用「～の上で」。語意接近「～てから」。

- 契約内容をよく確認した上で、サインしてください。
（請在充分確認合約內容之後，再簽名。）
- 上司と相談した上で、決定します。
（在與上司商量之後，再做決定。）

「〜上で」前方的動詞若使用原形，則意思會是「在某種條件或範圍內進行某個動作時，其過程中的問題點或注意點」。語意接近「〜する時に」。這種用法前面不可使用名詞，也與這裡所提出的用法不同。這裡僅提出來給教學者參考，授課時可以不需導入。

- 外国で生活する上で大切なことは、現地の文化を理解することです。
（在國外生活時，重要的是理解當地文化。）
- 仕事をする上で、一番大事なのは人間関係です。
（在工作方面，最重要的是人際關係。）

◆ 10. 的練習，選自對話本文。「インフレって知ってる？」。我們在第 26 課的對話文，曾經學習過「って」用來提示主題的用法。當時學習到的例句是「この部屋って高いでしょう？」。這句話的「って」，就相當於表主題的「は」。

而主題的提示，除了可以使用「は」來提示以外，在不同的語境下，亦有不同的提示主題的方法。例如，當我們要「將一個詞語、概念或者事物，來作為主題提示，並針對它進行定義或解釋」時，就會使用「とは」或「というのは」這種方式來提示主題。

而「って」，除了是「は」的口語用法以外，亦是「とは」或「というのは」的口語用法。因此我們這句「インフレって知ってる？」，是在針對「インフレ（通膨）」這個專有名詞來做解釋，因此這裡若要改回正式的用法，應該改為「とは」或「というのは」。因此我們下一個例句 11. 的練習，是使用「インフレというのは」，來做對於 10. 的例句的回覆。

「って」的用法整理如下：

1. 「は」的口語化，表示主題
   - 漢字って難しいよね。（漢字很難對吧？）
   - 寿司って好き？（你喜歡壽司嗎？）

2. 「という」「というのは」「とは」的省略
   - 「推し」ってどういう意味？（「推し」是什麼意思？）
   - 「KOL」って知ってる？（你知道「KOL」是什麼嗎？）

　　最後，複習一下初級篇就已學習到的「目的語主題化」。「知っている」這個動詞，其對象應該使用「〜を」，也就是「〜を　知ってる？」。這裡使用「は」、「とは」、「というのは」、「って」這類的提示主題的方式，其實就是我們初級篇學過很多次的「目的語主題化」。還原成原本的句子，就會是「インフレというものを知ってる？」

◆ 11. 的練習，選自對話本文。「インフレというのは、ものの値段が上がり続ける状態のことです」。這個練習，是延續上個練習的回答部分。要解釋某個專有名詞時，可以使用「〜というのは〜のことです」的表達方式。

　　句型結構，除了原本的「名詞Ａ＋というのは＋名詞Ｂ＋のことだ」以外，亦可使用「名詞Ａ＋というのは＋普通形＋ということ／意味だ」。

- ニートというのは、働かず、学ぶことでもなく、
  働こうともしない若者のことだ。
  （所謂的尼特族，指的就是那些不工作、不學習，也不想找工作的年輕人。）
- 駐輪禁止というのは、自転車を止めては行けないという意味だ。
  （所謂的駐輪禁止，指的就是不可以停腳踏車的意思。）

　　另外，問句時，則會使用「〜というのは、どういう意味？」的形式。

- 駐輪禁止というのは、どういう意味ですか。
  （所謂的駐輪禁止，指的是什麼意思？）

◆ 12. 的練習，選自對話本文。「言い換えれば、現金の価値がどんどん目減りしていく現象なんです」。當中的「言い換えれば」是「言い換える」的條件形，意思是「換句話說」。

　　而結尾的「なんです」則是第 34 課「句型 2」所學習到，用來強調原因、說明或解釋的用法。為「～のです」的口語化，帶有補充說明的語氣。在更隨性的對話中，可能進一步簡化為「～の」「～んだ」「～なんだ」。

- 「どうして昨日来なかったの？」「ちょっと用事があったんです。」
  （「為什麼昨天沒來？」「因為有點事要處理。」）

- 「このケーキ、おいしいね！」「うん、お母さんが作ったんです。」
  （「這個蛋糕很好吃！」「對啊，是我媽媽做的喔！」）

　　在原句中：「現金の価値がどんどん目減りしていく現象なんです」（現金價值不斷縮水的現象），就是說話者用換一種方式的說明，來解釋練習 11. 部分「物の値段が上がり続ける状態」（物價持續上漲）的現象。這裡的「なんです」帶有說明與強調的語氣，表明這是對「インフレ」的解釋。

　　「通貨膨脹」從字面上看，就是「通貨」（也就是錢幣、鈔票）「膨脹」（變多）的意思。所以，「通貨膨脹」的本意是指流通的貨幣數量增加了，而不是「物價上漲」。想像一下，如果錢變多了，但世界上物品的總量沒變，那每樣東西的價格自然就會被「標高」，也就是上漲。這不是說東西真的變貴了，而是錢的價值被「稀釋」了，就像水加多了，湯的味道就變淡了一樣。這就是為什麼陽平在解釋的最後，以「言い換えれば」的方式來換個更明確地說法，解釋給穗花的理由。

延伸閱讀

◆ 疫情過後，日本經濟逐漸復甦，然而隨之而來的通膨卻成為一個顯著現象。這種通膨主要屬於「輸入（ゆにゅう）インフレ」，也就是「輸入性通膨」，意指由於進口商品價格上漲，特別是能源、食品和原物料等必需品成本增加，進而推高國內物價。

根據日本總務省 2024 年的數據，日本核心消費者物價指數（CPI，不含生鮮食品）在 2023 年至 2024 年間平均年增率約為 2.5% 至 3%，遠高於日本央行長期設定的 2% 目標。而這波通膨不僅影響民生，更進一步推高了房價與股價。

日本房價在疫情後顯著上漲，2023 年東京 23 區的新公寓平均價格上漲約 12% 至 15%，全國平均房價則增長約 8% 至 10%。與此同時，「日經平均株價（にっけいへいきんかぶか）」（日經 225 指數）在 2023 年至 2024 年間上漲約 20%，從 2022 年底的約 26,000 點攀升至 2024 年的 42,000 點以上。這顯示通膨壓力不僅影響日常消費，也滲透至資產市場。

為何日本會在疫情後產生這樣的輸入性通膨？首要原因是全球供應鏈在疫情期間受阻，隨後俄烏戰爭加劇了能源與糧食價格的上漲。日本作為資源匱乏、高度依賴進口的國家，深受國際市場波動影響。例如，2022 年至 2023 年間，國際原油價格上漲約 30%，液化天然氣價格更一度飆升 50% 以上，這些成本直接轉嫁到日本國內。此外，為了應對疫情期間的經濟停滯，日本央行（BOJ）與美國聯準會（Fed）實施了大規模量化寬鬆政策。日本央行維持超低利率（甚至負利率）並擴大資產購買計畫，美國聯準會則在 2020 年至 2021 年間向市場注入數兆美元流動性。這些政策雖避免了流動性危機，卻導致全球貨幣供應過剩，推高了大宗商品價格，間接為日本帶來輸入性通膨。

然而，這波通膨對日本民眾而言並非全然喜訊。日本人長久以來期待通膨能終結「失落的 30 年」——自 1990 年代泡沫經濟破滅後，經濟增長停滯、物價低迷的時期。通膨被視為經濟復甦的信號，能刺激企業投資與消費。然而，疫情後的通膨

雖然實現了 2% 以上的物價增長目標，但民眾的實質所得卻未同步提升。日本勞動省數據顯示，2023 年實質薪資年增率為負 0.5% 至負 1%，顯示薪資成長跟不上物價上漲。這很可能指向一種「スタグフレーション（Stagflation）」（停滯性通膨）的現象。停滯性通膨是指經濟停滯（低成長或衰退）與高通膨並存的情況，通常伴隨失業率上升與消費疲軟。這意味著，儘管通膨來臨，民眾的生活品質並未因經濟復甦而改善，反而面臨更大壓力。

◆ 就如上述，疫情後的通膨與日幣價格下跌密切相關，並進一步影響日本房地產市場，造就了外國人買房熱潮，而日本人卻日益買不起房的矛盾現象。2022 年至 2024 年間，日幣兌美元匯率從約 115 下跌至 155 左右，貶值幅度約 25% 至 30%。這一趨勢與日本央行的低利率政策息息相關。為刺激經濟，日本央行長期維持接近零或負利率，與美國聯準會在 2022 年起快速升息形成鮮明對比，導致日幣吸引力下降，資金外流加劇。

「円安（えんやす）」（日幣下跌）直接加劇了輸入性通膨，因為進口原物料成本隨之上升。例如，日本建築業依賴進口的木材、鋼材和能源，2023 年這些材料的價格上漲約 20% 至 30%，這也推高了新建住宅的成本。此外，日幣貶值使得日本資產對外國投資者更具吸引力。以美元計價的買家只需支付更少的本國貨幣即可購入日本房產，這刺激了外國購屋需求，其中東京和大阪等大城市的豪宅尤其受歡迎。

特別值得注意的是，中國人「潤（ルン）」出國（即離開中國尋求海外生活的潮流）效應進一步推高了這波熱潮。日本因其穩定的政治環境、低廉的房價（相較於其他發達國家）及便利的生活條件成為熱門目的地，這不僅推高了房價，也使日本人面臨更大競爭壓力。

對外國人來說，日幣下跌讓日本房市成為「撿便宜」的機會，但對日本人而言，這卻是通膨與貨幣貶值雙重打擊的結果。進口成本上升推高生活費用，實質所得停滯使得購屋夢想更加遙遠。諷刺的是，日本央行期待的通膨雖已到來，卻因日幣疲軟與外部因素，讓經濟紅利更多流向外國投資者，而非本地居民。這種現象凸顯了全球化與貨幣政策在當代經濟中的複雜影響，也讓日本民眾在房價高漲中感受到無

奈與失落。

◆　「現代ポートフォリオ理論」的中文是「現代投資組合理論（Modern Portfolio Theory, MPT）」，是由美國經濟學家哈里·馬科維茨（Harry Markowitz）於 1952 年提出的。它是一個用於指導投資決策的理論，核心思想是透過「分散投資」來降低風險。馬科維茨認為，投資者應該根據預期收益和風險（用變異數或標準差衡量）來選擇資產組合，而不是只看單一資產的表現。

理論的重點包括：1. 分散化：把資金分配到不同類型的資產（如股票、債券等），可以減少整體投資組合的波動。2. 效率前緣：投資者可以找到一個「最佳」組合，在相同的風險水平下獲得最大收益，或在相同的收益下承擔最小風險。3. 風險與收益的平衡：高收益通常伴隨高風險，投資者需根據自己的風險承受能力做出選擇。

這個理論奠定了現代金融學的基礎，並幫助投資者用數學方法（例如均值 - 方差分析）來優化資產配置。馬科維茨也因此在 1990 年獲得了諾貝爾經濟學獎。

第 53 課

こっちから別れてやる！

學習重點

◆ 本課主要學習日文的「程度構文」。程度構文是指，透過「舉出一個表示某種程度或量的敘述（X），並用這個敘述（X）來表現出其述語的程度」。例如：

・今日は　暑い。

今天很熱，述語為「暑い」這個形容詞，然而這個「熱的程度」究竟有多熱？程度構文就是藉由提出一個敘述（X），來敘述它的熱：

・今日は　［死ぬほど（X）］　暑い。
・今日は　［じっとしていても汗が出るほど（X）］　暑い。

上述分別以「死ぬ（死亡）」，以及「じっとしていても汗が出る（即使不動還是會流汗）」這兩個程度的敘述，來描述「暑い（熱）」的程度。

◆ 「程度構文」和上一課學習到的「比較構文」的不同點，在於「程度構文」是拿「其他的敘述」（例如「死ぬ」、「汗が出る」）來比擬其程度，而「比較構文」則是拿出另一個來當作是定錨的比較基準，來描述其主體「相對上」比較高、低、好、壞…等。

・今日は　［昨日より（定錨基準）］　暑い。
・［昨日より（定錨基準）］　今日の方が　暑い。

◆ 「程度構文」主要有兩種用法。1. 用於表達「述語程度甚之」的用法；2. 用於表達「不及基準」的用法。

1.「述語程度甚之」的用法，句型結構為「〜は　〜ほど　述語」。如上例的「今日は死ぬほど暑い」。這句就是使用「死ぬ」來表達述語「暑い」的程度非常之高，高到快死掉了。這個用法我們就放在「句型 1」做練習。

2.「不及基準」的用法，句型結構為「〜は　〜ほど　述語ない」。例如「沖縄は　台湾ほど　暑くない」。這句話就是以台灣為基準，並敘述沖繩炎熱的程度，「遠不及被拿來當作是基準的台灣。這個用法我們就放在「句型 2」做練習。

程度構文當中的「不及基準」用法，在語意上亦可以替換為比較構文「〜は〜より　述語」。例如這句話就可以改寫為「台湾は　沖縄より　暑いです」，只不過兩者在語感上有差異。

程度構文「沖縄は台湾ほど暑くない」語感上更柔和、間接，帶有一種「否定」的語氣，重點在於「沖繩不那麼熱」。由於使用了「ほど」和否定形式，這句話給人一種「降低期待」或「緩和語氣」的感覺。例如，說這句話的人可能是在安慰別人，暗示「沖繩的熱度還好，沒那麼誇張」。這種表達在日語中常見於希望避免直接評價或想表現謙虛、委婉的場合。

比較構文「台湾は沖縄より暑い」語感上更直接、肯定，重點在於「台灣更熱」這一事實。使用「より」進行比較，給人一種直白的陳述感，語氣更強烈，更像是對事實的客觀描述或強調。這種表達適合用來清楚地傳達比較結果，或者在需要突出「台灣的熱度更高」時使用。

◆　「句型 3」與「句型 4」則是分別學習表達程度最甚者的「〜ほど〜はない」，以及表達程度最低的「〜くらいなら」

・〔台湾ほど（程度最甚者）〕住みやすいところはない。
・料理は得意ではないけど、〔お粥（程度最低者）くらい〕なら作れる。

此外，「句型 4」也順道學習了「〜くらいなら」非程度構文的用法。

・あなたと結婚するくらなら、死んだ方がマシだ。

此用法屬於「選擇性語境」用法。以「Ａくらいなら　Ｂの方が〜」，來表達「與其選擇Ａ，我寧願選擇Ｂ」。

單字

◆「考えさせられる」是所謂的「使役被動形」是將動詞「考える（思考）」改為使役形「考えさせる（讓某人思考）」後，在改為被動「考えさせられる（被迫思考、不由自主地思考）」的形態。

使役被動形原本使用於「被強迫做某事」，但本課由於僅提出「考えさせられる」一詞，且並無導入使役被動形，因此這裡只需要請學習者了解其中文意思為「引發省思」即可。

「考えさせられる」表示「被迫思考、不由自主地去思考」。「人生について考えさせられる映画」可翻譯為「讓人深思人生的電影」或「發人深省的電影」。

◆「今を生きる」當中的「生きる」為自動詞，理應沒有直接目的語「〜を」。因此這裡的「〜を」，有些人將其解釋為「經過場所」的「を」所延伸而來的用法。表示「活過這段時間」，活在當下。亦有人將其解釋為「を」將「今」標記為「いきる」的核心範圍，意味著「活著」的過程或狀態聚焦於「現在」這一刻。

這種用法有點抽象，因為「生きる」通常不以時間名詞（如「今」）作為直接目的語，因此，像這「今を生きる／人生を生きる」這樣的表現，可以將其當作是在詩意或哲理性的語境中的一種慣用用法，記起來即可。

◆「野次馬」源於日本古代，指一群圍觀事故、爭執或事件的人，特別是那些無關緊要的路人。這種現象在江戶時代的街頭文化中很常見，人們像「野馬」一樣不受控制地聚集，帶有好奇或看熱鬧的意味，例如：交通事故發生後，路人聚集圍觀

的情景。這個詞帶有一定的貶義，暗示這些人只是「吃瓜群眾」，缺乏同情心或積極性，純粹為了滿足好奇心而看熱鬧。

◆ 「こんちきしょう」、「こんちくしょう」，是「この畜生（你這個畜生）」口語的講法。用來表達對某人或某事的強烈不滿、憤怒或詛咒。語感上非常粗俗，帶有貶低和攻擊性，類似中文的「混蛋」「該死」。

句型 1：～くらい（ぐらい）／ほど

◆「句型 1」這裡學習「くらい／ぐらい」與「ほど」兩個副助詞的用法。這裡總共學習三種用法，分別為練習 A 的第 1～3 小題。至於「くらい」與「ぐらい」相同，這裡不必刻意區分有何差異。

◆ 第一種用法，也就是練習 A 的第 1 小題，前面接續數量詞，表示大約的數量。「くらい」與「ほど」可以替換。如下例：

・1,000 人ほど／くらいの人が集まっています。
（聚集了大約有一千人左右的人。）
・すみませんが、コピーを 3 枚ほど／くらいお願いします。
（不好意思，麻煩幫我影印個大概三張左右。）
・東京のワンルームマンションの家賃は 8 万円ほど／くらいだ。
（東京的套房，房租大概要八萬日圓左右。）

◆ 第二種用法，也就是練習 A 的第 2 小題，前面接續動作，表示動作或狀態的程度。「くらい」與「ほど」可以替換，這也是我們在本課重點部分所提及的「程度構文」的「述語程度甚之」的用法。如下例：

・泣きたいほど／くらい宿題が多い。
（回家功課多到我想哭。）
・歩き回って、もう一歩も歩けなくなるほど／くらい疲れた。
（走來走去，已經累到一步也走不動了。）

◆ 第三種用法，也就是練習 A 的第 3 小題，表說話者覺得某物微不足道，含有輕蔑的語意。此用法只能使用「くらい」。如下例：

・そんなことぐらい言われなくてもわかるよ。
（那種事，不用你講我也知道。）

・遅れるのなら、電話ぐらいしてよ。
（如果你會遲到的話，那至少打個電話嘛。）
・一度会ったぐらいで、好きになるのはおかしい。
（只不過見了一次面就愛上人家，很奇怪。）

◆ 此外，我們這裡也學習第三種用法的「くらい」，與「しか～ない」一起使用的進階複合表現。例句中，講到「妻は目玉焼きぐらいしか作れない」，意思就是說話者認為「目玉焼き（荷包蛋）」這種東西是最簡單、最初級、最微不足道的。而老婆就只會做這個。

句型2：～ほど　～ない

◆ 「句型2」學習的「～ほど　～ない」，就是本課重點部分所提及的「程度構文」的「不及基準」的用法。這裡也是學習三種用法，分別為練習A的第1～3小題。這裡雖然亦可替換為「くらい／ぐらい」，但比較不自然，因此本課僅練習使用「ほど」的講法。

◆ 第一種用法，也就是練習A的第1小題，學習以「Aは　Bほど～形容詞ない」的型態，來比較A、B兩個名詞的程度之差。如下例：

・今年の夏は、いつもの夏ほど暑くない。
（今年的夏天，沒有以往的夏天熱。）
・鈴木さんは山田さんほど英語が上手じゃありません。
（鈴木先生英文沒有山田先生來的棒。）

◆ 第二種用法，也就是練習A的第2小題，學習以「思った、考えている」等思考、表達語意的動詞，藉以表達「事情沒有你想像中地…」。如下例：

・この問題はあなたが考えているほど易しくないです。
（這問題沒有你想像中的容易。）
・日本の物価は、交通費や家賃以外は思ったほど高くない。
（日本的物價，除了交通費跟房租以外，沒有想像中的高。）
・交渉は考えていたほど簡単じゃなかったです。
（交渉沒有想像中的簡單。）

◆ 第三種用法，也就是練習A的第3小題，學習以「動詞ほど～Bない」的型態，則來「程度沒有高到足以去做前述的動作」。如下例：

・将棋はできますが、人に自慢するほど強くありません。
（日本象棋我是會啦，只不過沒有好到足以向人炫耀。）

・今日一日大変だったけど、ベッドに入ったらすぐに寝てしまうほど
　疲れていない。
　（今天一整天雖然很辛苦，但也沒有累到一爬上床就睡著。）

◆　上述的三種用法，皆可使用「～ほどではない」的形式來改寫，如下：

・今年の夏は暑いが、いつもの夏ほどじゃない。
　　（＝いつもの夏ほど暑くない）。
・この問題は複雑だが、あなたが考えているほどじゃないよ。
　　（＝あなたが考えているほど複雑じゃない）。
・将棋はできます（強いです）が、人に自慢するほどじゃありません。
　　（＝人に自慢するほど強くありません）。

句型 3：〜ほど　〜はない

◆　「句型 3」學習的「〜ほど　〜はない」，就是本課重點部分所提及的「程度構文」的「程度最甚者」的用法，也就是俗稱的「最高級」。這裡主要學習「ほど」前方為「名詞」的用法（練習 A 的第 1 小題），以及「ほど」前方為「動詞句」的用法（練習 A 的第 2 小題）。

◆　以「Aほど、〜Bはない」的型態，來表達前述事項為同一類別當中最頂端的，意思是指「A 是最…的了／沒有任何（東西／人／事情），比 A 還要…了」。此句表最高級的「ほど」雖然亦可替換為「くらい／ぐらい」，但比較不自然，因此本課僅練習使用「ほど」的講法。

【名詞ほど〜はない】
・地震ほど怖いものはない。
（沒有像地震這麼恐怖的東西。）
・大学に合格した時ほど嬉しかったことはない。
（沒有比考上大學時更高興的事情了。）

【動詞ほど〜はない】
・自宅でゆっくり音楽を聴くほど楽しいことはない。
（沒有一件事情像是在自己家裡聽音樂這麼快樂的事了。）
・人間ほど何でも食べる動物はいない。
（沒有一種動物像人類一樣，什麼都吃的。）

◆　此句型僅可使用於說話者的主觀想法，客觀事實不可使用。
・（？）エベレストほど、高い山はない。
・（○）世界で一番高い山はエベレストです。
　　（世界上最高的山是喜馬拉雅山聖母峰。）

句型 4：～くらいなら

◆「句型 4」學習「くらいなら／ぐらいなら」的兩種用法，分別為練習 A 的第 1～2 小題。這兩種用法，「くらい／ぐらい」都無法使用「ほど」。

◆ 第一種用法，也就是練習 A、B 的第 1 小題，用來表達「程度最低者」。表「前接的名詞，是同種類事物中的最低限度」。因此前方接續名詞。因此前方接續名詞，以「A 名詞くらいなら、可能動詞等表現」的方式來表達。如下例：

・新しい iPhone が 10 万円くらいなら買えるけど、それ以上だと厳しいな。
（新 iPhone 如果大約 10 萬日元的話我還買得起，但超過這個價格就困難了。）
・基礎的な問題くらいなら分かるけど、応用問題は難しいね。
（如果是基礎問題的程度我能理解，但應用題就很難了。）

◆ 第二種用法，也就是練習 A、B 的第 2 小題，用來表達「選擇性語境」。此用法後句多半與「～ほうがいい／～がましだ」等表現一起使用。用於表達「說話者對於前述事項非常厭惡」，認為「與其要去做前述事項，說話者寧願去做後述事項」，雖然後述事項也沒有好到哪裡去。因此前方接續動詞句，以「A 動詞くらいなら、B の方がいい／ましだ」的方式來表達。如下例：

・あんなブスと結婚するくらいなら、一生独身でいるほうがいい。
（與其要跟那樣的醜八怪結婚，我倒寧願一輩子單身。）
・毎日残業するくらいなら、給料が安くても休める仕事のほうがマシだ。
（如果每天都要加班，還不如找個薪水低但能休息的工作更好。）

本　文

◆　「この封筒を近くの郵便ポストに出してくんない？」的「くんない」是「くれない」的口語縮約形式，這裡使用否定疑問的語氣，來表達委婉的請求，意思是「能不能幫我把這個封筒寄到附近的郵筒？」。這也就是第 30 課「句型 4」所學習的「～てくれませんか」的口語形式。

◆　「それくらい、自分でやってよ」的「それくらい」，就是「句型 4」所學習到的「程度最低者」的用法。表示「那種小事（低程度的事情），你自己做！」

◆　「何も怒るほどのことじゃないだろう？」，「何も～否定」，用於表達說話者「不需要特別提出來做 ... 的心境」。中文為「用不著、又何必」的意思。請注意，這裡「なにも」的語調為起伏式 1 號音，並不是表達什麼也沒有的「何もない」的平板式 0 號音音調。

　　「怒るほどのことじゃない」的「ほど」，是「程度甚之」的用法，意思是「要到生氣／盛怒這麼高的程度」。

　　因此這整句話表達「你也沒必要這麼生氣（這種地步）吧！」、「根本沒什麼好生氣的吧？」、「這件事（這點事）根本沒什麼值得生氣的吧」。說話者覺得事情不嚴重，並試圖安撫對方，讓對方冷靜下來。

◆　「それくらいのことで怒るなよ」的「くらい」，為「句型 1」的第三種用法，表示說話者這種小事微不足道。

◆　「お前がいないとダメなんだよ。俺は」這句話是說話者表達強烈的依賴或感情，意思是「我離不開你」、「沒有你我活不下去」。語氣非常口語化，帶有情感上的坦率和急切。

　　正常的語序應該是「俺はお前がいないとダメなんだよ」（主語「俺は」在前），

但這句把「俺は」放在句尾，形成倒裝，主要是為了「強調情感與語氣」。把「俺は」放在句尾，突顯出說話者自身的感受。倒裝讓語句更有戲劇性或感情衝擊力，讓聽者感受到說話者的真情流露。

◆ 「日向ちゃんは、菫ちゃんが外国人みたいな人と歩いているのを見たって」，當中的「って」是引述對方講過的話，後面省略了「言ってたよ／言っていました」，這已於第 50 課學習過。因此這一句話的結構為「日向ちゃんは～を見たって言ってたよ」。也就是「日向說」「日向看到了」「小菫和外國人走在一起」。「見た」與「言った」的動作主體為「日向」，「歩いている」的動作主體為「小菫」。

◆ 「勝手にしろ」的意思是 「你隨便去做吧」或「你自己看著辦吧」。根據語境，通常翻譯為「隨你便」、「愛怎麼樣就怎麼樣吧」、「我不管了，你自己決定吧」。主要用於「當說話者對對方的行為感到煩躁或不贊同，但又不想再爭執」時，或「當說話者試圖勸說對方但無效，選擇放棄時。

・A：今夜は友達と遊びに行くよ。（今晚我要跟朋友出去玩。）
B：勝手にしろ。（隨你便吧。）
→ B 可能覺得 A 不負責任或不顧自己的意見，用這句話表達不滿。

・A：この仕事、やっぱり辞めようかな。（這份工作，我果然還是想辭掉。）
B：勝手にしろよ。（那你就隨便吧。）
→ B 可能覺得 A 太衝動，但不想再勸了。

這句話帶有強烈的感情色彩，通常是說話者表示不滿、放棄干涉或冷淡的態度，像是把責任完全推給對方。在某些情況下，這句話可能帶有輕視或不屑的感覺，像是在說「你做什麼都無所謂，我不在乎」。

・俺の意見なんてどうでもいいなら、勝手にしろ。
（如果你覺得我的意見無所謂，那就隨你便吧。）

語句練習

◆ 01. 的練習，選自本課「句型 1」的例句。詳細說明請參考「句型 1」。

◆ 02. 的練習，選自本課「句型 2」的例句。屬於「程度構文」的「不及基準」的第二種用法，請參考「句型 2」的說明。此外，這裡也練習將其改為「思ったより」的講法。

◆ 03. 的練習，選自本課「句型 3」的例句。「人生について考えさせられる映画」，當中的「考えさせられる」是使役被動形，表示「被迫思考」或「不由自主地去思考」。使役被動形，本教材並沒有提出來學習，它原本用於表示「某人被迫做某行為」，但使用「考える」這個動詞時，會有不同的解釋。一般的使役被動句會有「強迫者的存在」，但這裡則是沒有強迫者的存在，只有引發此動作的事件，因此這裡翻譯為「引發省思」。詳細請參考單字部分的說明。

◆ 04. 的練習，選自本課「句型 4」的例句。「一生、独身でいる。」當中的「でいる」為補助動詞。與第 19 課「句型 2」，表結果維持的「ている」用法相同。只不過第 19 課學習的是前接動詞，而這裡則是學習前接形容詞與名詞的用法。

第 19 課學習到，有意志的瞬間動詞，加上補助動詞「～ている」後，為「說話者意志性地維持著動作發生後的結果狀態」，如：「ずっと立っている」、「服を着ている」。而這裡則是學習「前方使用名詞或ナ形容詞」，意「指說話者意志性地保持著此名詞、ナ形容詞的狀態」，如「独身でいる」，意思是「保持／維持著單身的狀態」。

「元気でいる」則是「保持／維持著單身的狀態」以下是更多使用「～でいる」的例句，涵蓋不同的情境：

【描述持續著某狀態】
・安全でいることが大切だ。（保持安全是很重要的。）

・幸せでいてほしい。（希望你一直幸福。）
・いつも前向きでいよう！（讓我們一直保持正向吧！）

【描述持續著人的身分或社會狀態】
・彼はずっと先生でいるつもりだ。（他打算一直當老師。）
・私は一生、日本に住む外国人でいるだろう。
（我一輩子都會是住在日本的外國人吧。）
・彼女は有名な作家でい続けるだろう。（她會繼續保持有名作家的身分吧。）

【描述持續著人際關係】
・ずっと友達でいようね。（我們一直當朋友吧！）
・家族はどんな時も家族でいる。（無論何時，家人永遠是家人。）
・彼とはただの知り合いでいたかった。（我只想和他維持普通認識的關係。）

【描述持續著某種心理狀態】
・冷静でいれば、解決策が見つかる。（如果保持冷靜，就能找到解決方案。）
・楽観的でいるのは難しい。（要一直保持樂觀是很困難的。）
・自信でいられるように努力する。（努力讓自己保持自信。）

【描述保持著身體或環境的狀況】
・健康でいられるように、毎日運動している。
（為了保持健康，我每天都在運動。）
・家はいつも清潔でいたい。（希望家裡一直保持乾淨。）

此外，若前方為「イ形容詞」，則以「～くいる」的方式接續。如：

・強くいよう！（讓我們保持堅強！）
・優しくいなさい。（請保持溫柔。）
・美しくいたい。（想要一直保持美麗。）

◆ 05. 的練習，選自對話本文。這裡主要練習「言わせてもらいますけど」這個常

見的表現。「言わせてもらいますけど」的意思是「讓我說一句」或「容我說句話」，帶有一種禮貌但又強調自己要發表意見的語氣。是「言う」加上「～させてもらう」而來的。

在這句話中：「言わせてもらいますけど、あんたほど身勝手な人はいないよ」，可以理解為：「我就明說吧，你是我見過最自私的人！」這個表達方式通常帶有不滿或批評的語氣，說話者雖然用了較禮貌的形式，但實際上可能帶著強烈的情緒，比如責備或諷刺。

「～（さ）せてもらう」這個句型，本書並無學習。為使役「～（さ）せる」加上授受表現「もらう」所構成的表現，意思是「說話者告知對方自己欲做某事」。雖然表面上是「請對方允許自己做某事」，但實際上卻是「帶有自我主張地、主動性很強地說自己要做某事」。例如：

・レポート、読ませてもらうよ。
・明日、休ませてもらいます。
・あんたなんか大嫌い。実家へ帰らせてもらいます。
・ちょっとお手洗いに行かせてもらいます。（我去一下洗手間。）
・今日は体調が悪いので、早退させてもらいます。
（今天身體不太舒服，所以我早點下班。）
・今回の件については、私も意見を言わせてもらいます。
（關於這次的事情，我也要發表一下意見。）
・言わせてもらいますけど、それはあなたの勘違いですよ。
（容我說一句，那是你的誤會。）

為避免造成學習者的負擔，本課僅練習「言わせてもらいますけど」一個動詞。

◆ 06. 的練習，選自對話本文。「悪いところがあれば直すから、もう１回チャンスをくれよ。」這是常用的表現。句尾的「～命令形／請求表現＋よ」是一種帶有親暱感或強調語氣的請求方式，通常用於熟人或朋友之間。這裡的「くれよ」來自「くれる」的命令形「くれ」。加上「よ」後，語氣變得更直接、更懇求，帶有「拜

託啦！」的感覺。正式的講法為「もう１回チャンスをください」。

而前方的「～ば、～から」則是用來點出上述請求的交換條件。作為「再給我一次機會」的交換條件，我願意「如果做錯什麼事，會改善」。

「～ば、～から、～命令形 or てよ」這樣的表現，多用於以下的語境：

【表達懇求（請求原諒）】
・間違いがあれば謝るから、許してよ。
（如果有錯的話，我會道歉的，所以原諒我吧！）
・失敗すれば反省するから、そんなに怒らないでよ。
（如果失敗的話，我會反省的，所以別那麼生氣啦！）

【表達承諾（說服對方）】
・時間があれば手伝うから、そんなに心配しないでよ。
（如果有時間的話，我會幫忙的，所以別那麼擔心啦！）
・頑張れば結果が出るから、もう少しだけ続けてよ。
（如果努力的話，會有成果的，所以再堅持一下吧！）

【表達願望（希望對方答應）】
・安ければ買うから、もうちょっと値引きしてよ。
（如果便宜的話，我就買了，所以再便宜一點吧！）
・時間が合えば一緒に行くから、予定を教えてよ。
（如果時間合適的話，我會一起去的，所以告訴我你的計畫吧！）

【表達讓步（試圖說服對方）】
・忙しければ無理しなくていいから、少しだけ話を聞いてよ。
（如果很忙的話，不用勉強，但至少聽我說一下吧！）
・雨が降れば中止するから、それまで待ってよ。
（如果下雨的話，就取消，所以先等一下吧！）

◆ 07. 的練習，選自對話本文。「もしかして菫ちゃん、浮気でもしてんの？」。當中的「もしかして」用於表示猜測或懷疑，意思是「難道是…？」、「該不會…吧？」。

「もしかして」通常用於表達某種不確定的猜測，帶有懷疑、試探的語氣。因此整句話的意思為「難道說，菫醬你在出軌之類的嗎？」（帶有試探或質疑的語氣）這種句型在日常會話中很常見，特別是在隨口懷疑、開玩笑或試探時使用。

「してんの？」是口語化的「しているの？」，這裡的用法已於第 34 課「句型 1」所學習的「〜んですか」當中學習過，詳細可參考本系列進階篇的教師手冊。

・何してんの？（你在幹嘛？）

「浮気でも」的「でも」在這裡的用法是「舉例」出假設的可能性，意思是「某種行為（比如出軌）之類的」。並不是說對方一定出軌了，而是隱含一種可能性，帶點試探的語氣。此用法已於第 29 課的「本文」當中學習過。

・何か飲み物でも買ってこようか？（要不要買點飲料之類的？）
・映画でも見に行かない？（要不要去看個電影之類的？）

◆ 08. 的練習，選自 51 課的對話本文。「菫ちゃんが外国人みたいな人と歩いているのを見ちゃった」。因這句話的結構較複雑，這裡提出來再次練習。請參考 51 課的說明。

◆ 09. 的練習，選自對話本文。「A：菫ちゃん、浮気しているらしいよ」。這裡使用了第 52 課「句型 2」所學習到的，表傳聞的「らしい」，來與對方分享八卦。

「B：だから最近、俺を避けてたんだ」，這裡則是 B 聽到了 A 所談論的內容後，恍然大悟因而使用第 50 課本文當中用於表達「說話者對於前述的一件事情，（因為獲得了進一步資訊＜這裡指楊先生的老爸住院了這件事＞）而感到理解（納得）」的「〜んだ」。（詳細用法請參考第 50 課本文 09. 的解釋）

・佐々木：なんか、お父様が交通事故に遭って、
　　　　　今生きるか死ぬかの瀬戸際だそうよ。
　五十嵐：そうか、気の毒だね。だからここんとこ、
　　　　　心配そうに電話で話してるんだ。

・Ａ：菫ちゃん、浮気しているらしいよ。
　Ｂ：だから最近、俺を避けてたんだ。

上述兩例的結構相同。

◆ 10. 的練習，選自對話本文。「俺は恋人として相応しくない」當中的「として」，用於從「主體」或「對象」的各種面向中，聚焦於某一個特定的角色，將其提取出來並加以陳述。翻譯可亦為「作為」，用來指出「戀人」這個角色或身份。整句的意思是「我作為戀人是不合適的」，表示說話者認為自己在戀人這個身份上不合適或不勝任。

本文著重於「主體」的某側面。若是要聚焦於「對象」的某側面，會使用「～（対象）を　～として」的句型來表達。例如：「豚をペットとして飼育する」（聚焦於豬這個被飼養的對象，其作為寵物的這個面向）。這種結構本課並不導入，教學者理解即可。

◆ 11. 的練習，選自對話本文。「俺は恋人として相応しくないって言いたいんだね」，當中的「って言いたいんだね」的意思是「是想要說（某事），是吧！」。在這裡，指的是說話者認為對方可能想表達「我不適合作為戀人」這個意思。整句話「俺は恋人として相応しくないって言いたいんだね」可以翻譯為：「你是想說我不適合作為戀人，對吧！」簡而言之，這句話是以一種「帶有確認的語氣來表達對方的意圖」。

「～んだ」的語氣：加上「～んだ」後，語句不再是單純的疑問，而是帶有一點「我已經猜到你的想法」的感覺，像是說話者在解釋自己的理解。

「ね」的互動性：加上「ね」，使得語句變成一種對話性的表達，期待對方的反應或確認。說話者可能感覺到對方有某種暗示（例如覺得自己不夠好），於是用「って言いたいんだね」，來試探性地詢問對方是不是嫌棄他這個男朋友。

◆ 12. 的練習，選自對話本文。「こっちから別れてやる」的「～てやる」就是我們第 49 課對話文中的非恩惠的授受。可參考第 49 課語句練習的 08. 的解釋。

在「別れてやる」中，「てやる」並不是字面上的「幫某人分手」或「為某人做分手這件事」，而是表達「說話者的強烈意志和主動性」。

「やる」在這裡給「別れる」增添了一種「我自己來做這件事」或「我偏要這麼做」的感覺，帶有一定的決斷力和情緒色彩。這種用法在口語中常見，尤其是在表達憤怒、不滿或挑釁時，讓語氣聽起來更強硬。「～てやる」在這裡讓語句聽起來很強勢，甚至有些粗魯或情緒化。相比單純的「別れるよ」（我要分手），「別れてやる」更像是說話者在宣洩情緒或強調自己的主導權。

這種表達方式可能出現在爭吵或感情破裂的場景中。說話者用「こっちから別れてやる」來表示「我不會讓你先甩我，我要自己先甩了你」，帶有一種不服輸或自我主張的感覺。

「～てやる」是一個非常口語化的結構，常見於動漫、電影或日常對話中。它的語氣通常比「～てあげる」（表示為某人做某事，較溫和）更強硬，甚至帶有一點男子氣概或霸氣。在日文裡，動詞後接「～てやる」時，往往會讓語句聽起來更直接、不客氣，特別是在對等或對立的關係中（例如情侶吵架時）。

> **延伸閱讀**

◆ 在日本與日本人結婚的外國人，通常持有「日本人の配偶者（はいぐうしゃ）等」在留資格，此資格以婚姻為基礎。若離婚，該資格原則上將失效，因婚姻關係結束後，其法律依據不復存在。若簽證尚未到期，可在到期前合法居留，但到期後需變更資格或離開日本。

離婚後可申請的在留資格包括：1) 就勞資格，如有工作且雇主支持，可轉為工作簽證，例如「技術・人文知識・國際業務」；2) 定住者資格，若與日本人有子女並需撫養，可申請此資格，需證明親子關係及實際照顧；3) 特殊許可，如長期居留或無法返國等特殊情況，可申請，但成功率因人而異。

離婚後需注意法律義務：須在 14 天內向入國管理局通報婚姻變更。若簽證到期未處理，將成「不法滯在（ふほうたいざい）」，可能被遣返並影響未來入境。建議離婚後盡快評估自身條件（如工作、子女），並諮詢行政書士或入國管理局，尋求最適方案。雖然配偶者資格因離婚失效，但透過其他途徑，外國人仍有機會繼續留在日本，關鍵在於及早行動與充分準備。

◆ 有些外國人會在與日本人結婚後，先取得永住權或歸化為日本國籍後才選擇離婚，這是因為永住權和日本國籍相較於「日本人の配偶者等」在留資格，具有更高的穩定性和獨立性。

「永住權（えいじゅうけん）」是一種獨立的在留資格，不依賴婚姻。一旦取得，即使離婚，永住權也不會自動失效，仍可無限期居留日本。但若犯法或長期離開日本（超 1 年未申請許可），可能被取消。「歸化（きか）」則為放棄原本的國籍，取得日本的國籍。這種情況下離婚，亦不會影響國籍。公民身份永久有效，享有與日本本地人相同的權利，無在留資格問題。

永住權需長期居留與穩定生活證明；歸化則要求更高，包括語言能力和融入社會。兩者一旦獲得，離婚不影響其效力，比配偶者簽證更穩定。因此，取得後離婚

無需擔心居留問題，但仍需守法。

◆ 感情問題需謹慎處理。2016年11月3日，24歲的中國留學生江歌在日本東京中野區的公寓外被刺身亡。兇手是25歲的中國留學生陳世峰，他是江歌室友劉鑫（後改名劉暖曦）的男友。案發前，劉鑫因與陳世峰分手並感到害怕，請求江歌陪她回家。當晚，陳世峰出現在公寓外，劉鑫先進入房間並鎖門，留下江歌在外，隨後江歌被陳世峰刺殺致死。

此案的核心是一場感情糾紛。陳世峰與劉鑫曾是情侶，分手後陳世峰多次騷擾劉鑫，甚至發出威脅。江歌作為劉鑫的朋友試圖幫助她，卻因此成為陳世峰的攻擊目標。江歌案是一個典型的因感情糾紛導致的殺人事件，凸顯了人際關係衝突可能引發的極端後果。此案不僅震驚中日兩國，也成為探討友誼、責任與正義的公共話題。

◆ 除了上述江歌案以外，2012年1月5日，日本東京都台東區亦曾發生一起命案。兩名就讀草苑日本語學校的台灣籍女留學生林芷瀅（23歲）和朱立婕（24歲）被發現陳屍於學校承租的學生宿舍內，此案震驚台灣社會，也讓在日台灣留學生群體受到關注。

警方調查後鎖定同校的台灣籍男留學生張志揚（30歲）為嫌疑人。張志揚在案發後逃往名古屋，並於1月9日被警方逮捕時持刀自刎身亡。此案因嫌疑人死亡，日本警方結案後移交台灣檢方，最終因無人可起訴而裁定不起訴。警方推測，張志揚因感情問題或個人壓力引發衝突，導致兇案發生。案發細節未完全公開，但此事件被認為與感情因素密切相關。

◆ 在日本留學期間，若遇到感情問題，可以尋求以下機構或資源的幫助，這些地方通常提供心理支持、法律建議或實際援助：

【學校的輔導中心】
　　大多數日本語學校、大學或專門學校設有學生輔導室（カウンセリングセンター），提供免費心理諮詢服務。留學生可向學校的國際學生辦公室或導師求助，說

明感情問題帶來的困擾，輔導員通常能提供傾聽與建議。

【國際交流協會或 NPO 團體】
　　日本各地有不少非營利組織（NPO）支援外國人，例如「國際交流基金」或地方的國際交流協會。這些機構可能提供心理諮詢或生活支援，有些還有中文或英文服務，適合不熟悉日文的留學生。例如東京的「東京國際交流センター」常有相關資源。

【法務省相關熱線】
　　感情問題涉及騷擾、家暴或法律糾紛，可聯繫法務省的「女性の人権ホットライン」（0570-070-810）或「みんなの人権110番」（0570-003-110）。這些熱線提供日語服務，能針對具體問題給予建議或轉介。

【當地政府或社區資源】
　　各市町村的「相談窓口」（諮詢窗口）通常免費，部分地區有外語支援，可處理感情問題衍生的生活困難。留學生可查詢居住地的市政府網站。

　　感情問題若影響心理健康，及早求助專業人士能避免情況惡化。若涉及法律層面（如分手後的威脅），則應聯繫法務省熱線或警方。

第 54 課

ローンを申し込んだら、審査に落ちちゃった。

學習重點

◆ 本課主要學習強調構句。「強調構句」，又稱作「分裂文」。顧名思義，就是將一個句子中欲強調的部分，移至後方當述語，以「～のは、Ｘだ。」的結構來強調Ｘ的部分。

此種構句基本上以「名詞」結尾，且此名詞為原始句中的其中一個補語。由於此形式屬於特殊構句，故一定要使用固定形式「～のは、Ｘだ（デス）」，不可將「の」改為「こと」。

「句型 1」部分，主要學習基本的「～のは、Ｘだ（です）」構造。移致後方Ｘ處作為強調部分的補語，以含有「は、が、を、に、で、へ、と（相互動作）」等助詞的車廂為主。

「句型 2」，則是學習將含有「から、まで、と（共同動作）」，又或是「だけ、ぐらい、ほど」等助詞的補語，移致後方Ｘ處作為強調部分的例句。

◆ 「句形 3」以及「句型 4」學習的，並不是強調構句，而是先前在本教材沒有學習過的「～たら」的另外兩種條件句之用法。

「句形 3」學習「～たら」表「事實條件」的用法，這種情況，其主要子句部分會以「～た」結尾，以「～たら、～た」的形式來做表達。

「句型 4」則是學習「～たら」表「反事實條件」的用法。這種情況，「～たら」的部分亦會有「～ていたら」以及「～なかったら」的情況，而主要子句部分句末，也經常會配合「～のに」一起使用。

關於「～たら」，本教材曾於第 31 課學習了其「假定條件」以及「確定條件」的用法，若時間上許可，建議老師可以先複習一下第 31 課的用法，再進入本課「句型 3」與「句型 4」。

單　字

◆ 「上回る」表示某個數值、程度或範圍「超過」某個基準點，帶有「超出某個界限」的感覺。其相反詞為「下回る」，表示某個數值、程度或範圍「低於」某個基準點，帶有「未達某個標準」的含義。基準點使用助詞「を」來表示。

・参加者は予想を上回った。（參加者人數超過了預期。）
・売り上げが目標を上回る。（銷售額超過了目標。）
・参加人数が 50 人を下回った。（參加人數低於 50 人。）
・売り上げが目標を下回る。（銷售額低於目標。）

這兩個詞都需要一個明確的基準「を」，也就是「を」為這兩個動詞的必須補語，否則句子語意會不完整。
・（？）売り上げが上回った。（缺少基準，不知道是超過什麼東西。）
　（○）売り上げが昨年を上回った。

◆ 「東京に家を持つ」使用助詞「に」而非「で」，原因是兩者的語法功能與語義不同。「に」在這句話中表示「存在場所」或「所屬範圍」，表示「家」在「東京」這個地點的狀態，帶有靜態的「歸屬」感。這是「持つ」搭配「に」的慣用句型。

相反地，「で」通常表示「動作場所」、「動作發生的地點」，搭配動作性動詞，如「東京で会議を開く」（在東京開會）。若改成「東京で家を持つ」，語義變得不自然，因為「擁有」不是一個在某地「執行」的動作，而是持續的狀態。

「で」與動作動詞搭配時表達動態語感，但「持つ」在此是靜態動詞，與「で」不符。此外，「場所に　物を　持つ」為日語的固定句型，建議教學者可以用這樣

句型的方式請學生記住。

◆「都心 5 区」是指日本東京都的核心五個區，也就是最繁華且具有代表性的區域。這五個區分別是：千代田区（ちよだく／政治中心，例如國會議事堂所在地）、中央区（ちゅうおうく／商業和金融中心，例如銀座和日本橋）、港区（みなとく／國際化區域，例如六本木和東京塔所在地）、新宿区（しんじゅくく／商業和娛樂中心，例如新宿車站和歌舞伎町）、渋谷区（しぶやく／年輕文化和時尚中心，例如渋谷交叉口和原宿）。

◆「億り人」是日文的流行用語。它通常是指「億萬富翁」或「身價達到億級的人」。這個詞由「億」（おく，意指一億）和「人」（びと，意指人）組成，特別是在日本的投資或加密貨幣圈中常用來形容那些透過股市、虛擬貨幣等方式快速賺到一億日圓以上財富的人。是 2008 年上映的電影「送り人《送行者》」的標題被改編而成的造詞。

◆「投資用マンション」與「居住用（きょじゅうよう）マンション」是日本房地產市場中常見的兩類公寓，分別針對不同需求與用途。「投資用マンション」指的是專為投資目的而設計的公寓，主要目標是通過出租賺取租金收入或在房價上漲時轉賣獲利。這類公寓通常面積較小，多為單間或 1K（一房一廳帶小廚房），位置選擇交通便利的市中心或車站附近，以吸引租戶。設計上偏向簡單實用，成本控制嚴格，購買者多為追求回報率的投資者。例如，一間位於東京新宿區的 20 平方米單間公寓，每月租金 8 萬日圓，即屬此類。

相對地，「居住用マンション」則是供個人或家庭自住的公寓，強調居住的舒適與品質。這類房產面積較大，如 2LDK（兩房一廳帶餐廚房）或 3LDK，內部裝修注重高級感與功能性，例如完善的隔音或寬敞陽台。位置多選在安靜的住宅區或生活機能完善的區域，購買者通常為尋求長期居所的家庭。例如，東京世田谷區一間 70 平方米的 3LDK 公寓，適合一家人居住。
兩者的核心差異在於用途與設計理念：投資用マンション以收益為主，居住用マンション以生活品質為重。前者適合追求財富增值的投資者，後者則滿足自住者的需求。這兩類房產反映了日本房地產市場的多樣性，各自服務於不同的社會群體。

◆ 「パワーカップル（Power Couple）」在日本指的是夫妻雙方皆高收入的雙薪家庭，例如年收入合計逾 1000 萬日元。這類家庭多為高學歷專業人士，重視便利與品質，數量雖僅占「共働き世帯（ともばたらきせたい）」（雙薪家庭）的約 2.42%，但近年卻快速增長，反映女性職場參與提升。

在房地產市場中，他們扮演關鍵角色，尤以東京首都圈為甚。其強大購買力推高高端住宅需求，如價格過億的「億ション」與「タワーマンション」，成為開發商爭取的焦點。他們偏好交通便利、生活機能完善的都心物件，對價格敏感度低，更重視設計與效率，促使市場轉向高端化。「パワーカップル」常利用「ペアローン」擴大貸款額度，享受減稅優惠，進一步刺激高價房產交易。這不僅支撐市場，還推升東京 23 區新築マンション均價突破 1 億日元。然而，這也導致普通家庭因房價上漲，而難以進入核心區購屋，凸顯市場兩極化。總之，「パワーカップル」以經濟實力與消費偏好重塑房地產格局，促進高端開發，卻也讓住房可及性下降，帶來社會新挑戰。

◆ 「ミニマルライフ（Minimal Life）」（極簡生活）指追求簡單、低物欲的生活方式，強調只保留必要物品，去除多餘負擔，以實現身心自由。受西方極簡主義與日本「侘寂」美學影響，它結合斷捨離文化，展現獨特風格。實踐者大幅精簡財物，可能只擁有不到 100 件物品，住進基本設施的住宅，依「是否需要」、「是否帶來快樂」取捨。他們相信，減少物質能解放時間與心靈，讓人專注學習、人際關係或興趣，減輕壓力並提升幸福感。此外，這種生活方式降低消費，減少環境負擔，節省金錢，資源可轉向旅行或教育等有意義領域。

在日本，「ミニマルライフ」興起與社會壓力息息相關。年輕人面對高房價與職場競爭，選擇極簡對抗過度消費，而東京小型住宅環境也與之契合。近藤麻理惠的「斷捨離」更將日本式極簡推向世界。總之，「ミニマルライフ」不僅是物質精簡，更是一種哲學，追求「少即是多」，讓人回歸生活本質。

句型 1：〜のは　〜だ（強調構句）I

◆ 所謂的「強調構句」，就是將一個句子中欲強調的部分，移至後方當述語，以「〜のは、X だ」的結構來強調 X 的部分。下例為一原始句改為強調構句的舉例：

・（原始句）陳さんは　台湾南部の　小さな　町で　生まれました。
　（強調句）陳さんが　生まれたのは　台湾南部の　小さな　町です。

如上例，原始句為「陳さんは　台湾南部の小さな町で　生まれました」。說話者若要強調「台湾南部の小さな町で」這個部分，只要將這部分的助詞「で」刪除後，移至「〜のはXだ」的X位置，接下來再把原句剩下的其他成分，往前移至「のは」前方即可。

此外，由於「の」為形式名詞，用於將動詞句名詞化，因此前移的部分，必須比照連體修飾節（形容詞子句）的規定使用常體，並將主語部分的助詞「は」改為「が」。

◆ 強調句中，所有的補語成分，皆可後移至後方X的位置來強調。如下例中的A.〜D. 句，則是分別將「林さんが」「この雑誌を」、「コンビニで」、「先週」等部分分別移至後方作強調的講法。練習 B 的第 2 小題，就是在練習分別把上述的補語後移來做強調。

「句型 1」這裡所學習的補語，原則上都是必須刪除格助詞的例子（「〜で」可刪除可不刪除），「句型 2」才是學習不會刪除的例子。

・（原始句）先週　林さんは　コンビニで　この雑誌を　買いました。
　（強調句）A. 〜 D.

A. 先週この雑誌をコンビニで買った ___ の は 　　林さん が です。
B. 先週林さんがコンビニで買った ___ の は この雑誌 を です。
C. 先週林さんがこの雑誌を買った ___ の は コンビニ で です。
D. 林さんがこの雑誌をコンビニで買った ___ の は 　　　先週 です。

◆ 請注意，「～と」的用法分為「相互動作」以及「共同動作」兩種。「相互動作」用法屬於「必須補語」（也就是對動詞而言，一定得要有，語意才會完善者，例如：「結婚する」），這種情況，後移至 X 後，助詞就傾向刪除。

- 私は　外国人と　結婚する。（相互動作）
  → （？）私が結婚するのは　外国人とだ。
  → （○）私が結婚するのは　外国人だ。

「共同動作」用法屬於「副次補語」（也就是對動詞而言，不一定要有，語意也能成立，例如：「ご飯を食べる」，此用法能夠使用「と一緒に」來取代），這種情況，後移至 X 後，助詞就不可刪除，因為語意會不明確。

- 私は　妹と　ご飯を　食べた。（共同動作／妹と一緒に）
  → （○）私がご飯を食べたのは　妹とだ。
  → （×）私がご飯を食べたのは　妹だ。

◆ 強調構句的原始句，除了可以是上述的「動詞句」以外，亦可是「形容詞句」。形容詞句需要特別留意的是，述語為「ナ形容詞」時，前移時，必須使用「～なのは」來接續。

- （原始句）田中さんは　iPhone が　欲しい。
  （強調句）田中さんが欲しいのは　iPhone だ。

- （原始句）田中さんは　魚料理が　好きだ。
  （強調句）田中さんが好きなのは　魚料理だ。

◆ 此外,由於「名詞句」只會有一個必須補語(項),它不像形容詞句可多達兩個項,動詞句多達四個項,因此「名詞句」幾乎不會使用強調構句來表達,因此本課也不特別導入。

- (原始句)田中さんは　会社員だ。
  (強調句)会社員なのは　田中さんだ。(鮮少使用時機)

句型 2：〜のは 〜だ（強調構句）II

◆ 「句型 2」學習，後移的補語為「〜から、〜まで、〜と（共同動作）」，以及使用到「だけ、くらい、ほど」等副助詞的成分，以及把整個表原因・理由的副詞子句「〜から」後移至 X 來做強調的例句。原則上，這些情況的助詞就不可刪除。

- （原始句）山崎さんは　名古屋から　来ました。
  （強調句）山崎さんが来たのは名古屋からです。

- （原始句）イルミネーションは　クリスマスまで　見られます。
  （強調句）イルミネーションが見られるのは　クリスマスまでです。

- （原始句）２日ぐらい　旅行に　行きました。
  （強調句）旅行に行ったのは２日ぐらいです。

◆ 表原因理由的副詞子句「〜から」，亦可後移至 X 的部分，來作為強調句。此時「〜から」不可刪除。

- （原始句）電車の事故がありましたから、彼は会議に遅れました。
  （強調句）彼が会議に遅れたのは電車の事故があったからです。

這也是在閱讀文章中，經常會看到的表現。老師可以教導學生，往後若在文章上有看到「〜からです／だ」的句子，就要試著往前去找「〜のは」，即可了解整句話的結構。

◆ 最後補充一點，可以後移至 X 部分的副詞子句，除了用於表原因理由的「〜から」以外，像是：「〜ため」、「〜おかげで」、「〜せいで」…等，亦可後移至 X 的部分，來作為強調句。此時「〜から」「〜ため」、「〜おかげで」、「〜せいで」…等也不可刪除。上述句型本書尚未導入，因此這裡僅是補充給教學者了解，不需要於課堂上提出。

- （原始句）気温が低すぎたため、野菜が枯れてしまいました。
  （強調句）野菜が枯れてしまったのは、気温が低すぎたためだ。

- （原始句）先輩の助言のおかげで、私はこの大学に合格できました。
  （強調句）この大学に合格できたのは、先輩の助言のおかげだ。

- （原始句）電車が遅れたせいで、約束の時間に間に合わなかった。
  （強調句）約束の時間に間に合わなかったのは、電車が遅れたせいだ。

句型 3：～たら　～た（事實條件）

◆ 這裡學習「～たら、～た」的三種用法。

◆ 第一種用法「A 為引發 B 狀態或事件的契機」，就是練習 A 的第 1 小題。AB 前後兩句可以是同一個動作主體的連續動作，也可以是不同主體（A 主體引發 B 主體的狀態）。例如：「ご飯を食べたら、眠くなった」、「漫画を読んだら、目が疲れちゃった」，吃飯以及犯困、看漫畫以及眼睛疲勞，都是同一個動作主體。而「電球に触ったら、割れちゃった」、「肥料を与えたら、花が咲いた」，摸電球的是我，但破掉的是電球。施肥的是我，但開的是花。

A 與 B 之間有先後關係，都是「先發生 A，才發生 B」。且 B 會是無意志性的動作。

原則上，這裡的「～たら」可以替換為「～と」，但如果是用於「說話者將自己親身的經驗講述給聽話者聽」的語境時，則不太適合改成「～と」。因此本課教學時，僅導入「～たら」。

・A：体の調子はどう？
　B：薬を（○飲んだら／×飲むと）、だいぶ楽になった。
　　（講自己的經歷給 A 聽）

◆ 第二種用法「做了 A 之後，發現了 B 這件事實」，就是練習 A 的第 2 小題。這種用法，B 都是在描述一種「狀態」，而這種狀態，是因為動作主體做了 A 這個動作，才被動作主體所發覺。

因此，這邊描繪的並不是 AB 之間的先後關係，而是 B 這個本來就存在的狀態，透過 A 這個契機才被發現出來。也就是因為在描繪狀態，因此如果 B 為動詞時，多會以「～ていた」呈現。

此種用法「～たら」可以替換為「～と」。但基於上述理由，本課不導入「～と」。

◆ 第三種用法「在做 A 動作（動作進行）的途中，發生了 B 這件事（而導致 A 這件事被中斷）」，就是練習 A 的第 3 小題。這種用法，由於 A 動作是個持續動作，因此 A 都會以「～ていたら」的型態呈現。也由於 B 都是在描述打斷 A 的，因此 AB 會是不同的動作主體。例如：「テレビを見ていたら、宅配の人が来た」、「お風呂に入っていたら、電話がかかってきた」，看電視的是我，但來的是黑貓。洗澡的是我，但打電話來的是別人。

雖然 A 與 B 也是「先發生 A，才發生 B」，但兩者並無因果關係。並不是因為我在看電視，所以黑貓宅配才會來。

此種用法「～たら」可以替換為「～と」。但基於上述理由，本課不導入「～と」。

句型 4：～たら（反事實條件）

◆ 「反事實條件」，就是用於表達「與事實相反的條件句」（也就是前述事項都沒發生、都不是事實）。

　　可使用於「遺憾」的語境（練習 A 第 1 小題），表示說話者因為前述事項無法實現或與現狀不符，而感到「遺憾」。此時多半會搭配著「のに」使用（因為是遺憾的語氣）。

　　亦可使用於「慶幸的語境」（練習 A 第 2 小題），表示說話者「慶幸」前述事項並未發生。此用法不可使用「のに」（因為是慶幸的語氣）。

◆ 也因為前句 A，都是當初沒做的事情，因此如果是動作性動詞的肯定的話，亦可使用「～ていたら」來強調「當初如果是有做的狀態」的話。狀態性動詞「ある、いる」、動詞否定或者形容詞時，直接使用「あったら、いたら、なかったら」即可。

- （○）もっと勉強したら、合格できたのに。
- （○）もっと勉強していたら、合格できたのに。

◆ 反事實條件的「～たら」，亦可改成「～ば」、「～なら」，但不可改為「～と」。為了不造成學習者的負擔，本課不導入代換為「～ば」、「～なら」的問題。

- （○）もう少し早く来ていれば、間に合ったのに。
- （○）もう少し早く来ていたら、間に合ったのに。
- （○）もう少し早く来ていたなら、間に合ったのに。
- （×）もう少し早く来ていると、間に合ったのに。

本文

◆「私たち庶民には、東京都心に家の持つことはほぼ不可能になったね」，開頭的「私たち庶民には」使用了「に」。這個句型結構源自於第 35 課所學習到的可能形的句子結構：「～に　～が　できる」（請參考進階篇教師手冊，「可能句3」）

「私たち庶民には」的「に」，在這裡標示主體「私たち庶民」，結構為「庶民に　家を持つことが　できない／不可能だ」。

「私たち庶民には」的「は」，為第一個出現的「は」，表示「主題」，但其實它也含有對比或強調的語氣。「は」隱含著「對有錢人來說可能不是這樣，但對我們庶民來說卻是如此」。

・彼にはできない。（對他來說做不到。）
・私には分からない。（對我來說不明白。）

「家を持つことは」的「は」，則是將能力的對象「が」，使用「は」來取代的結果。由於是整句話出現的第二個「は」，因此它會被解釋為對比的「は」，用來表達「（在郊區可能還買得起，但）在都心買房子這一件事已經遙遙可及了」的意思。

◆「都内の高額マンションを買っているのは、節税対策の富裕層、共働きのパワーカップル、あとは外国人だそうよ」。這句話就是使用到本課學習的「強調構句」。若將其還原為原始句，就是：

・節税対策の富裕層、共働きのパワーカップル、あとは外国人が、都内の高額マンションを買っているそうよ。

◆「あんな値段で買えるのは、円安の恩恵を受けた外国人ぐらいだ」。這句話也是「強調構句」，但受限於這裡的「くらい」並不是在表程度，而是帶有語氣以

及態度上的意涵，且「くらい」無法與「が」格並用，因此直接還原後，可能會讓語意模糊，因此建議改回原句時，可以將其改為「だけ」或「くらいしか～ない」的講法。

- 円安の恩恵を受けた外国人ぐらい ~~（が）~~　あんな値段で　買える。
  無法使用「が」，容易使語意模糊
- 円安の恩恵を受けた外国人だけが　あんな値段で　買える。
  「だけ」可以與「が」併用
- 円安の恩恵を受けた外国人ぐらいしか　あんな値段で　買えない。
  「くらい」可與「しか」併用

◆ 「そうだったんだ。で、結局買わなかったのはどうして」中，「で」是一個接續詞，用來連接前後兩句話，表達一種自然的語意轉換或話題的推進。它的功能類似於中文的「那麼」、「然後」或英語的 "So" / "And then"，不過它的語氣非常口語化，因此不可使用於正式場合。正式的講法，可以使用第 41 課對話文中學習到的「それで」。

「で」經常用來在前一句話結束後，引出下一個相關的話題或問題。在這句話中，前一句「そうだったんだ」（原來是這樣啊）是對某個情況的確認或感嘆，而「で」則表示「基於這個情況，接下來我想問……」，自然過渡到後面的問題「結局買わなかったのはどうして」（最終沒買是為什麼）。

「で」作為接續詞時，語氣通常比較輕鬆隨意，不像「それで」那樣帶有明確的因果關係，「それで」更接近「因此 ... 所以」。這裡的「で」只是單純地銜接句子，沒有強烈的邏輯性要求。如果用「それで、結局買わなかったのはどうして」，則感覺語氣會更正式一點，並帶有「所以」、「因此」的因果意味，暗示前文的情況直接導致後文的疑問。

此外，這裡亦可使用「じゃあ」：「そうだったんだ。じゃあ、結局買わなかったのはどうして」。這種情況則更像「那麼」「好吧」，語氣稍微更強烈一點，可能表示話題的更大轉折。

◆ 「なかなかいい物件に出会えなかったのと、ローンを申し込んだら断られた」中,「のと」是由形式名詞的「の」和並列助詞「と」組成的複合形式,用來並列兩個原因或理由。

　　初級時,曾經學習過並列助詞「と」的用法,例如「私とあなた」,當時僅有學習到「名詞」的並列。這裡則是學習「動詞句」的並列,因此需要使用形式名詞「の」,將「なかなかいい物件に出会えなかった」這句動詞句給名詞化。

　　透過這種方式,把第一個理由「なかなかいい物件に出会えなかったの」(沒能遇到好物件)和後面的第二個理由「ローンを申し込んだら断られた」(申請貸款被拒絕了)連繫起來,表達這兩者是並列存在的兩個理由或因素,說明為什麼到最後他沒有買房子。

語句練習

◆ 01. 的練習，選自本課「句型 1」的例句。「私が昨日行ったのは、新宿じゃなくて渋谷です」。按照我們「句型 1」的學習，這裡所強調的要素為「渋谷」。

・私は　昨日　渋谷へ　行きました。
　私が昨日行ったのは　渋谷です。

「～のは、A じゃなくて、B です」這裡則是於欲強調的部分，前方加上否定，表示「我想強調的部分是 A 而不是 B」。使用「じゃなくて（ではなくて）」來糾正對方的錯誤認知，表達「不是 A，而是 B」的概念。

◆ 02. 的練習，選自對話本文。「こないだ、YouTube とかで見たんだけど…。」當中的「こないだ」，是「この間」口語的講法。整句話的意思大致是：「前陣子，我在 YouTube 之類的地方看到的…。」

「とかで」的「とか」表示舉例，相當於「之類的」、「像～那樣的」，「で」則表示動作的「場所」或「手段」。這裡用來表達「透過某個媒介或在某個地方發生的行為」。所以「YouTube とかで」可以理解為：「在 YouTube 之類的地方」（以動作場所解釋）或「透過 YouTube 之類的平台」（以手段解釋）。使用「とか」，是為了表示「說話者可能不確定是否只有在 YouTube 上看到，也可能是在其他類似的平台（如 TikTok 或 Instagram）上看到的」。

「～んだけど」是口語常見的說法，來源於「～のだけど」，這裡用於「引出話題（開場白，接下來通常會有後續內容）」。

・こないだ、YouTube とかで見たんだけど、あれって本当？
　（前陣子我在 YouTube 之類的地方看到的，那是真的嗎？）

此外，「～んだけど」亦可用於「委婉表達意見或請求」，以及「鋪墊，表達

某種遺憾、困惑」的語境。

・ちょっと言いにくいんだけど、この料理、
　ちょっと塩辛すぎるかなって思うんだ。
（這樣說有點不好意思，這道菜好像有點鹹耶。）
・行きたかったんだけど、忙しくて行けなかった。
（我本來想去的，但因為太忙沒去成。）

◆ 03. 的練習，改寫自對話本文。這裡主要練習「すでに」的講法。「平均価格は、すでに過去最高値を更新した」，當中的「すでに」的意思是「已經」，用來表示某個動作或狀態已經發生或完成。在這句話：「平均価格は、すでに過去最高値を更新した。」可以翻譯為：「平均價格已經刷新了過去的最高值。」

「すでに」較正式，通常用於書面語或新聞報導。若改寫為「もう」，則偏向口語。

◆ 04. 的練習，改寫自對話本文。「平均価格は、バブル期の価格を上回っている」，當中的「〜を上回る（うわまわる）」表示超過、超出某個數值或標準，可以用於數量、程度、指標等情況。詳細可參考單字部分的說明。

◆ 05. 的練習，改寫自對話本文。「23区に限って言えば、平均価格はもう一億円を超えたらしい」。當中的「に限って言えば」＜表示「如果僅限於某個範圍來談的話」，用來強調討論的範圍。意思是「如果僅限於東京都23區來說，平均價格似乎已經超過了一億日圓。」（表示這個平均價格超過一億日圓的情況僅適用於東京都23區，可能其他地區的價格並沒有達到這個水準。）

更多例句如下：
・日本全体では人口が減少しているが、東京に限って言えば、
　まだ増えている。
（整個日本的人口都在減少，但如果只談東京的話，人口還在增加。）

・最近はどこも暑いが、沖縄に限って言えば、東京より過ごしやすい。
（最近到處都很熱，但如果只談沖繩的話，比東京好過一些。）

此外，這個例句指稱 23 區的房屋均價已經破億，而對話本文當中所講的卻是都心五區。這是因為本書初稿執筆當時，僅有都心五區破億，而一年後教師手冊編纂之際，23 區均價也就破億了。

◆ 06. 的練習，選自對話本文。「東京都心に家を持つことは、ほぼ不可能になったね」，這裡主要練習「ほぼ」的用法。「ほぼ」：表示「幾乎、差不多」，用來修飾「不可能」，強調即使不是完全不可能，也已經非常接近不可能的狀態。經常用來形容某件事情接近 100% 發生或完成，但仍可能有極小的例外或誤差。

更多例句如下：
・工事はほぼ終わった。（工程幾乎已經完成了。）
　還差一點點，但大部分已完成。
・この計画はほぼ成功したと言える。（這個計畫可以說是幾乎成功了。）
　成功率很高，但可能有小部分未達標。
・ほぼ毎日運動している。（幾乎每天都有運動。）
　表示可能偶爾會漏掉一、兩天。
・その二つの意見は、ほぼ同じだ。（這兩個意見幾乎相同。）
　有些微差異，但大致相同。

◆ 07. 的練習，選自對話本文。「いったい誰が買っているの？」「いったい」是日語中用來加強語氣、表示疑問或驚訝的副詞。經常使用「いったい＋疑問詞（誰、何、どこ、いつ、どうして...等）＋の？」的形式，表示「到底、究竟」。此處的「〜の」，為第 34 課「句型 1」，「看到或聽到一個狀況，進而詢問對方，要求對方說明」的用法。

這句話「いったい誰が買っているの？」（到底是誰在買呢？）口氣中帶有說話者的驚訝，覺得在這樣的情況下仍然有人買房是不可思議的事情。下列為更多例句：

- いったい何が起こったの？（到底發生了什麼事？）
- いったいどこへ行ったの？（到底去哪裡了？）
- いったいなぜそんなことをしたの？（到底為什麼要做那種事？）
- 顔色が悪いよ。一体どうしたの？（你臉色不太好，發生什麼事了？）
- そんなに慌てて… 一体どうしたの？（你這麼慌張… 到底怎麼了？）

◆ 08. 的練習，選自對話本文。「井上さん、マイホームを買う予定だったの？」，這句話的結尾之所以使用「～の？（んですか？）」是因為就對話的前後文，井上說了「早知道就早買房」，因而石川小姐從他的這句發話當中，推測「井上之前有買房的打算」，因而再度向他確認。

◆ 09. 的練習，選自自對話本文。「不動産投資って、レバレッジをうまく使えば、少ない資金から資産を増やせます」，這裡的「って」為提示主題的用法。這裡練習「提出一個主題」，並用較長的句子（此處是～ば的複句）來針對這個主題做敘述。

　　這裡的「ば」，是第 45 課「句型 1」所學習到的條件形，「Aば、B」表示「若想達到 A，那麼 B 是理想的方法」。因此整句話的意思是「不動産投資」（←主題），就是「如果善用槓桿，就能以少量的資金開始增加資產」（←針對主題的敘述）。

◆ 10. 的練習，改寫自對話本文。這句話，因為架構比較複雜，因此已經先行將其拆解成上一個練習 09.。這一整句話句話「投資の勉強をしていたら、（不動産投資って）レバレッジをうまく使えば、資産を増やせるってことに気がついた」，為了讓學習者更清楚地練習，因此先刪除「不動産投資って」這個主題的部分。

　　這一整句話整體的架構，是練習本課「句型 3」，表發現新事實的「～たら、～た」。主要子句為「投資の勉強をしていたら、A ことに気がついた。」（學習投資後，發現了 A 這件新事實）。然後再將上述 09. 的練習中「レバレッジをうまく使えば、資産を増やせる」這句話，以內容節的方式代入 A 的部分。算是比較複雜的句子結構。

◆ 11. 的練習，選自對話本文。「結局買わなかったのはどうして？」。此句話為本課學習的「強調構句」。只不過我們在「句型 1」或「句型 2」並沒有學習到將疑問句中的疑問詞後移至述語部分作為強調要素的講法。

- （原始句）どうして　買いませんでしたか。
　　　　　　　買わなかったか？
（強調句）買わなかったのは　どうしてですか。
　　　　　　　　　　　　　　　どうして？

而這裡因為是常體句的對話，因此省略了後面的「ですか」。

◆ 12. 的練習，選自對話本文。「あの時買っておけば、今億万長者になっていたのに。」這裡使用了「句型 4」所學習到的「反事實條件」。反事實條件除了使用「～たら」以外，亦可使用「～ば」。

「買っておけば」是「買っておく」的條件形，表示「如果當時有買的話……」。而句尾的「のに」表示遺憾、懊悔，因此整句話的意思是「說話者後悔自己當初沒買，如果當初有買的話，現在就是億萬富豪了」。

這裡的「のに」亦可使用「だろうに」來取代。「に」為終助詞，接續於「だろう／でしょう」的後方，來表達說話者憐憫或惋惜的心情。

「だろうに」的用法為「反事實假想」，表達「對於實際上沒有發生的事情感到遺憾的心情」。這裡使用「だろうに」，會比起使用「のに」更帶有一點「惋惜」的感覺。

- あの時買っておけば、今億万長者になっていただろうに。
（如果當時買了的話，現在應該會成億萬富翁吧。）

延伸閱讀

◆ 日本的「住宅ローン」（住宅貸款）是指專為個人購買或建造自住房而提供的長期、低利率貸款，通常由銀行或金融機構提供。其特點包括：利率極低（0.5%-2%），還款期限長（20-35 年），並常搭配團體信用生命保險（団信），若借款人因死亡或重病無法還款，保險會代償餘額（意指老公如果身亡，保險公司會將房貸全額清償，留給遺孀一棟無貸款的房產）。

貸款以所購房產為抵押，審查注重借款人穩定收入與信用，因此許多公司經營者或自營業者，貸款上不如穩定的上班族。此外，日本的住宅貸款用途僅限於自住，若將使用住宅貸款所購買的房屋拿來出租，此行為等於以詐術欺瞞銀行，換取極低的利率，因此會被要求立即清償全額的貸款。若無法清償，房屋可能因此遭到法拍。

相較之下，台灣的房貸（房屋貸款）與日本差異較大。首先，台灣房貸利率較高（約 1.5%-3%），受市場利率波動影響大，且無日本那樣的超低利率環境。其次，台灣還款期限通常為 20-30 年，略短於日本，且無強制保險要求，風險全由借款人承擔。第三，台灣房貸審查較靈活，可接受自營商等非穩定收入者申請，而日本更偏好穩定工薪族。此外，台灣常有寬限期（前幾年只付利息），日本則較少見此設計。最後，不同於日本住宅貸款用途嚴格限於自住，台灣房貸則可用於投資型房產，顯示兩地在政策與文化上的不同取向。

◆ 在日本，若想投資出租房產，不能使用專為自住房設計的「住宅ローン」（住宅貸款），而需選擇「投資用不動產ローン」（投資用房地產貸款）或「アパートローン」（公寓貸款）。這是因為投資出租房產屬於商業行為，銀行會對於欲投資的房產價值以及其收益能力做評估，並衡量此出租事業的可行性。

與「住宅ローン」相比，這類貸款利率較高（2%-5% 或以上），因為投資用途涉及市場波動與租賃風險，銀行需更高回報抵銷潛在損失。此外，還款期限也較短（10-25 年），不像「住宅ローン」那樣長達 35 年，因此投資者需要仔細衡量房產本身的投報率以及現金流。

◆ 外國人投資日本不動產雖具吸引力，但潛藏多重風險，值得深思。首先，匯率風險是首要挑戰。日幣近年持續貶值，對以外幣（如美元或台幣）投資的外國人而言，若日幣升值，換匯時可能損失收益，甚至本金。其次，不熟悉日本市場易導致買到高價屋。外國人常因語言障礙或資訊不足，誤判地段價值，支付高於市場行情的價格，影響投資回報。

招租風險也不容忽視。日本人口老化與減少，部分地區出租需求低，若選址不當，可能面臨長期空置，租金收入難以覆蓋成本。稅制風險則與日本複雜的稅務體系相關。外國投資者需繳納不動產取得稅、固定資產稅，甚至出售時的資本利得稅，若未妥善規劃，可能侵蝕利潤。

此外，管理風險亦是難題。與日本管理公司協調時，若語言不通或文化差異導致溝通不暢，維修、招租等問題可能延誤，增加營運成本。

出售時，難關更顯棘手。日本不動產市場流動性因地區而異，偏遠地區房產難以脫手，交易周期長。同時，「源泉徵收」（源泉徵収）制度要求買家預扣賣家部分稅款（如非居民賣家的 20.42% 所得稅），外國人若不熟悉流程，可能延誤資金回收或面臨額外罰款。總之，外國人投資日本不動產需謹慎評估匯率、市場、招租、稅制、管理與出售風險，方能避免收益落空，甚至得不償失。

若讀者對於日本不動產投資有興趣，在此推薦本社出版的《日本買房關鍵字》以及《日本買房大哉問》二書。作者 TiN 老師是敝社『穩紮穩打日本語』檢定系列以及教材系列的主筆代表，老師除了日語教學外，亦是位擁有日本「宅建士」證照的房產投資專家。這兩本書針對有意在日本置產的投資者，提供專業且實用的指南。TiN 曾出版多本東京不動產投資書籍，被視為入門教科書，幫助讀者了解市場並規避風險。

《日本買房關鍵字》聚焦基礎知識與實務操作，涵蓋五大篇、50 個關鍵詞。內容剖析日本房地產的產品類型、交易流程、法令限制，以及如何選擇建商與房仲，並介紹投資必備的財務觀念。適合初學者快速掌握日本買房的核心概念，強調實用性與市場洞察。

《日本買房大哉問》則以問答形式，深入解答投資者常見疑問，共七大篇、50個問答。書中探討購房稅金、選屋細節、東京市場概況、房市歷史循環等，並強調正確的投資心態。兩書皆以作者在地經驗為基礎，結合後疫情時代的最新趨勢，針對日圓貶值、東京房價上漲等背景，提供尖銳觀點。無論是入門還是進階投資者，這兩本書都堪稱全面的工具書，幫助讀者在日本不動產市場做出明智決策。

第 55 課

お酒はやめられたと聞いたのですが…。

學習重點

◆ 「中級 2」的第 55～57 課，開始進入學習日語的敬語。在老師進入教學前，有必要對於敬語有全面性地了解。本課學習重點部分將耗費較大的篇幅，來對於日語的敬語做個統整。

◆ 在使用到敬語的語境裡，需要了解以下三者的角色關係：1.「說話者」、2.「聽話者」以及 3.「句中提及人物」。所謂的「敬語」，指的就是「說話者」依據與「聽話者」或是「句中提及人物」的關係，使用具備敬意的表現方式。在想要表達敬意的語境下，「說話者」講述他人的行為，使用「尊敬語」；「說話者」講述自己或己方的行為，則使用「謙讓語」。

① 先生はもう帰りましたか。（老師回家了嗎？）
② 先生はもうお帰りになったか。（老師回家了嗎？）

關於敬意的表達，學習者經常問到：①使用「ます形」或②使用「お～になる」等尊敬語的形式，何者的敬意程度較高？其實這並非是「敬意程度」高低的問題，而是「敬意對象」的問題。

在說明上述兩句的差異之前，我們必須先認識敬語的種類。根據日本的文化審議會國語分科會的分類，敬語分為「尊敬語」、「謙讓語Ⅰ」、「謙讓語Ⅱ（丁重語）」、「丁寧語」、「美化語」五種。本教材也是依此分類編纂。表達形式以及說明如下表：

種類	代表形式	用法說明
尊敬語	・〜（ら）れる ・お／ご〜になる ・お／ご〜だ ・お／ご〜でいらっしゃる ・いらっしゃる、なさる、くださる…等「特殊尊敬語動詞」。	「說話者」用於講述「聽話者」或者「句中提及人物」的行為、動作或狀態，藉以提高此做動作的人的地位，表示對於此做動作的人的敬意。
謙讓語Ⅰ	・お／ご〜する ・お／ご〜いたします ・お／ご〜いただく ・伺う、差し上げる、いただく…等「特殊謙讓語動詞」。	「說話者」以貶低自己的方式，來講述自己做給「聽話者」或「句中提及人物」的行為、動作，藉以提高此動作接受者的地位，表示對於此動作接受者的敬意。（句中需要動作接受的對象存在）
謙讓語Ⅱ （丁重語）	・〜いたします ・弊／小／愚／拙／粗＋名詞 ・おる、参る、申す…等丁重語動詞。	「說話者」以貶低自己的方式，來講述「自己」的行為、動作或狀態，藉以提高「聽話者」的地位，表示對於「聽話者」的敬意。（句中不需要動作接受的對象存在）
丁寧語	・〜です ・〜ます ・〜でございます	「說話者」以禮貌、鄭重的說話態度，來講述「自己或他人」的行為、動作或狀態，表示對於「聽話者」的敬意。
美化語	お（ご）〜	附加在名詞前方，以展現出「說話者」優雅的氣質與品格。

　　本教材第 55 課學習「尊敬語」的用法、第 56 課學習「謙讓語」、第 57 課的前兩個句型學習使用「特殊尊敬語動詞」以及「特殊謙讓語動詞」的表現，「句型 3」則是學習「謙讓語Ⅱ（丁重語）」。

至於表格中的丁寧語「～でございます」，則是於第 56 課的本文提出，並以小文法的形式，出現於當課的「語句練習」中學習。

　　「美化語」的「お」，則是在初級篇的第 3 課對話文中就已經提出，「ご」，例如「ご飯」則是僅以字彙的方式呈現。

◆　如上表說明，「尊敬語」用於講述「他人」的動作，「謙讓語」用於講述「自己（我方）」的動作。以下三例：③客人來訪，為「句中提及人物（客人）」（他人）的動作；④去老師家、⑤在東京，為「說話者」（自己）的動作。而「謙讓語Ⅰ」與「謙讓語Ⅱ（丁重語）」的差別，就在於「謙讓語Ⅰ」需要有動作的「對象」（這裡指老師），但「謙讓語Ⅱ（丁重語）」則不需要有動作的「對象」。

　　③お客様がいらっしゃいました。　　　（「いらっしゃる」為「尊敬語」）
　　　（客人來了。）
　　④先週、先生のお宅に伺いました。　　（「伺う」為「謙讓語Ⅰ」）。
　　　（上個禮拜我去拜訪老師家。）
　　⑤先週、仕事で東京におりました。　　（「おる」為「謙讓語Ⅱ」）。
　　　（上個禮拜我因為工作而在東京。）

　　再舉個「謙讓語Ⅱ（丁重語）」的例句：

　　・私は午後 3 時の新幹線に（×ご乗車します／○乗車いたします）。
　　　（我將會搭乘下午三點的新幹線。）

　　「乗車する」是我個人的行為，並不需要對象的存在，因此不可使用「謙讓語Ⅰ」的「お／ご～する」的型態，僅可使用「謙讓語Ⅱ（丁重語）」的「～いたします」的型態。

◆　回到我們最初提到的三個角色。若我們以「敬意對象（敬意到底是針對誰／付給誰）」的觀點來看，用於表達給「句中提及人物」敬意的，稱為「素材敬語」；用於表達給「聽話者」敬意的，稱為「對者敬語」。

例句③的「いらっしゃる」為「尊敬語」，敬意是付給「句中提及人物（お客様）」的，因此屬於「素材敬語」。（因為是客人的動作，所以必須用「いらっしゃる」表達敬意）

例句④的「伺う」為「謙讓語Ⅰ」，敬意也是付給「句中提及人物（先生）」的因此也是屬於「素材敬語」。（因為是老師的家，所以必須用「伺う」表達敬意）

例句⑤的「おる」為「謙讓語Ⅱ」，句中並無動作接受者，敬意是付給是「聽話者」的，因此屬於「對者敬語」。

⑥先週、仕事で東京に（○参りました／×伺いました）。
（我上個星期因工作去了東京。）

上例⑥，由於「我去東京並沒有拜訪任何人（動作本身沒有牽扯到任何人）」，沒有動作接受的對象，因此不可以使用屬於「謙讓語Ⅰ」（素材敬語）的「伺う」。而應該用屬於「謙讓語Ⅱ（丁重語）」（對者敬語）的「参る」。（之所以使用参る，是因為要對聽話者表達自謙的態度。）

至於丁寧語「です、ます」的敬意對象，本系列教材在很初級的時候就已學過，敬意也是付給「聽話者」的，因此丁寧語「です、ます」也屬於「對者敬語」的一種。

最後，「美化語」主要是「說話者」為了展現自己的優雅氣質、美化用字遣詞而已。嚴格說來，不屬於素材敬語或是對者敬語。日本的學界定義為「準敬語」，也就是相當於敬語的意思。整理如下表：

尊敬語	⇒ 敬意 for 句中提及人物	素材敬語
謙讓語Ⅰ	⇒ 敬意 for 句中提及人物	
謙讓語Ⅱ（丁重語）	⇒ 敬意 for 聽話者	對者敬語
丁寧語	⇒ 敬意 for 聽話者	
美化語		準敬語

◆ 接下來，來看看一句話中，「敬意的對象」究竟付給了誰？

①先生はもう帰りましたか。（老師已經回去了嗎？）
②先生はもうお帰りになったか。（老師已經回去了嗎？）

回到最初的①、②兩個例句。前面有提到，這兩句的差別，並非「敬意程度」的差異，而是「敬意對象」的差異。第①句使用丁寧語「ます」，屬於「對者敬語」，表示敬意的對象為「聽話者」。因此，這句話的語境，可能是學生詢問辦公室職員，老師回去了沒。表示敬意的對象是聽話者，即辦公室的職員，而不是給老師。這句話並沒有對「句中提及人物（老師）」展現敬意。

第②句使用謙讓語Ⅰ「お～になる」形式，屬於「素材敬語」，表示敬意的對象為「句中提及人物（老師）」。同時，請留意該句的句尾使用常體，因此這句話並沒有對於「聽話者」表現敬意。這句話的語境，可能是說話者為學生，聽話者則是另一名學生，因此說話者不需要對於聽話者表示敬意，只需對句中提及的老師表示敬意。

⑦先生はもうお帰りになりましたか。（老師已經回去了嗎？）

然而，若想對於「句中提及人物（老師）」以及「聽話者」雙方都表示敬意時，則可以將句尾改成對者敬語的丁寧語「ます」即可，如例句⑦所示。「お帰りになり」的部分，敬意對象為「句中提及人物（老師）」；「まし（た）」的部分，敬意對象則是「聽話者」。

⑧部長、明日何時にご出発になりますか。（部長，您明天什麼時候出發？）

此例句中，「聽話者」為部長、「話題中人物」亦為部長。此例句使用尊敬語「ご出発になり」的部分是說話者給「句中提及人物（部長）」的敬意；「ます」的部分則是說話者給「聽話者（部長）」的敬意。只是剛好本例當中「聽話者」與「話題中人物」為同一人物。

⑨佐藤君、部長は明日何時にご出発になるか、知っていますか。
（佐藤，你知道部長明天什麼時候出發嗎？）

此例句中，「聽話者」為佐藤、「句中提及人物」為部長。此例句使用尊敬語「ご出発になる」的部分是說話者給「句中提及人物（部長）」的敬意，但並不是給「聽話者（佐藤）」的敬意；句末「知っていますか」中的丁寧語「ます」的部分，才是給「聽話者（佐藤）」敬意。

⑩星野：天野さん、この本を先生に渡してください。
　　　　（天野先生，請將這本書交給老師。）
　天野：わかりました。後でお渡しします。
　　　　（好的。我稍後交給他。）

再來看個「謙讓語Ｉ」的例句。回覆句中「聽話者」為星野，接受書本的對象是「句中提及人物（老師）」。謙讓語「お渡しし」部分，是「說話者（天野）」給「句中提及人物（老師）」的敬意，而「ます」部分，則是「說話者（天野）」給「聽話者（星野）」的敬意。

◆ 敬語的「內（ウチ）」、「外（ソト）」關係：

與「ウチ」（例如：公司內部）的人對談時，依照上下關係使用尊敬語、謙讓語。

・Ａ：部長は今晩、出張からお帰りになるんですか。
　　　（部長今天晚上出差結束回來是嗎？）
　Ｂ：ええ、たぶんもう空港にお着きになったと思います。
　　　（是的，我想他大概已經到機場了吧。）

與「ソト」（例如：公司外部）的人對談時，外人的動作使用尊敬語，自家公司的人的動作（無論官位多大），一律使用謙讓語。

- A：東京銀行の山田です。陳社長はいらっしゃいますか。
  （我是東京銀行的山田。請問陳社長在嗎？）
  B：申し訳ございません。社長は今、
  （○おりません／×いらっしゃいません）。
  （不好意思。社長現在不在。）
- 会場までは、社長がご案内します。（由社長來帶領您至會場。）

◆ 日文中，表達尊敬語的主要形式如下表：

尊敬語形式	說明
I 尊敬助動詞「〜（ら）れる」 （⇨第55課「句型1」）	敬意程度較低，多用於日常生活表現。可使用於大部分的動詞，但不可使用於「ある、いる、わかる、できる、くれる」等動詞。亦不可以使用於使役或是被動。
II「お・和語動詞ます・になる」 「ご・漢語動詞語幹・になる」 （⇨第55課「句型2」）	敬意程度比起「〜（ら）れる」更高，多用於正式場合。但「いる、する、来る、見る、着る、寝る」…等，連用形僅有一音節的動詞不可使用（「出る」例外）。其他亦有少部分動詞，如「言う、くれる、散歩する」…等，不會使用此形式。上述無法使用此形式的動詞，多半會改用VII的特殊尊敬語動詞。
III「お・和語動詞ます・なさる」 「ご・漢語動詞語幹・なさる」 （本教材不導入） （此與第57課「語句練習」06.的用法不同）	此表現比起II更為古風，且「お・和語動詞ます・なさる」現代多半已不使用；「ご・漢語動詞語幹・なさる」則是可以省略掉「ご」。連用形僅有一音節的動詞不可使用。
「お・和語動詞ます・なさい」 「　　漢語動詞語幹・なさい」 （⇨第59課「語句練習」01.「自分に正直でいなさい」06.「安心して任せなさい」）	另外，「なさる」的命令形為「なさい」，命令形可以使用於任何情況，但使用於漢語動詞時，不可加上「ご」。「お休みなさい、お帰りなさい」非命令形，為慣用表現。

IV「お・和語動詞ます・だ／です」 　「ご・漢語動詞語幹・だ／です」 　（⇨第 57 課「句型 4」）	此為表目前狀態的尊敬語形式，語意接近表狀態的「〜ている」。連用形僅有一音節的動詞不可使用。
V「お・和語動詞ます・くださる」 　「ご・漢語動詞語幹・くださる」 　（⇨第 55 課「句型 3」）	此為表授受「〜てくれる」的尊敬語形式，亦可使用「〜てくださる」的形式，但敬意程度稍低。連用形僅有一音節的動詞不可使用於「お／ご〜くださる」的形式，但可使用於「〜てくださる」的形式。
「お・和語動詞ます・ください」 「ご・漢語動詞語幹・ください」 （⇨第 55 課「句型 4」）	另外，「くださる」的命令形為「ください」。「お・和語動詞ます・ください」、「ご・漢語動詞語幹・ください」則是「〜てください」的尊敬語形式。
VI「動詞＋ていらっしゃる」 　「ナ形容詞語幹／名詞＋で 　いらっしゃる」 　（⇨第 55 課「本文」中村様でいらっしゃいます）	「動詞＋ていらっしゃる」為表目前狀態「〜ている」的尊敬語形式，與IV相同。亦可使用「お・和語動詞ます・でいらっしゃる」、「ご・漢語動詞語幹・でいらっしゃる」的形式；「ナ形容詞語幹／名詞＋でいらっしゃる」則為「だ／です」的尊敬語形式。
VII「特殊尊敬語動詞」 　（⇨第 57 課「句型 1」）	此形式直接以本身帶有尊敬語義的動詞，來取代原有的動詞，以表達敬意。對照表請參考第 57 課的「學習重點」。

　　本教材將依序介紹上述各種表達方式。

◆　上述提及的「連用形」，指動詞「ます」形去掉ます時的型態。如「行きます」的連用形即為「行き」。漢語動詞語幹，指「漢語＋する」動詞去掉「する」時的型態。如「案内する」的語幹即為「案内」。原則上「お＋和語動詞」；「ご＋漢語動詞」，但有少數漢語動詞例外，如：「お電話、お邪魔、お掃除、お食事…等」。

單　字

◆ 「マイナンバーカード（my number card）」，即個人編號卡，是日本政府推出的一項重要身份識別工具，與日本的「マイナンバー」（個人編號）制度緊密相連。這張內建 IC 晶片的卡片不僅承載了每位居民——無論是日本公民還是長期居留的外國人——獨一無二的 12 位個人編號，更在日常生活中扮演著越來越多元的角色。它最初的設計目標是簡化行政流程，但隨著時間推移，其功能已逐步擴展，成為日本數位化社會的重要支柱。

這張卡片最基本的功能之一是作為身份證明文件。無論是辦理銀行業務還是其他需要證明身份的場合，個人編號卡都能發揮與護照或駕照相似的效力，方便又可靠。更重要的是，它在行政手續上的應用極大地提升了效率。從稅務申報到社會保險申請，再到醫療相關服務，持卡人只需透過卡上的 IC 晶片進行身份驗證，就能輕鬆完成許多原本繁瑣的流程，尤其是在線上服務中，這一點尤為突出。

近年來，個人編號卡的應用範圍進一步擴展，開始融入健康保險證和駕照的領域。如今，日本政府已推動將健康保險證的功能整合進這張卡中。持卡人無需額外攜帶傳統的保險證，只需出示個人編號卡，就能在醫療機構完成身份確認和保險核對，這不僅減少了攜帶多張卡片的麻煩，也讓醫療服務更加數位化、高效化。與此同時，個人編號卡也正逐步與駕照系統結合，未來可能成為駕駛資格的證明方式之一，這意味著一張卡片就能涵蓋身份、健康保險和駕駛許可等多重功能，真正實現「一卡多用」。

除此之外，個人編號卡在某些地區還被賦予了更多便利性，例如作為圖書館借書卡或電子支付工具，甚至能儲存電子證書以支援數位簽名。可以說，這張卡片正從單純的行政工具，轉變為生活中不可或缺的數位助手。雖然申請個人編號卡屬於自願性質，日本政府卻積極鼓勵民眾持有並使用，因為它不僅代表了個人身份的認證，更象徵著日本社會向數位化、便利化邁進的重要一步。隨著健康保險證和駕照功能的逐步整合，這張小小的卡片無疑將在未來承載更大的可能性。

句型 1：～（ら）れます（尊敬）

◆ 本句型學習使用以尊敬助動詞「～（ら）れる」所表達的尊敬語形式。如課本中提及，「尊敬語」於講述「他人」的動作，表達說話者對此做動作的人之敬意。要不要使用「尊敬語」，並非取決於「講話的對象」，而是取決於「文中所提及的對象」。這就是我們前述的「素材敬語」的概念。

當然，這裡的「他人」，亦可以是聽話者，亦可以是言談中提及的第三者。如果我們正在跟上司講話，提及上司的動作，那當然可以使用尊敬語。

・皆様はホテルに泊まられた際、何時頃に起きられますか。
（各位住飯店的時候，都幾點起床呢？）

對於「客戶」，講述「客戶」幾點起床。因為是描述客戶的動作，因此可以使用尊敬助動詞「～（ら）れる」（素材敬語），來表示對於客戶的動作的敬意。同時，又因為說話的對象為客戶，因此可以把這句話的「～（ら）れる」加上「～ます」（對者敬語），以「～（ら）れます」的方式來對聽話者，也就是客戶展現敬意。

・部長は毎朝１時間ほど自宅から会社まで歩かれるそうよ。
（聽說部長每天早上從家裡走一小時到公司。）

對著「同事」，講述「部長」幾點起床。因為是描述部長的動作，因此可以使用尊敬助動詞「～（ら）れる」（素材敬語），來表示對於部長的動作的敬意。但，因為說話的對象為同事，因此不需要把這句話的「～（ら）れるそうだ」改為「～そうです」（對者敬語），直接以常體「～（ら）れるそうよ」的方式來對聽話者，也就是同事展現同儕之間的關係。

◆「ある、要る、わかる、できる、くれる」...等動詞無法使用此型態來表達尊敬。

・私の説明が（× わかられますか／○ おわかりになりますか）。

（您聽得懂我的說明嗎？）

此外，由於「～（ら）れる」本身亦有被動的語意，因此被動的句子無法再使用這種形式來表達尊敬，因為會連續出現兩個「～（ら）れ」顯得很饒舌，因此必須改成別種表達方式。

・部長は社長に褒められた。（被動：部長被社長誇獎了）
→部長は社長に（×褒められられた／×お褒められになった）
→（○）部長は社長からお褒めの言葉をいただきました。

使役形也無法使用這種形式來表達尊敬。因為使役形「～（さ）せる」再加上「～（ら）れる」容易讓人誤認為「使役被動」。

・先生は生徒に宿題を（×書かせられる／○お書かせになる）。
（老師讓學生寫作業。）

此外，由於本教材從本冊開始已經進入「中級中、後期」，因此也必須試著學習與過去曾經學習過的表現，一起合併使用而成的「進階複合表現」。如：「～（ら）れるそうだ」（第50課的「句型3」）、「～（ら）れるでしょう？」（第26課「句型1」）、「～（ら）れるのを楽しみにする」（第23課的「句型3」）、「～（ら）れていた」（第49課「單字」）。往後的課程也會出現較多的這樣「進階複合表現」，以培養學習者廣泛應用的能力。

句型 2：お／ご～になります

◆ 「句型 2」學習「お＋和語動詞ます＋になる」、「ご＋漢語動詞語幹＋になる」的敬意表現。

・社長は今、会社に（○お着きになりました／○ご到着になりました）。
（社長現在已經到達公司了。）

就有如前述表格中提及，這裡的「お／ご～になる」的敬意程度比起「句型 1」的「～（ら）れる」要高，但就是不能使用於「いる、する、来る、見る、着る、寝る、言う、くれる、散歩する」…等動詞。遇到這些動詞時，必須使用其他形式的表達方式，例如使用第 57 課將學習到的「特殊尊敬語動詞動詞」。

・部長は会議室に（×おいになります／○いらっしゃいます）。
（部長在會議室。）
・日銀の総裁が先週の会見で金融情勢はまだまだ警戒水準と
（×お言いになりました／○おっしゃいました）。
（日本銀行的總裁在上星期的記者會上說，現在的金融情勢仍需要警戒。）

◆ 此外，無論是「～（ら）れる」或是「お／ご～になる」都不可以使用命令的型態。這是因為「命令」本身的語氣與「尊敬」是不相容的。因此如果想要「叫對方做某事」，必須改成「請求」的口氣。

・先生が　起きる（老師起床）
→（×）先生、　起きられろ！（「～られる」改命令形）
→（×）先生、　お起きになれ！（「お～になる」改命令形）
→（○）先生、　起きてください／お起きになってください。（請求）

◆ 本句型的例句亦學習與過去已學習過的表現來複合成進階複合表現。如：「お／ご～になるのですか」（第 34 課的「句型 1」）、「お／ご～になれない（可能形否

定）」（第 35 課的「句型 1」）... 等。

・もうお帰りになるんですか。ゆっくりしていけばいいじゃないですか。
（您要回去了啊？再多待一會兒啊。）
・これ、お使いになれません。
（這個無法使用）

句型 3：お／ご〜くださいます

◆ 本句型學習的是授受表現「くれる」的尊敬表現。「くれる」的敬語，無法使用「句型 1」的尊敬助動詞「（×）くれられる」、亦無法以「句型 2」的「（×）おくれになる」的型態來表達，因此只能使用到往後第 57 課所學習的「特殊尊敬語動詞」。我們這裡就直接當成句型來學習。

「くれる」的特殊尊敬語動詞為「くださる」，其活用形依序為：「くださらない、くださいます、くださって、くださる、くだされば、くだされ／ください（命令）、くださろう」。需要特別留意的就是「ます形」會有「イ音便」，而「命令形」會直接以「ください」請求的形式來替代「くだされ」。

◆ 其他兩個授受動詞「もらう」以及「あげる」也是要使用特殊的動詞。由於「くれる」的動作主體一定是「對方」，因此它只有「特殊尊敬語動詞」，而「もらう」以及「あげる」的動作主體一定是「我方」，因此它只有「特殊謙讓語動詞」，分別是「いただく」以及「さしあげる」。關於「いただく」的用法會於第 56 課學習謙讓語時一併學習。

◆ 本課「句型 3」學習「〜てくれる」的尊敬表現「お＋和語動詞ます＋くださる」、「ご＋漢語動詞語幹＋くださる」，下一課第 56 課「句型 2」則是學習「〜てもらう」的謙讓表現「お＋和語動詞ます＋いただく」、「ご＋漢語動詞語幹＋いただく」。

◆ 順道一提，關於「ます形」需要「イ音便」的特殊五段動詞活用，除了上述的「くださる」以外，亦有「なさる（なさいます）、いらっしゃる（いらっしゃいます）、おっしゃる（おっしゃいます）、ござる（ございます）」等。關於這點，待學習到第 57 課時，老師再視情況適時提出即可。

◆ 練習 A 的第 1 小題，學習「物品」的授受（參考第 14 課「句型 3」）；第 2 小題則是學習「動作」的授受（參考第 30 課「句型 1」）；第 3 小題則是學習比第 2 小題的「〜

てくださいました」敬意程度更高的「お／ご～くださいました」；第 4 小題則是學習使用中止形，後接「ありがとうございます」的慣用表現。

　　第 4 小題，從屬句的部分可以使用「～まして」（保有ます）的形式、亦可使用「って」（一般て形）的形式、也可以使用連用中止形「くださり」的形式。

◆　例句中「せっかく教えてくださったのに」，當中的「のに」為第 39 課「句型 3」所學習到的表逆接的「のに」，後方接續表道歉的字眼「申し訳ございませんでした」，用來表達說話者對於「聽話者專程為自己做了此事，但自己卻辜負了聽話者」的心情。

句型 4：お／ご～ください

◆ 「句型 4」則是「句型 3」的延續，使用「くださる」的命令形式「ください」來表達「請求、要求」。

◆ 老師授課時，僅需告訴同學：「お＋和語動詞~~ます~~＋ください」、「ご＋漢語動詞語幹＋ください」，其實就是初級第 18 課「句型 2」所學習到的「～てください」的尊敬講法即可。

這裡若有學生提出，「～てください」改成「お／ご～ください」，那麼「～ないでください」應該怎麼改呢？這裡老師可以回答，使用「句型 2」的形式來改：「お／ご～にならないでください」。若學習者無特別提及，可暫時先不提出這個問題點，以免造成學習者的負擔。

・飲んでください　　　→（○）お飲みになってください　→（○）お飲みください
　飲まないでください→（○）お飲みにならないでください

・記入してください　　→（○）ご記入になってください　→（○）ご記入ください
　記入しないでください→（○）ご記入にならないでください

◆ 第 40 課「句型 2」曾經學習過「～ないと困ります」這個慣用表現，如果前方的動詞使用授受表現的補助動詞「～てくれないと困ります」，則其語意就是「如果你（對方）不（為我）做某事，我會很為難」或「請務必做某事，不然我會有麻煩」。通常帶有請求或催促的語氣，暗示說話者希望對方採取某個行動，雖然表面上是陳述「我會為難」，但實際上是以帶有些許情緒勒索的方式，間接要求對方做這件事。

・手伝ってくれないと困ります。（如果你不幫我，我會很為難。）
・早く来てくれないと困ります。（如果你不快點來，我就慘了。）
・説明してくれないと困ります。（如果你不為我說明，我會很困擾。）

本句型這裡則是練習將「～てくれないと」改為更尊敬的「～てくださらないと」的表達方式。

本文

◆ 本篇對話文的前半段為下屬青木先生與上司春日部長的對話。由於青木是下屬，因此對於上司的發話使用對者敬語「〜ます」，且提及上司的動作也使用素材敬語尊敬助動詞「〜（ら）れる」。例如詢問部長是否出席，就是使用「出席されますか」。

春日部長是上司，因此他在與青木對話時，都使用常體表現。但由於日本最近職場文化改革，有許多上司也都會對於下屬使用對者敬語「〜ます」，以避免「パワハラ」的嫌疑。部長講述自己的動作時，當然不會使用尊敬語，因此他在講述自己要出席時，就只使用「出席するよ」。當然，部長這裡通篇都可以改為敬體的文體，講「出席します」。因為對者敬語「〜ます」是對於聽話者的尊重。

◆ 「社長がお酒をやめられていた場合、料亭のほうはどうしましょうか」，當中的「やめられていた」的「やめられる」是「やめる」加上本課學習的尊敬助動詞「〜（ら）れる」而來，以尊敬助動詞的方式來說「社長がお酒をやめた」，意思是「社長戒酒了」。而這裡的「ていた」則表示「戒酒這動作在過去某個時間點已經戒了，而現在戒酒的狀態還持續進行著到現在」。

「どうしましょうか」是「どうしますか」改為更委婉、客氣的「ましょうか」的講法，這裡的「〜（よ）うか」用於「說話者自己不確定應該怎麼辦，而向聽話者請示」的情況。整句話的意思是「該怎麼辦呢？」或「我們該怎麼處理呢？」，帶有向對方徵求意見或共同商量的語氣。

在這句話「料亭のほうはどうしましょうか」中，「料亭のほう」指的是「料亭那邊」（料亭是高級日式餐廳），而「どうしましょうか」則是問「對於料亭這件事我們該怎麼處理呢？」。結合前文，這句話的語境是「如果社長已經戒酒了，那麼原本可能涉及喝酒的料亭安排是否需要調整？」，因此用「どうしましょうか」來徵詢上司的意見。

◆「よくおいでくださいました」是使用到第57課將會學習的特殊尊敬語動詞「おいでになる」（動詞原形為「いづ」）的一句日文的敬語表達，用來表示歡迎或感謝某人到訪。由於這句話非常常見，因此這裡可以先請學習者當作是一種慣用表現背起來。

「よくおいでくださいました」還原成非敬語，就是「よく来てくれました」。「おいでになる」是「くる」的特殊謙讓語動詞。以簡化的形式將其套用在本課「句型3」學習的「お～くださいました」，表示「對方為說話者做了某事」。這裡的意思是「您為我而來了」。

整句話可以翻譯為「您能來真是太好了」或「感謝您大駕光臨」，通常用於正式場合或對地位較高、值得尊敬的人，例如賓客、長輩或客戶，表示對他們到來的感激與歡迎。雖然對話文中，中村是青木的下屬，但來者是客，因此青木夫人使用這種尊敬語的表現。

◆「お上がりください」為「句型4」所學習到的敬語形式，還原成非敬語，就是「上がってください」，意思是「請進」。在日本傳統建築中，尤其是和式房屋，入口處通常有一個「玄關」，這是一個比室內地板低一層的空間，用來脫鞋。進入室內需要「上」到地板的高度，因此「上がる」（上升、上來）這個動詞被用來描述從玄關進入室內的動作。即使現代公寓或西式房屋不一定有明顯的高低差，這種語言習慣仍保留下來，成為「請進」的標準說法。

在日語中，「上がる」不僅限於物理上的「上升」，還帶有「進入更高層次或領域」的隱喻意義。當你邀請某人進入家中時，等於請他們從外部的公共空間「上來」到私人的內部空間，這是一種文化上的象徵。因此，「お上がりください」不只是單純的動作描述，還隱含對客人的尊重與歡迎。相比之下，直接說「入ってください」（請進來）雖然也可以，但缺乏「上がる」所帶有的文化溫度感。

「上がってください」這種說法也與日本對「內外」分界的重視有關。進入家中意味著跨越界線，從「外（ソト）」（外部世界）進入「內（ウチ）」（私人領域），而「上がる」正好捕捉了這種過渡的感覺。

◆「ご丁寧に恐れ入ります」可以翻譯為「謝謝您的細心禮貌」或「您這麼周到，真是讓我過分承蒙了」。這是一種非常謙虛且尊敬的回應方式，旨在感謝對方的好意（例如贈送東西或關心），同時表達自己覺得「不值得對方如此用心」的謙遜心情。

「恐れ入る」（おそれいる）是一個日文的謙讓語動詞，用來表示說話者因對方的行為、好意或地位而感到「過分承蒙」或「不好意思」。它通常有以下幾種具體意思：

1. 感謝與謙虛：表示對對方的好意（例如幫助、贈禮、稱讚）感到感激，同時謙虛地認為自己不值得這樣的待遇。
・お褒めいただき、恐れ入ります。（謝謝您的稱讚，我實在過獎了。）

2. 歉意或不便：用來表示因自己的請求或行為可能給對方帶來麻煩，而感到過意不去。
・お忙しいところ恐れ入りますが…。
（在您百忙之中打擾，真是過意不去，但…）

3. 純粹的尊敬：對地位較高者的行為或存在表示敬畏。
・そのお言葉、恐れ入ります。（您這番話讓我深感敬畏。）

在日常對話中，「恐れ入る」也可替換為「恐縮です」（おそれいります的近義替代），意思相近但更簡潔。

◆「ご遠慮なく」用來鼓勵對方接受某樣東西或行動時不必客氣。「遠慮」意為「客氣」、「保留」或「有所顧慮」之意，指的是在接受某物或行動時，因為顧及對方或覺得不好意思而猶豫的態度。「遠慮なく」就是「不客氣」、「不保留」的意思。

「ご遠慮なく」可翻譯為「請您不要客氣」或「請您不必有所顧慮」。這是一種邀請或鼓勵的說法，讓對方放心接受或行動。

相反地,「ご遠慮ください」則是「請對方不要做某事,要有顧忌」。如:

・商店告示:店内での撮影はご遠慮ください。(請勿在店內拍照。)
・電話回應:個人的なご質問はご遠慮ください。(請避免提出私人問題。)
・活動規則:未成年の方のご参加はご遠慮ください。(未成年人請勿參加。)

語句練習

◆ 01. 的練習，選自本課「句型 1」的例句。「先輩が来られるのを楽しみにしています」當中的「のを楽しみにしています」與第 51 課本文所學習到的「～と歩いているのを見た」的結構一樣，以「～のを」來將目的語名詞化。「～を　楽しみにしている」則是「很期待某事」的慣用表現。

「先輩が来られる」則是使用到本課學習的尊敬助動詞，尊敬的對象是「先輩」，因此使用「～（ら）れる」。（先輩が来る→先輩が来られる）。老師可藉機複習，如果助詞為「に」，為「先輩に来られる」的話，則意思會變成第 42 課「句型 3」所學習到的「間接被動」，帶有說話者感到困擾的含意。

◆ 02. 的練習，選自本課「句型 1」的例句。「～に関しては」的「に関して」接在名詞後面，用來指定某個主題或對象，表示接下來的內容與該主題相關。中文可翻譯為「關於 ...」。

・この件に関してご意見を伺いたい。
（我想聽聽您對這件事的意見。）

相較於第 26 課「句型 4」所學習到的「について」，「に関して」更正式，常見於公文、商務場合或學術討論中。

「～に関しては」的「は」，在這裡起到主題化的作用，將「に関して」標示為句子的主題，強調「關於這個話題」的內容即將於後述被具體說明。

無論是「～については」還是「～に関しては」，這兩者用來表達主題時，後方述語部分僅能使用「言語活動」或「思考活動」的動詞。如果欲描述主題的屬性或針對主題的說明敘述，則只能使用「は」來提示主題。

・例の件（○は／○に関しては／○については）、私が説明します（言語活

動）。

・あの人（◯は／×に関しては／×については）、有名人です。

◆ 03. 的練習，選自本課「句型 2」的例句。「お申し込みになれます」為「お＋申し込み＋になります」改為可能形的進階表現。還原成非敬語的講法，就是「申し込めます」。因此練習中的「利用できます」、「使えます」分別就是要使用「お／ご〜になれます」來改編的練習。

◆ 04. 的練習，選自本課「句型 3」的例句。「せっかく教えてくださったのに、申し訳ございませんでした」，這裡刻意使用「くださった」，就是要提醒學習者「くださいます」屬於特殊五段活用的動詞，其「た形」為「くださった」。換成非尊敬語的講法，就是「せっかく教えてくれたのに」。

而「せっかく〜のに」，意思是「好不容易（做了某事），卻（結果不如預期）」，表達一種努力或機會被浪費的惋惜心情。「せっかく」是一個副詞，意思是「好不容易」、「難得」或「特意」。它通常用來表示某件事情是經過一番努力或特別安排才實現的，具有珍貴或難得的感覺。經常與「のに」一起使用，來表達前半部分的「難得」與後半部分的「不如意」之間的落差，常帶有自責或惋惜的情緒。

・せっかく準備したのに、誰も来なかった。（我好不容易準備了，卻沒人來。）
表示準備的努力白費了，很可惜。

「せっかく教えてくださったのに、申し訳ございませんでした」當中的「せっかく」突顯了對方教導的價值（難得的機會或努力），而「のに」則是表達了說話者未能珍惜這份教導的遺憾，形成一種「辜負了對方好意」的語感。整體句子的功能是既感謝對方的付出，又為自己的不足致歉。

◆ 05. 的練習，選自本課「句型 4」的例句。「お申し込みの際は」當中的「際」，語意接近「〜時」，用於表「某個特定的時機、場合或情況」。「は」則是擔負著將從屬子句主題化的功能。「お申し込みの際は」可以翻譯為「在您申請時」或「當您申請的時候」。比起用在口語場合的「〜時」、「〜際」則是用在正式的場合。

「～際（は）」的後句，除了是平敘文以外，多半都是「請求」或者是「意志性」的表現，如本練習後方的「～ください」、「お願いします」等。

　　此外，「N2文法」有一個句型，為「～に際して」，主要用在書面上的用語。「～の際」聚焦於「某個時機本身」，像是單純描述一個時間點或情境。而「～に際して」則是除了表示時機，還帶有「為了這個時機」、「針對這個場合」的目的性或重要性。

・出発の際は、窓を閉めてください。（出發時請關窗。）
　單純指「出發的那一刻」。
・出発に際して、準備を整えてください。（在出發之際，請做好準備。）
　強調「為了出發」而做某事，語感更鄭重。

・旅行の際、荷物を忘れないでください。（旅行的時候，請別忘了行李。）
　簡單地指「旅行時」。
・旅行に際して、皆様にご挨拶申し上げます。
（在旅行之際，向各位致以問候。）
　更正式，且後面接了一個具體行動（致問候），語感像是在正式場合發言。

　　本課教學時，為避免造成學習者過多的負擔，僅需練習「～の際は」即可。

◆ 06. 的練習，改寫自本課「句型 4」的例句。原句為「いつまでもお元気でいてくださらないと困ります」，這裡為了方便練習，先將「～ないと困ります」部分拿掉，使用「いつまでもお元気でいてください」。

　　「お元気でいてください」為第 53 課「語句練習」04. 所學習到的「名詞 or ナ形容詞＋でいる」的用法。為「元気でいる」加上「～てください」而來。

　　「いつまでもお元気でいてください」的「いつまでも」，意思是「永遠」、「無論何時」，表示無限延續的時間。因此這一句話的意思是「請永遠保持健康」。這是一句祝福或祈願的話，表達對對方長久健康、長壽的美好期望。常用於對長輩、親人或敬重的人的問候，例如在生日、節日或離別時使用。溫暖、尊敬且帶有誠摯

的祝願，語氣非常禮貌。

「ずっと幸せでいてください」的「ずっと」意為「一直」、「永遠」，是「いつまでも」的類義表現，表示持續不斷。意思是「請一直保持幸福」。這也是一句祝福語，表達希望對方能持續擁有幸福的生活。可以用於朋友、家人或任何你關心的人。

「ありのままのあなたでいてください」的「ありのまま」，意為「原本的樣子」、「真實的樣子」，指不加修飾或偽裝的狀態。整句話的意思是「請保持真實的你」。這句話鼓勵對方做自己，不必改變或迎合他人，表達對對方本真自我的接納和欣賞。可以用在親密關係或朋友之間，表示支持和理解。語感溫柔且帶有深情，語氣誠懇，帶有一種「我喜歡這樣的你」的感覺。

「～でいてください」（請保持某狀態）這個句型，經常會與表達長期狀態的「いつまでも」（永遠）和「ずっと」（一直）一起使用，來「強調時間的延續」。雖然「ありのまま」並沒有明確的時間限定，但依然是聚焦於「狀態」（真實的自我）。

◆ 07. 的練習，選自對話本文。「社長はお酒をやめられたとか聞いたんですが、本当ですか」，當中的「とか（を）聞いたんですが」，結構類似於第 54 課「語句練習」02. 的「こないだ、YouTube とかで見たんだけど…。」這句話。因此這裡不再針對結構說明。

「YouTube とかで見たんだけど」無法省略「で」，是因為這裡的「で」為表獲得情報的手段或場所，屬於動詞「見る」的「副次補語」，因此不可省略。而這裡的「お酒をやめられたとか聞いたんですが」可以省略掉直接目的語「を」，是因為「～を」的部分為「聞く」的「必須補語」，即便省略也不會導致語意不清，因此這裡省略了「を」。

◆ 08. 的練習，選自對話本文。「これについても確かめてきてくれ」當中的「～てきてくれ」，是補助動詞「～てくる」（第 20 課「句型 3」）加上「～てくれる」（第 30 課「句型 3」）複合而成的表現。「～てくれ」屬於命令形，改為請求的型態則是「～

て　きてください」，這個固定的講法已於第 20 課的「句型 3」學習過，老師可直接告訴學習者，說「～てきてくれ」就是「～てきてください」的命令形式即可。

順道補充。如果這裡僅使用「～てきて」（不加「くれ」），則只表示「去做某事然後回來」，沒有明確的「為我做」的意思。

・見てきて（去看看然後回來）。語氣中性，沒有請求感。

如果僅使用「～てくれ」（不加「きて」），則只表示「請幫我做某事」，不強調回來。

・確かめてくれ（請幫我確認）。沒有動作方向性的暗示。

「～てきてくれ」則是結合了「去做」、「回來」、「為我」三個要素。

◆ 09. 的練習，選自對話本文。「明日でいい」當中的「で」，用於表達「以…為限」、「用…就夠了」的意思。它用來標示某個條件、範圍或程度，帶有「這樣就足夠」、「不需要更多」的語感。

「明日でいい」的意思是「明天就行了」，暗示某件事不需要立刻完成，只要在明天之前做好就足夠。語氣輕鬆隨意，帶有寬容或不強求的感覺。

　A：レポート、いつまでに出せばいい？（報告什麼時候交比較好？）
　B：明日でいいよ。（明天就行了。）

同樣，練習中的「今日のお昼はサンドイッチでいい」是指某個選擇或條件已經足夠滿意，不需要更好的東西。帶有「這樣就可以接受」的語感。表示說話者對午餐的選擇不挑剔，三明治已經足夠，不需要更複雜或豪華的東西。

「靴は履いたままでいい」，則是與第 46 課「句型 3」的，用於表達「保持某種狀態」的「～たまま」一起使用，表示「以某種狀態就夠了」。它描述某個持續

的狀況，並認為這種狀況是可以接受的。意思是「鞋子穿著就行了」、「不用脫鞋也沒關係」（當然你硬要脫也沒關係），整句話允許對方不用脫鞋，直接進來。輕鬆、寬容的語氣，常用在主人對客人表示不用拘禮時。

◆ 10. 的練習，選自對話本文。「今日はもう休まれているだろうから、明日でいい」，主要是為了讓學習者練習「から」前方加上「だろう」的用法。「〜から」為從屬度低的子句，前方可以有「だろう／でしょう」等推測的語氣。但同屬表原因理由的「〜ので」，由於是屬於從屬中等的子句，前方不可以有「だろう／でしょう」等推測的語氣。

- （○）明日は忙しいだろうから、今日のうちに準備しておいたほうがいいよ。
  （○）明日は忙しいでしょうから、今日のうちに準備しておいたほうがいいよ。
  （明天可能會很忙，所以最好今天就準備好。）

- （×）明日は忙しいだろうので、今日のうちに準備しておいたほうがいいよ。
  （×）明日は忙しいでしょうので、今日のうちに準備しておいたほうがいいよ。
  （明天可能會很忙，所以最好今天就準備好。）

如果說話者仍想使用「ので」的口吻來進行描述，可以把句子改成「今日はもう休まれているようなので」（因為今天他好像已經休息了）

關於子句「從屬度」，請參閱本系列初級篇的教師手冊第 16 課「句型 3」部分的說明。

◆ 11. 的練習，選自對話本文。「中村様でいらっしゃいますね」，若還原成非敬語形式，就是「中村さんですね」。「〜でいらっしゃいます」為形容詞與名詞述語「〜です」的尊敬語型態，敬意程度較高，多用於商務等正式場合，例如接待客戶、電話對話、初次見面時確認對方身份等。

・先生は最近、とても忙しくいらっしゃるようです。
　＝とても忙しいようです。（老師最近似乎很忙。）

・田中様はこの地域で素晴らしい画家として有名でいらっしゃいます。
　＝画家として有名です。（田中先生在這個地區作為一位出色的畫家而很有名。）

・部長は優秀でいらっしゃいますから、みんな尊敬しています。
　＝優秀ですから。（部長在工作和語言方面都很優秀，所以大家都尊敬他。）

・こちらの方が新しくオープンしたお店の社長でいらっしゃる佐藤様です。
　＝社長である佐藤様。（這位是新開店鋪的社長佐藤先生。）

◆ 12. 的練習，選自對話本文。「日本酒、お好きですか」。上一個練習，練習了形容詞與名詞述語「～です」的尊敬語型態「～でいらっしゃいます」。而其實，形容詞與名詞述語「～です」的尊敬語型態，亦有這裡所學習到的「お／ご＋形容詞 or 名詞」的型態，但此種型態的造語功能較差，只能使用於少數幾個固定的講法，如：（イ形容詞）お忙しい、お美しい、お詳しい、お寂しい、お辛い、お早い、お優しい、お若い、お悪い；（ナ形容詞）お好きだ、お嫌いだ、お綺麗だ、お上手だ、お見事だ、ご健康だ、ご立派だ；（名詞）お気持ち、お名前、お顔、ご出身、ご病気…等。但 11. 所介紹的「～でいらっしゃいます」就沒什麼語彙上的限制。

・（○）どちらのご出身ですか？
　（○）どちらの出身でいらっしゃいますか？

・（×）あの方はご社長です。
　（○）あの方は社長でいらっしゃいます。

　　因為能使用的詞彙有限，在這裡的練習，老師僅需導入幾個常見的固定講法即可，可參考上述的舉例。

延伸閱讀

◆ 近年來，日本職場中的「パワハラ」（權力騷擾）逐漸成為社會關注的焦點。所謂「パワハラ」，指的是上司或具有權力地位的人，利用其職位優勢，對下屬進行精神或身體上的壓迫，例如無理的責罵、過度的工作要求，甚至是人格上的貶低。這不僅影響員工的心理健康，也可能導致職場氛圍惡化，進而降低整體生產力。除了「パワハラ」外，日本職場中還存在其他形式的「ハラスメント」（騷擾），如「セクハラ」（性騷擾）、「マタハラ」（孕產騷擾）等，這些問題同樣值得重視。

首先，「パワハラ」的具體表現形式多樣。例如，上司可能因個人情緒而對下屬大聲斥責，或在公開場合羞辱員工，甚至以威脅的方式要求加班。根據日本厚生勞動省的定義，「パワハラ」包含六大類型：身體上的侵害、精神上的壓力、過度的工作要求、過低的工作分配、人際關係的孤立，以及個人隱私的侵犯。這些行為不僅違反職場倫理，也可能觸犯法律。尤其在日本這樣重視上下關係與和諧的社會文化中，「パワハラ」往往被隱藏在「指導」或「教育」的藉口之下，使得受害者難以發聲。

除了「パワハラ」，其他「ハラスメント」也在職場中屢見不鮮。例如，「セクハラ」可能表現為不恰當的言語或肢體接觸，而「マタハラ」則針對懷孕或育兒的女性員工，像是強迫其辭職或剝奪合理休假權利。這些行為反映出職場權力結構的不平等，以及對多元需求的忽視。隨著年輕世代對職場公平性與個人權益的意識提升，企業若不正視這些問題，將面臨人才流失與聲譽受損的風險。

特別值得一提的是，上司的語氣與態度在「パワハラ」的認定中扮演重要角色。在日本，語言中的敬語與謙遜語本是用來體現上下關係的工具，但若上司過於「尊大」，例如用命令式語氣、不斷強調自己的權威，或對下屬的努力缺乏尊重，可能被視為「パワハラ」。例如，對下屬說「こんなこともできないのか」（連這都做不到嗎？）或「俺の言う通りにしろ」（照我說的做），這樣的語氣不僅顯得傲慢，也容易讓下屬感到被壓迫。尤其在當今職場，年輕員工更傾向於追求平等與相互尊重的關係，這種單向的權威式溝通已不再適宜。

那麼，上司應該如何調整語氣與態度，來營造更健康的職場環境呢？首先，上司應以「共創」的態度取代「支配」。例如，將「これをやれ」（做這個）改為「これを一緒に進めてもらえるかな？」（可以一起來推動這個嗎？），這樣的語氣既保留了指導的意圖，又展現了對下屬的尊重。其次，上司應傾聽下屬的意見，並適時給予正向回饋。例如，在指出問題時，可以說「ここは少し改善が必要かもしれないけど、全体としてはよく頑張ってるよ」（這部分可能需要一點改進，但整體來說你很努力了），這樣能避免下屬感到被全盤否定。此外，保持平穩的語調與適度的謙虛，也能減少權力距離感，讓下屬感受到被平等對待。

總結而言，日本職場中的「パワハラ」與其他「ハラスメント」問題，根源於權力濫用與溝通失衡。上司若能意識到語氣與態度的影響，並轉向更具同理心與尊重的溝通方式，不僅能避免被貼上「パワハラ」的標籤，還能提升團隊的信任與效率。在現代職場，領導者不再只是發號施令者，而是促進合作與成長的引導者。只有這樣，日本的職場文化才能真正走向健康與多元。

◆ 「働き方改革」（工作方式改革）是日本政府近年來推動的一項重要政策，旨在改善職場環境、提升勞動效率，並應對人口老齡化與勞動力短缺的挑戰。這項改革於 2016 年由安倍晉三政府提出，並於 2019 年正式實施相關法律，目標是實現「一億總活躍社會」，讓每個人都能在工作中找到價值。

「働き方改革」的核心內容包括幾大面向。首先是減少過勞問題，通過設定加班時間上限（原則上每月 45 小時）來保障員工健康。其次是推動靈活工作制，例如遠距工作與彈性工時，讓員工能更好地平衡工作與生活。此外，改革也鼓勵企業提供平等的薪資待遇，例如改善非正式員工（非正規社員）的福利，以縮小正職與非正職的差距。最後，政策還提倡育兒與介護休假的普及，支援有家庭責任的勞動者。

這項改革的意義在於改變日本傳統的過勞文化與僵化職場結構。然而，實施過程中也面臨挑戰，例如中小企業因資源有限難以調整，或員工因習慣長期工作而抗拒改變。尽管如此，「働き方改革」仍是日本邁向現代化勞動環境的重要一步。它不僅提升了員工的生活品質，也為企業帶來更具彈性與創意的勞動力，長遠來看，有助於日本經濟的永續發展。

◆ 日本公司的「接待文化」是日本商業社會中獨特且重要的傳統，旨在通過社交活動建立和維護人際關係，尤其是在與客戶、合作夥伴或潛在商業對象的互動中。這種文化不僅是單純的應酬，而是反映了日本社會重視和諧、尊重與長期信任的價值觀。

在日本企業中，接待通常以晚餐或飲酒的形式進行，常見於下班後的非正式場合。企業員工會邀請客戶前往高級餐廳、居酒屋或酒吧，提供美食與飲品，並在輕鬆的氛圍中交流。這種場合的目的並非僅限於談生意，而是通過分享美食與對話，拉近彼此距離，增進互信。值得注意的是，接待並非純粹的娛樂，而是被視為工作的一部分，員工甚至可能因此獲得公司補助。

接待文化也展現了日本的階級觀念與禮儀。例如，資深員工或上司通常負責帶領活動，而年輕員工則可能承擔服務角色，如幫忙點餐或倒酒，以示尊重。此外，日本人注重細節，例如選擇符合對方喜好的餐廳或避免敏感話題，這都體現了對對方的體貼。

然而，隨著時代變遷與全球化影響，接待文化也在轉型。年輕一代與外資企業逐漸減少這種傳統，轉而採用更直接的商業溝通方式。此外，疫情後遠距工作興起，也讓實體接待的頻率下降。儘管如此，接待文化仍是理解日本商業環境的重要窗口，象徵著人際關係在商業成功中的核心地位。

第 56 課

初めてお電話いたします青木と申します。

學習重點

◆ 第 56 課主要學習謙讓語的表達方式。日文中，表達謙讓語的主要形式如下表：

謙讓語形式	說明
I「お・和語動詞ます・する」 「ご・漢語動詞語幹・する」 （⇨第 56 課「句型 1」）	此為典型的謙讓形式，使用時必須要有動作對象的存在。「いる、する、来る、見る、着る、寝る、出る」…等，連用形僅有一音節的動詞不可使用。其他亦有少部分動詞，如「言う、もらう」…等，不會使用此形式。上述無法使用此形式的動詞，多半會改用 V 的特殊謙讓語動詞。
II「お・和語動詞ます・いたします」 「ご・漢語動詞語幹・いたします」 （⇨第 56 課「句型 1」）	與形式 I 相同，但謙讓度更高。連用形僅有一音節的動詞不可使用。此外，此形式不可使用常體「お／ご～いたす」的型態，一定要使用敬體「お／ご～いたします」的型態。
III「お・和語動詞ます・いただく」 「ご・漢語動詞語幹・いただく」 （⇨第 56 課「句型 2」）	此為表授受「～てもらう」的謙讓語形式，亦可使用「～ていただく」的形式，但謙讓程度稍低。連用形僅有一音節的動詞不可使用於「お／ご～いただく」的形式，但可使用於「～ていただく」的形式。
VI「～（さ）せていただく」 （⇨第 56 課「句型 4」）	此為動詞使役形加上表授受的「～ていただく」所形成的謙讓表現。要特別注意的是，動作者必須使用助詞「が」，不可使用「に」。另外，形式 I～III，都有動詞上的使用限制，但本形式文法上的限制較小，幾乎可使用於所有的動詞，故近年使用此謙讓形式的情況較頻繁。

V「特殊謙讓語動詞」 （⇨第 57 課「句型 2」）	此形式直接以本身帶有謙讓語義的動詞，來取代原有的動詞，以表達謙讓。對照表請參考第 57 課的「學習重點」。

本教材將介紹上述各種表達方式。

單　字

◆ 本課單字部分所學習的「～でございます、～と申します、～ております、～てまいります」，嚴格上說來，屬於第 57 課「句型 3」才會學習的「謙讓語 II（丁重語）」。由於本課主要還是以介紹「謙讓語 I」的觀念為主，因此老師教學時，為圖方便，可暫時將其解釋為指我方動作的「謙讓語」或「鄭重講法」。

句型1：お／ご〜します（いたします）

◆ 「句型1」學習前頁表格中的I「お＋和語動詞~~ます~~＋する」、「ご＋漢語動詞語幹＋する」與II「お＋和語動詞~~ます~~・いたします」、「ご＋漢語動詞語幹＋いたします」的表現。

請老師在教導本句型時，只需要導入都是使用對者敬語「ます」形的「お／ご〜します」以及「お／ご〜いたします」就好，並告訴學生「兩者相同，只是後者敬意程度更高」即可。

基本上，「お／ご〜します」可以有常體「お／ご〜する」（除去對者敬語「ます」）的型態，但「お／ご〜いたします」並不能使用「（×）お／ご〜いたす」（除去對者敬語「ます」）的型態。這是因為「いたす（いたします）」本身就屬於「謙讓語II（丁重語）」，而「謙讓語II（丁重語）」又屬於「對者敬語」，是付給聽話者敬意的表現，因此使用「除去給對方敬意」的常體「いたす」，就會與丁重語本身的文法功能相衝突。

- 【謙讓語I】：お／ご〜します／いたします
  先生を最寄りの駅まで
  (○ご案内した／○ご案内しました／×ご案内いたした／
  ○ご案内いたしました)。
  (我帶領老師到了最近的車站。)

- 【謙讓語II（丁重語）】：いたします
  明日8時に（○出発いたします／×出発いたす）。
  (明天8點出發)

授課時，為了避免上述觀念使得學習者混亂，導入時直接以「お／ご〜します／いたします」的型態來做教學。此外，關於「謙讓語II（丁重語）」，將會於第57課「句型3」學習，因此現階段還不需要導入「謙讓語II（丁重語）」的概念。

◆ 例句中的「こちらの資料は、課長にお返し「する」ものだから」，可以跟學習者說明，這裡使用「する」是因為文法上名詞修飾（連體修飾）的原因。

◆ 「お／ご～します」若改為可能形，則為「お／ご～できます」。因此例句中的「ご返答できません」就是其可能形的否定。請注意，「ご返答する」由於是我方的動作，因此可以使用謙讓語形式。但日語中經常有下列的誤用：

・（×）この電車にはご乗車できません。
・（×）この機械はご利用できません。

上述的「搭車」以及「使用」，都是對方（客人）的動作，因此不可以使用「謙讓語」的形式，需使用第 54 課「句型 2」所學習到的「尊敬語」形式。

・（○）この電車にはご乗車になれません。
　　　　お乗りになれません。
・（○）この機械はご利用になれません。
　　　　お使いになれません。

◆ 「やる」、「あげる」、「教える」等動詞，由於這些動作的「行為主體」就等同於「恩惠的施予者」，「施予恩惠」與「將自己貶低的謙讓表現」兩個概念相互衝突，因此無法使用此形式來做成謙讓語。

・（×）先生にこの本をおやりしました／おあげしました。
・（×）社長、新しい情報をお教えします。

必須改成其他的描述方式，如：

・先生にこの本をお差し上げしました。
　先生にこの本を進呈いたしました。
・社長、新しい情報をお知らせいたします。
　社長、新しい情報をご報告いたします。

當然，在特殊語境的狀態下，還是有人使用「お教えします」這樣的表現。例如：與朋友之間「輕鬆、半開玩笑的對話」。說話者可能故意用稍微誇張或不那麼嚴謹的謙讓語來製造幽默或親切感，來講說「ねえ、いいことをお教えしましょうか？実はね、この店のケーキが半額なんだよ！」（「嘿，要不要我教你件好事？其實這家店的蛋糕現在半價哦！」）在這種情況下，「お教えしましょうか」並非真的要表現謙卑，而是用來吸引對方注意，語氣輕鬆隨意。

　　此外，在某些服務行業或銷售情境中，店員可能會用這種語氣來吸引顧客。例如：店員對顧客：「いいことをお教えしましょうか？今ならこの商品が特別価格で手に入ります。」（「要不要我告訴您件好事？現在這個商品有特別優惠哦。」）。雖然這種用法在傳統文法中不夠嚴謹，但在現代商業語言中，為了營造親切又尊敬的氛圍，還是偶爾會聽到。

句型2：お／ご～いただきます

◆ 「句型2」學習「お＋和語動詞ます＋いただく」、「ご＋漢語動詞語幹＋いただく」這種恩惠授受的敬語表現。

此為授受表現「もらう」的謙讓表現。「もらう」的謙讓語，無法使用「（×）おもらいします」的型態來表達，因此只能使用到往後第57課所學習的「特殊尊敬語動詞」，「～ていただきます」或「お／ご～いただきます」的型態來表達，正好與上一課「句型3」的「～てくださいます」、「お／ご～くださいます」形成一組相對應的表現。

◆ 句型的構造為「Xが　Yに　動詞ていただく／お動詞いただく」
・（私が）　課長には　多くのことを　（教えて／お教え）いただきました。

X，也就是「我」，是「いただく」行為的主體，也就是恩惠的接受者。
Y，也就是「課長」，是動詞「教える」行為的主體，「いただく」行為的對象，也就是恩惠的施行者。

在上面的例子中，將「いただく」（接受）這個行為的主體人物X，作為「教える」（教導）這一恩惠性行為的接受者（受益者）加以貶低，同時將該行為所指向的人物Y作為恩惠的給予者加以抬高的一種謙讓表達。

因此「ご指導いただき、ありがとうございます」意思就是「我獲得您的指導／您指導我，我非常感謝您」。

若學習者仍無法搞清楚「いただく」的方向性，可以直接使用「～ていただき／お～いただき、ありがとうございます」的固定講法來做練習即可。

◆ 連用形僅有一音節的動詞不可使用於「お／ご～いただきます」的形式，但可使用於「～ていただきます」的形式。

・会社に新型コロナウイルスの感染者が出た場合には、全員自宅待機（×おしいただきます／○していただきます）。

◆ 例句「せっかく来ていただいたのに、留守ですみません」當中的「～ていただいたのに」，與上一課第 55 課「句型 3」所學習到的「お～くださったのに」意思類似。使用到了表示逆接的「のに」，後方接續表道歉的字眼「すみません」，用來表達說話者對於「聽話者專程為自己做了此事，但自己卻辜負了聽話者」的心情。

句型 3：〜ていただけませんか

◆ 本句型為「句型 2」「〜ていただきます」改為可能形否定「〜ていただけませんか」的講法，用來表達請求。其使用方式與第 30 課「句型 4」的「〜てくださいませんか」大致相同，且此句型用於「我方向對方的請求」，使用上相對單純，因此可直接當作一個慣用句型學習即可。

◆ 也因為「〜ていただけませんか」的用法相對單純、易懂，因此本句型也順便學習「〜ていただけると／いただければ、ありがたい／嬉しい／幸いです／助かります」等進階複合表現。

◆ 練習 B 的第 2 小題，提出「檢討、回答、意見」時，是希望學習者以「ご〜いただきます／いただければ」的形式回答。若提出「檢討します、回答します、意見します」時，則是希望學習者以「〜ていただきます／いただければ」的形式回答。

句型 4：〜（さ）せていただきます

◆ 「〜（さ）せていただく」是非常常見的敬語固定表現，屬於謙讓語的一種，用來表示「說話者謙卑地執行某個動作，並同時表達對對方的敬意或感謝」。字面意思是「我蒙您（對方）的恩惠，得以做某事」，實際上是用來謙卑地描述自己的行為。

句型結構為「X が（動作行為者） Y に（行為允許者） 動詞させていただきます」。雖說就句型的（深層）結構上，會有一位「行為的允許者」以「〜に」的格位存在，但實際使用上，卻極少將「に」格「顯在化」。甚至即便實際上沒有「行為允許者」的存在，亦可以使用此句型。

・（私が）　~~先生に~~　先生のご著書を　読ませていただきました。
　一般會省略主語「私が」，而且不會將「先生に」顯在化出來。

・本日は、都合により、休ませていただきます。
　實際上，要不要開門營業，並沒有任何「行為允許者」的存在，但依然可用此句型。

◆ 由於「〜（さ）せていただく」就像一個固定句型一樣，非常容易使用，因此現在日本人有過度濫用的情形。尤其在某些情況下，過度使用「〜（さ）せていただく」可能讓語句顯得繁瑣或矯情。日本人會根據場合選擇更簡單的謙讓語（如「いたします」）來替代。

例如：「ご説明いたします」（我來為您說明。）就顯得比「ご説明させていただきます」更簡潔自然。

以下是「させていただきます」濫用的主要情形及其原因，並搭配具體例子來說明：

175

1. 用於與對方無關的個人行為：「させていただきます」應該用於與對方有直接關聯的動作（如服務、請求許可等），但有些人將它用在純粹個人的行為上，顯得不必要且奇怪。

・今から寝かせていただきます。（我現在要睡覺了。）
　睡覺是個人行為，對方（聽者）並未參與或允許，說「蒙您恩惠睡覺」聽起來很怪。

・トイレに行かせていただきます。（我去一下洗手間。）
　上廁所不需要對方的許可，用「させていただきます」顯得過於誇張。可以改成「ちょっとトイレに行ってきます。」或「失礼します。」即可。

2. 過度使用以顯示「禮貌」：有些人認為「させていただきます」是萬能的敬語，無論場合都頻繁使用，結果讓語句變得繁瑣、矯揉造作。

・資料を用意させていただきます。それを確認させていただきます。そしてお渡しさせていただきます。（我準備資料，確認資料，然後交給您。）
　每個動作都用「させていただきます」，語句冗長且聽起來像機器人說話，失去了敬語的靈活性和自然感。

3. 用於不需許可的例行公事：在工作或服務中，有些動作是說話者的職責或例行公事，不需要對方的特別允許，但仍被套上「させていただきます」，顯得多餘。

・商品を袋にお入れさせていただきます。（我把商品裝進袋子裡。）
　店員裝袋是工作職責，不需要顧客的「允許」，用「させていただきます」顯得過於誇張。只要改為「商品を袋にお入れいたします」或簡單說「お預かりいたします」即可。

4. 商業用語中的機械化濫用：在服務行業或客服中，「させていただきます」常被過度套用在每個動作上，形成機械化的「敬語濫用症候群」。

・お名前を伺わせていただきます。お電話番号を確認させていただきます。お手続きを進めさせていただきます。（我問您的姓名，確認電話號碼，然後辦理手續。）

　　重複使用讓語句單調，像自動回覆機器。只需改為「お名前を伺います。お電話番号を確認いたします。それではお手続きを進めます」即可。

◆「～（さ）せていただきます」特別要注意一點的是，「動作行為者」要使用「～が」來標示。而這裡也順道一起學習的，由「句型3」改變而來的「～（さ）せていただけませんか」，其「動作行為者」要使用「～に」來標示。

・この仕事は　私「が」　やらせていただきます。（由「我」來做。）
・この仕事は　私「に」　やらせていただけませんか。（能讓「我」做嗎？）

　　這是因為「～（さ）せていただきます」的句型結構為「Xが（動作行為者）Yに（行為允許者）　動詞させていただきます」，而「～（さ）せていただけませんか」的句型，是源自於使役句「Xに（動作行為者）　動詞させる」，後方加上「請求」的固定表現「～ていただけませんか」而來。

　　「～（さ）せていただきます」當中，「Xが（動作行為者）」對應「いただきます」部分，而「～（さ）せていただけませんか」當中，「Xに（動作行為者）」則是對應「動詞させる」部分的緣故。

本 文

◆「吉田様はいらっしゃいますでしょうか」，這裡先行使用到了下一課即將學習的「いる」的特殊尊敬語動詞「いらっしゃる」。老師可以先行向學生稍加解釋特殊尊敬語動詞的概念，並先將「いらっしゃいます」記憶下來，待第 57 課「句型 1」正式進入「特殊尊敬語動詞」時，可減輕一次需要背太多字彙的負擔。

「でしょうか」是一個禮貌的疑問語尾，它比起「ですか」更柔和、恭敬，適合使用於正式或需要小心措辭的場合。整體感覺更謙遜、更不強硬，避免給對方壓力。它暗示說話者並不清楚答案，需要對方確認。常用於商務對話、對上級或客戶說話時，展現尊敬和謹慎。

此外，「ます／ました」後面無法直接接續「ですか」（× ますですか／ましたですか），但可以接續「でしょうか」（○ますでしょうか／ましたでしょうか），這也是起因於「でしょうか」其禮貌、恭敬的口氣所致。

請注意，本教材第 26 課「句型 2」所學習的「でしょう」為肯定形，用於表達「推測、推量」，與這裡使用疑問形表禮貌的詢問之「でしょうか」是不同的文法，請勿搞混。疑問形「でしょうか」是「ですか」的禮貌講法，但肯定形「でしょう」並非「です」的禮貌講法。前者表「推量」，後者表「斷定」。

◆「中村様から吉田様をご紹介いただきました」使用到了本課「句型 2」的謙讓語形式，還原成非敬語，就是「中村さんから吉田さんを紹介してもらいました」（中村先生介紹吉田先生您給我的）。

我們曾於第 30 課「句型 2」學習了受益構文「〜てもらう」的用法，其結構為「受益者は／が　恩惠施予者に　〜を　動詞てもらう」，恩惠施予者使用「に」即可。

・友達に　彼女を　紹介して　もらった。（朋友介紹女朋友給我。）
・中村さんに／から　吉田さんを　紹介してもらった。

而此處將「に」替換為「から」則是為了強調其「來源」，加強是「由中村先生介紹」的語感。

◆ 「中村様から　お話を　伺っております」，這裡先行使用到了第 57 課即將學習的「聞く」的特殊謙讓語動詞「伺う」，將這句話還原成非敬語，就是「中村さんから　話を　聞いています」（我有從中村那裡得知了這件事）。

這裡使用「中村さんから」的「から」，一樣是為了強調其情報「來源」，表示說話者吉田有從中村先生那裡聽到關於來電者青木先生的事情。這句話暗示情報是單向接收，可能的語境是「中村先生主動打電話來跟吉田先生說關於青木先生的事情」的。

然而，這句話若換成「中村さんに　話を　聞いています」，使用「に」，則語感上偏向於「吉田先生是主動去問中村的」，這與這裡要表達的語境不符，反倒不太適合使用「に」。

◆ 「さようでございますか」是一種非常客氣的說法，用來表示對對方說話內容的回應，通常帶有確認或表示理解的意味。它的語氣柔和且正式，常見於服務行業（如飯店、旅館、商店等）或對話中需要展現高度敬意的場合。直譯是「是那樣嗎？」或「原來如此啊」。換成較口語的說法，就類似於「そうですか」、「そのようですか」。

・顧客：予約を変更したいのですが。
　店員：さようでございますか。かしこまりました、変更を承ります。

・上司：この計画は来週から始まります。
　部下：さようでございますか。準備を進めておきます。

◆ 「今、お話ししてもよろしいでしょうか」，這句話用來禮貌地徵求對方的許可，確認是否適合在當下進行對話或提出某個話題。意思是「現在可以跟您說話嗎？」或「我現在可以講一下嗎」。還原成非敬語的形式，就是「今、話してもい

いですか」。

　　這句話算是蠻常見的表現，使用場景為：

・職場中，員工對上司說：今、お話ししてもよろしいでしょうか。
　可能想討論工作相關事宜，但先確認上司是否有空。

・電話中：お忙しいところ恐縮ですが、今、お話ししてもよろしいでしょうか。
　表示尊重對方時間，徵求許可。

・日常正式場合對長輩或不熟的人：今、お話ししてもよろしいでしょうか。
　用來開啟話題，避免冒昧。

◆「ありがとうございます。つきましては、ペコス様〜」當中的「つきましては」為接續詞，亦有非ます形「については」的型態，但較少使用。意思是「關於這一點」、「因此」、「有鑑於此」或「接下來」。它用來承接前文，引出後續的話題或內容，通常帶有一定的邏輯關係，表示基於前述情況進一步說明或提出請求、建議等。

　　對話文中的「ありがとうございます。つきましては、ペコス様...」（謝謝您。有鑑於此，關於貴公司...），說話者先表達感謝，然後用「つきましては」作為過渡，準備談論與感謝相關的後續話題，例如請求、提案或具體事宜。

・ご協力いただき感謝申し上げます。つきましては、今後のスケジュールについてご相談申し上げたいと存じます。
（感謝您們的合作。接下來，我想就今後的日程與您們商討。）

・お時間をいただきありがとうございます。つきましては、新しいプロジェクトについてご説明いたします。
（感謝您撥出時間。那麼，我將向您說明新項目。）

　　「つきましては」屬於較為正式的用語，不太用於日常隨意對話。隨意場合可

能會直接用「それで」（那麼）或「じゃあ」（那就）代替。

◆「承知いたしました」為「わかりました」的特殊謙讓語形式，亦可僅使用「承知しました」，但敬意程度就稍低。

◆「お時間はいかがいたしましょうか（您的時間要如何安排呢？）」，若還原成非敬語的講法，就是「時間はどうしますか（時間怎麼辦？）」。

「いかが」是「どう」的謙讓語／丁寧語形式，表示「如何」、「怎樣」，帶有徵詢意見的柔和語感。「いたしましょうか」，則是「いたします」加上表示提議或確認意願的「～ましょうか」而來。因此這句話是用於「詢問對方，時間要選在什麼時候呢」。

◆「午後3時でよろしいでしょうか」，還原成非敬語，就是「午後3時でいいですか」。「よろしい」是「いい」（好）的丁寧語／尊敬語形式，表示「可以」、「合適」的意思，語氣客氣且正式。「でしょうか」是「ですか」的禮貌的講法（參考前述），帶有謙虛和徵詢意見的語氣，非常禮貌。

◆「かしこまりました」來自於動詞「かしこまる」（謹慎接受、恭敬遵從）的過去式。「かしこまる」原本有「恭敬地接受命令或指示」的意思，因此它不僅是「明白了」，還帶有「我恭敬地接受並遵從」的感覺，強調謙卑和服從。而上述的「承知しました」則是單純表示「我明白了」、「我知道了」，重點在於理解和確認，語感較中性。

「かしこまりました」多用於服務行業或極為正式的場合，例如飯店、餐廳、商店等服務人員對顧客說話時。適合回應對方的要求、訂單或指示，帶有「我已恭敬接受您的指示並會執行」的意味。語氣更柔和、更恭敬，給人一種「低姿態」的感覺。常伴隨行動的承諾，例如接受任務後會立刻執行。在某些情況下可能顯得過於正式或客套，不適合太隨意的場合。

・顧　客：水をお願いします。
　服務員：かしこまりました。少々お待ちください。（明白了。請稍等。）

　「承知しました」更廣泛應用於職場或一般正式對話，例如員工對上司、同事間的溝通。
適合回應指示、確認信息或表示理解，語感較為專業且不帶過多的服務性色彩。語氣較乾脆、直接，帶有「已確認」的專業感。不像「かしこまりました」那樣強調謙卑，更像是平等或略低地位者對指示的回應。在日常職場中更常見，使用範圍更廣。

・上司：資料を明日までに提出してください。
　員工：承知しました。（知道了。）

語句練習

◆ 01. 的練習，選自本課「句型 1」的例句。「この件につきましては、私からご返答できません」，當中的「〜につきましては」是複合格助詞「〜について」的敬體「〜につきまして」再加上主題化的「は」而來的。後方所使用的動詞多為「考える、話す、語る、述べる、聞く、書く、調べる」…等有關於「思考活動」、「情報表示」的動詞。

「〜につきましては／については」可以翻譯為「關於這一點」、「就此事而言」或「關於這個問題」。它帶有一種正式的語感，常用於商業信函、官方文件或需要保持距離感的對話。整句話可以翻譯為：「關於這件事，我無法給您回覆」。

第 1 個練習題當中的「決まり次第」，意思是「一旦決定」、「一確定下來就……」。它通常用來表示某件事情還未最終確定，但只要確定了，就會立刻採取後續行動。這裡請教學的老師暫且把「決まり次第」當成是一種慣用表現即可。另外，此處的用法與稍後會學習到的，第 56 課「語句練習」11. 的用法不同，屆時老師可以將此文法提出來對比。

第 2 個練習題當中的「ご覧ください」則是「見る」的特殊尊敬語動詞「ご覧になる」，使用到了第 55 課「句型 4」的「お／ご〜ください」，也就是「ご覧になってください」的簡略講法。這裡也請學習者把它當作是一種慣用表現即可。

◆ 02. 的練習，選自本課「句型 2」的例句。「イベントにご出席いただきたく、ご連絡いたしました」，用到了「句型 2」學習的「ご出席いただきます」，加上希望助動詞「〜たい」，也就是「ご出席いただきたい」，再將其改為中止形「ご出席いただきたく」的用法。改成非敬語的講法就是「出席してもらいたくて、連絡しました」。

「ご出席いただきたく」可以理解為「我希望您能參加」或「懇請您參加」。表達說話者對對方出席的期待。整句話翻譯為：「我聯繫您，是為了懇請您能參加

這場活動」，也就是「ご出席いただきたく（要叫您出席）」，是「ご連絡いたしました（我聯絡您）」的理由。

◆ 03. 的練習，選自本課「句型 3」的例句「代わりにやってくださるんですか。そうしていただけると助かります」。這裡把「〜てくださるんですか」的部分提出來做練習。「くださる」是上一課第 55 課「句型 3」所學習到的「くれる」的「特殊尊敬語動詞」，在上一課的練習，多以「くださいます」、「くださって」、「くださり」的型態出現，正巧這裡的「〜んですか」前方使用到其動詞原型的形態，因此特別挑出來做練習。

◆ 04. 的練習，選自本課「句型 3」的例句。「お手隙の際に、ご確認いただければ幸いです」，當中的「お手隙の際に」的意思是「在您有空的時間」或「在您方便的時候」。這裡的「お手隙」（おてすき）是「手空著」或「有空」的意思，而「の際に」則是我們在第 55 課「語句練習」05. 所學習到的表現，意思是「在……的時候」。整體來說，這是「用來請求對方在有空時處理某件事」的用法，帶有謙虛和尊重的語氣。

「ご確認いただければ幸いです」（如果您能確認就太好了）則是本課「句型 3」學習到的表現。搭配「お手隙の際に」就變成了「如果您在有空的時間能確認一下，我將不勝感激」的意思。這是用於正式場合或書面語的典型表達方式，例如在商務郵件或對客戶、上司說話時。

◆ 05. 的練習，選自本課「句型 4」的例句。「時間になりましたので、会議を始めさせていただきたいと思います」是由「句型 4」學習到的「〜させていただきます」＋「〜たい」＋「と思います」而來的進階複合表現，用來表達自己想做某事的意願。

比起只講「させていただきたいです」，這裡加上了「〜と思います」則是為了避免太過直接地講出自己的欲求，讓整體語氣更加緩和、禮貌。「〜と思います」擔負著將這句話從「直接的意願表達」轉變為一種「想法」或「意見」的陳述，從語感上減弱了直接性，給人一種更謙虛、不強加於人的印象。

若為更正式的場合，例如商務信函、正式演講、或與地位明顯較高的人交流時，亦可將「思います」改為特殊謙讓語動詞「存じます」，以「～たいと存じます」的形式來表達。

・ご意見を拝聴させていただきたいと存じます。
（我恭敬地希望能聽取您的意見。）
・お時間を頂戴させていただきたいと存じます。
（我恭敬地希望能借用您的時間。）

　　如果在非正式場合或與關係較親近的人使用「と存じます」，可能會顯得過於拘謹，甚至有距離感。「させていただく」本身已經帶有謙讓意味，再加上「と存じます」，整體敬語層次非常高。因此，這種組合通常用於需要極度謙虛或正式的語境，避免顯得過分誇張。

◆ 06. 的練習，選自對話本文。「株式会社ペコスでございます」當中的「でございます」是我們在第 55 課「學習重點」當中所提及的「丁寧語」，它的功能是用來傳達禮貌、正式和對聽者的尊重。由於它主要是表達「慎重、禮貌」，因此無關是他人的動作或己方的動作，它與「です」、「ます」一樣，是屬於「對者敬語」。口吻上比「です」來得更慎重、禮貌，因此「～でございます」又被稱作「特別丁寧體」，主要用於正式場合、商務對話當中。

　　「～でございます」前方接續名詞、ナ形容詞，例如：「学生でございます／学生ではございません／学生でございました／学生ではございませんでした」、「元気でございます／元気ではございません／元気でございました／元気ではございませんでした」。若前方為イ形容詞，則會產生「ウ音便」（第 57 課「語句練習」09.），詳細規則請參考下一課。

　　此外，「ござる（ございます）」除了是這裡所提及的「丁寧語」以外，它也是「ある、いる」的「特殊謙讓語動詞」（第 57 課「語句 2」），因此第 57 課的「トイレは　あそこに　ございます」（※註：非敬語的表現為「トイレは　あそこに　あります」）的「～に　ございます」，其用法與本課所談論的「丁寧語」不同，請教學者留意。

◆ 07. 的練習，選自對話本文。「青木と申します」的「申します」，屬於第57課「句型3」即將學習的「謙讓語Ⅱ（丁重語）」，丁重語的概念已於第55課「學習重點」以及本課「句型1」的部分說明，這裡僅需請學習者練習這種自我介紹的方式即可。

◆ 08. 的練習，改寫自對話本文。「中村様からお話を聞いております」（原句為「伺っております」），這裡的「～ておる」為「～ている」的「謙讓語Ⅱ（丁重語）」表現（「おる」為「いる」的丁重語），關於「謙讓語Ⅱ（丁重語）」，會於下一課學習，這裡僅需先請學習者將其當作是一種表現記憶下來即可。待學習到第57課，再請授課老師講解。

◆ 09. 的練習，改寫自對話本文。「投資家に向けて、事業を展開していきます」當中的「～に向けて」，意思是「朝著…」、「面向…」的意思，它表示「一個動作、目標或努力的方向」。

　　「投資家に向けて」意思就是「面向投資家」或「針對投資家」。「投資家」，是「向ける」動作的目標對象，表示事業展開的方向或受眾。因此「投資家に向けて、事業を展開していきます」這整句話，意思就是「我們將針對投資者，來展開事業發展」。

◆ 10. 的練習，延伸上一個練習，選自對話本文。「不動産の販売事業を展開してまいりたいと考えております」。「～てまいりたい」為「～ていきたい」的「謙讓語Ⅱ（丁重語）」；「～と考えております」則為「～と考えています」的「謙讓語Ⅱ（丁重語）」。因此還原成非敬語的講法，就是「展開していきたいと考えています」。

　　「～たいと考えています」表示「我正在考慮想要做某事」。比起05. 的練習「～たいと思います」語氣更謹慎，暗示這個想法還在形成中，未完全確定。

◆ 11. 的練習，選自對話本文。「ご紹介させていただければと思いまして、お電話を差し上げた次第でございます」這裡的「次第でございます」，使用了06. 所

提及的「特別丁寧體」，還原成一般的講法，就是「次第です」的意思。

而這裡的「次第です」，用於表達「原因、理由」，常用於敬語場合，特別是在商務或書面語中。它的意思可以理解為「事情的經過」、「緣由」或「因此」的意思，帶有解釋行動理由的語氣。「お電話を差し上げた次第でございます」的意思，可以理解為「這就是我打電話的原因」。這裡的「差し上げる」，授課老師可以稍微提及，這就是「あげる」的特殊尊敬語動詞的型態，下一課就會提出來學習。請注意，這裡的「～次第です」與本課「句型練習」01. 的練習「決まり次第（一旦決定）」，是不同的用法，老師可以稍微提點一下。

「～（さ）せていただければと思いまして」，算是本課「句型 3」的一種變形講法。「させていただければ」為「如果能讓我介紹（謙讓語＋條件形）」、「と思いまして」為「我這樣想著」，意思就是「我想說如果能讓我介紹就好了」。

這一整句話的直譯可以翻譯成「因為我想說，如果能讓我介紹就好了，所以我打了這通電話，這就是事情的經過」，更自然一點的翻譯，可以講「我希望能做個介紹，因此給您打了這通電話」。這句話非常正式且恭敬，常用於商務場合，例如向客戶或上級解釋聯繫的理由。「次第でございます」讓語句顯得有條理且謙虛，強調行動的正當性。

◆ 12. 的練習，選自對話本文。「お時間はいかがいたしましょうか」當中的「いかがいたしましょうか」是一個非常禮貌且正式的表達方式，常用於服務性或商務場合。它的意思可以理解為「您覺得如何安排呢？」或「請問您想要怎麼樣呢？」，具體在這裡是指詢問對方「時間要怎麼安排」。還原成非敬語的講法，就是「どうしますか」。

「いかが」是「如何」（どう）的更禮貌的形式，它用來禮貌地詢問對方的意見、感受或意願，比直接說「どうですか」更恭敬。「いたします」是「する」的謙讓語形式，「ましょうか」表示提議或詢問意願的。因此，「いかがいたしましょうか」整體的意思就是：請問「您」覺得「我」應該如何安排呢？亦可以直接翻譯為「您想要我怎麼做呢？」，算是一個很常見的固定表現。

・お飲み物はいかがいたしましょうか。（請問您想要喝點什麼呢？）
・ご案内はいかがいたしましょうか。（請問您需要引導嗎？）

延伸閱讀

◆ 隨著日本不動產市場對外資的吸引力日益提升,早在 10 多年前,就有許多台灣人開始將目光投向這個鄰近國家的房地產。然而,投資日本不動產並非簡單複製台灣的經驗,而是需要理解其獨特模式與潛在挑戰。

首先,台灣人可採取的投資策略有二。其一是購入收益型物業,如整棟公寓或商用樓,透過貸款槓桿創造穩定租金現金流,這在日本成熟的租賃市場中尤為可行。其二是鎖定精華區住宅,特別在日幣貶值與通膨壓力下,尋求將來可能會漲價,購入有機會賺進資本利得的高端住宅房,期待將來轉售時可賺取價差。

相較於台灣偏好小套房或自住型房屋坐等增值,日本市場更適合追求穩定現金流的投資者。然而,策略選擇需謹慎,因日本多數地區房價穩定,除了超都心(港區、千代田區、中央區)以外,其他地區的增值潛力可能不如台灣都會區。

為協助台灣人跨越語言與文化障礙,台灣已出現專門介紹日本房源的房仲服務。這些機構提供從選房到融資的完整支援,甚至針對收益型物業量身打造建議,降低投資門檻。此外,部分日本建商也在台灣設立據點,推廣新建案與交通便利的房產,讓投資者能參與預售市場,搶占早期價格優勢。這些資源的存在,無疑為台灣人開啟了一扇通往日本不動產的窗口。

另一項值得關注的服務是「帶租代管」。日本的物業管理公司可代為處理租賃、收租與維修等事務,對無法親自管理的海外投資者而言,這是確保收益穩定的關鍵。然而,管理費與修繕成本可能侵蝕利潤,投資前需精算回報率。

然而,投資日本房產並非毫無挑戰。語言障礙首當其衝,合約與法規文件多為日文,需依賴專業協助。其次,融資難度較高,日本銀行對外國人貸款審核嚴格,需充足財力證明。此外,稅務負擔不容忽視,包括取得稅、固定資產稅與租金所得稅,增加了持有成本。最後,市場風險如人口減少或空置率上升,可能影響長期收益,選址成為成敗關鍵。

綜上所述，台灣人投資日本不動產具備多元路徑，無論是借助房仲與建商資源，或利用代管服務降低管理負擔，皆是可行之策。然而，語言、法規與市場風險等挑戰不容小覷。唯有透過充分準備與專業支援，方能在日本房地產市場中找到立足之地，實現穩健回報。

◆ 不動產投資領域，流傳著一句話：「會自己找上門的房屋，一定不是好物件。」這句話點出了市場中的潛規則，也提醒投資者保持警惕。以下將從市場運作的角度，詳細說明這一現象的原因，並輔以實例分析，幫助台灣投資者理解其背後邏輯。

首先，優質房產在日本本地市場通常供不應求。以東京或大阪的精華區為例，位於交通便利、生活機能完善的公寓或整棟收益型物業，往往一上市就被本地買家或專業投資者搶購。這些物件因地段佳、租金回報穩定或增值潛力高，仲介根本無需費力推銷，更不用說將其拿到海外市場銷售。相反，若某物件被積極推銷到台灣，甚至由仲介主動聯繫投資者，往往意味著它在日本本地「去化不掉」，可能存在隱藏問題。

其次，主動上門的房屋常有價格或品質疑慮。例如，一棟位於鄉村地區的老舊公寓，可能因人口流失導致空置率高，租金收益難以保障。仲介為了清庫存，可能以「高回報率」為誘餌，將其包裝成「投資良機」推銷給不熟悉日本市場的外國人。然而，實際持有後，投資者可能面臨維修成本高昂或租客難找的困境。另一個例子是價格過高的物件，例如東京郊區某新建案，若定價遠超市場行情，本地買家不願接手，仲介便轉而尋找資訊不對等的海外客戶。

此外，日本不動產市場的透明度對外國人而言是一大挑戰。本地投資者熟悉區域發展趨勢與法規，能迅速判斷物件價值，而台灣人若僅依賴仲介提供的信息，容易忽略潛在風險。例如，某物件可能位於地震帶、容易淹水的低窪、或區域居民的素質可能有疑慮，這些資訊未必主動披露，只能賣給不懂行情的外國人。

因此，「會自己找上門的房屋」往往是仲介急於脫手的次級品。台灣投資者在面對此類推銷時，應保持謹慎，深入研究物件背景、地段潛力與市場行情，並尋求獨立第三方評估。唯有如此，才能避免成為不良物件的接盤者，真正找到值得投資的優質房產。

第 57 課

青木様がお見えです。

學習重點

◆ 第 57 課主要學習特殊尊敬語動詞與特殊謙讓語動詞的表達方式，這裡統整「句型 1」與「句型 2」練習 A 部分會出現的動詞，以及其他常用的動詞之對照表：

謙讓語形式	一般動詞	特殊謙讓語動詞
いらっしゃる／見える／おいでになる／お越しになる	来る	参る／伺う
いらっしゃる	行く	参る／伺う／上がる
いらっしゃる／おいでになる	いる	おる （僅能作為「謙讓語 II（丁重語）」）
召し上がる	食べる／飲む	いただく
なさる	する	いたす
おっしゃる	言う	申す／申し上げる
ご覧になる	見る	拝見する
お耳に入る	聞く	伺う／承る／拝聴する
----------	読む	拝読する
----------	思う	存じる
お求めになる	買う	----------
----------	受ける	承る

お納めになる	受け取る	いただく／頂戴する
ご存知だ	知る／知っている	存じる／存じ上げる／存じている／存じておる
ご存知ない	知らない	存じない
ご承知だ	わかる	承知だ／承知する／かしこまる
----------	会う	お目にかかる
----------	見せる	お目にかける／ご覧に入れる
----------	借りる	拝借する
----------	引き受ける	承る
お休みになる	寝る	----------
亡くなる／亡くなられる／お亡くなりになる	死ぬ	----------
----------	ある	ござる（ございます） （亦有「丁寧語」的用法）
----------	あげる	差し上げる
----------	もらう	いただく／頂戴する／賜る
くださる	くれる	----------
召す／お召しになる	着る	----------
お風邪を召す	風邪を引く	----------
お年を召す	年を取る	----------
お気に召す	気に入る	----------
～でいらっしゃる	～です	～でございます
----------	～にあります	～にございます

單　字

◆ 「SDGs」是「永續發展目標」（Sustainable Development Goals）的縮寫，由聯合國在 2015 年制定，旨在 2030 年前解決全球的社會、經濟和環境問題。它包含 17 個具體目標，例如消除貧窮（Goal 1）、實現性別平等（Goal 5）、應對氣候變遷（Goal 13）等，目的是促進人類福祉、保護地球，並確保經濟發展的永續性。每個目標下還有細分的指標，供各國參考與執行。簡單來說，SDGs 是一個全球藍圖，希望讓世界變得更公平、更綠色、更宜居。

◆ 「迷惑系ユーチューバー」（迷惑系 YouTuber）是指在 YouTube 上透過製造麻煩、挑釁或進行具爭議性行為來吸引注意力的創作者。他們的內容通常涉及對他人造成不便甚至違法行為，例如在公共場所大聲喧嘩、騷擾路人、擅自拍攝他人並上傳等。這類 YouTuber 往往以追求高點閱率和話題性為目標，但也因此常被批評為缺乏道德或社會責任感。

　　除了「迷惑系」，YouTube 上還有許多其他類型的 YouTuber，例如：「遊戲系（ゲーマー系）」、「教育系（教育系）」、「美妝系（美容系）」、「料理系（料理系）」、「Vlog 系（ブイログ系）」、「音樂系（音楽系）」、「搞笑系（お笑い系）」、「炎上系（炎上系）」、「私人逮捕系（私人逮捕系）」…等。

　　「炎上系」與「迷惑系」有些相似，但更專注於製造爭議或挑起話題（例如發表極端言論），以引發討論或「炎上」（網路上的激烈反應）。而「私人逮捕系」則是追蹤並試圖「逮捕」他們認為有問題的人（如小偷或騷擾者），但行為本身也常引發爭議。

57

句型 1：特殊尊敬語動詞

◆ 「特殊尊敬語動詞」與「特殊謙讓語動詞」是兩類重要的動詞形式，用以表達對對方的尊敬或對自己的謙遜。與前兩課所學習到的，改為特定文法形式的敬語不同，它們以特定的詞彙取代普通動詞，具有獨特的語義和用法。

「句型 1」這裡學習的「特殊尊敬語動詞」是指一組專門用來表示對對方動作或狀態的高度敬意的動詞（一樣屬於素材敬語）。這些動詞通常用於描述地位較高的人（如上司、老師、客戶等）的行為，本身即帶有尊敬的語感，不需額外添加其他尊敬語後綴。其特點在於以獨立的詞彙形式取代普通動詞。例如：

「言う」以「おっしゃる」取代；「行く」或「来る」以「いらっしゃる」取代；「食べる」或「飲む」以「召し上がる」取代；「見る」以「ご覧になる」取代；「知る」以「ご存じだ」取代…等。

在實際應用中，這類動詞直接用於表示對方的動作，例如「先生がおっしゃいました」（老師說了）或「お客様がいらっしゃいます」（客戶來了），顯示出對對方的尊重。

「句型 2」將會學習的「特殊謙讓語動詞」則是用來描述自己動作時，通過降低自身地位以間接抬高對方的動詞。這類動詞同樣以固定的詞彙形式出現，用於表達謙遜態度。例如：

「言う」以「申す」取代；「行く」或「来る」以「参る」取代；「食べる」或「飲む」以「頂く」取代；「見る」以「拝見する」取代；「知る」以「存じる」取代…等。

這類動詞常用於自己的行為描述，例如「私が申します」（我來說）或「後ほど参ります」（我稍後會過去），通過謙遜的語氣間接表達對對方的敬意。

「特殊尊敬語動詞」與「特殊謙讓語動詞」的主要區別在於使用對象：前者針

對對方的動作，旨在抬高對方地位；後者針對自己的動作，通過自降身份來表示謙遜。而「特殊謙讓語動詞」當中，又有數個詞彙，如「参る、いただく、申す、いたす、存じている」，它除了有「謙讓語」的功能，又可作為「丁重語」使用，因此這些動詞，又被稱之為「謙讓語Ⅱ（丁重語）」。關於「謙讓語」與「謙讓語Ⅱ（丁重語）」的差異，則會在「句型 3」學習。

　　上述這兩類動詞皆為固定的詞彙形式，而非通過一般文法規則（如「お～になる」或「お～いたします」）生成，因此被稱為「特殊」。此外，某些動詞在不同語境中會有差異，例如「いらっしゃる」一詞，就必須依語境來判斷它究竟是「行く」、「来る」還是「いる」的替代，使用者需靈活掌握。

◆ 第 55 課本文，已提前學習到「おいでになる（⇨よくおいでくださいました、ぜひまたおいでください）」、第 56 課本文，已提前學習到「いらっしゃる（⇨吉田様はいらっしゃいますでしょうか）」等特殊尊敬語動詞。老師授課時可以藉機複習一下。

◆ 就有如前述，「いらっしゃいます」是「行きます／来ます」的特殊尊敬語動詞，也是「います」的特殊尊敬語動詞。這點剛好可以藉由前兩個例句「井上さん、いらっしゃいますか（いますか）」以及「支社へいらっしゃいます（行きます／来ます）」，來認識它。至於它是哪一個意思，就得從前後文脈判斷了。

句型 2：特殊謙讓語動詞

◆ 第 56 課本文，已提前學習到「伺う（⇨お話を伺っております）」、「いたす（⇨お電話いたします）」、「差し上げる（⇨お電話を差し上げた次第）」；第 56 課語句練習 11.，已提前學習到「申し上げる」（⇨お願い申し上げます）等特殊謙讓語動詞。老師授課時可以藉機複習一下。

◆ 例句中的「お探しの資料、ございますよ。こちらでございます」，第一個「ございます」是「あります」的「謙讓語 II（丁重語）」（本課「句型 3」），第二個「でございます」則是「です」的「丁寧語」，或者稱「特別丁寧體」（第 56 課「語句練習」06.）。

◆ 例句「社長の名前なら存じておりますが、部長の名前は存じておりません」提及，這裡無法使用「部長の名前は存じません」。這是因為「存じません」一詞專門用於「人以外的事物」，如要使用於「知道」某人，則必須要使用「存じている／存じておる」或者「存じ上げる」這兩個特殊謙讓語動詞。

・大変恐縮ですが、その件に関しては存じません。
・申し訳ございませんが、部長のことは存じ上げません。

句型3：謙讓語Ⅱ（丁重語）

◆ 「句型3」學習「謙讓語Ⅱ（丁重語）」，為了方便區別，這裡將「謙讓語」統稱為「謙讓語Ⅰ」。

第55課「學習重點」的部分有提及「謙讓語Ⅰ」與「謙讓語Ⅱ（丁重語）」的差別，在於前者需要動作接受的對象、後者不需要。

◆ 「謙讓語Ⅱ（丁重語）」的主要形式有二：一為加上「～いたします」的形式；一為使用可作為「謙讓語Ⅱ（丁重語）」的「特殊謙讓語動詞」。

有關於「特殊謙讓語動詞」，有些詞彙僅能作為「謙讓語Ⅰ」使用，有些詞彙僅能作為「謙讓語Ⅱ（丁重語）」使用，而有些詞彙則是同時可作為「謙讓語Ⅰ」與「謙讓語Ⅱ（丁重語）」使用。下表列出可作為「謙讓語Ⅱ（丁重語）」使用的特殊謙讓語動詞以及其一般動詞。

◆ 由於「謙讓語Ⅱ（丁重語）」屬於「對者敬語」，敬意表現是針對聽話者的，因此僅能使用敬體，必須和丁寧語「ます」一起使用，因此下列詞彙以「～ます」形列舉。此外，「謙讓語Ⅱ（丁重語）」除了用來講述「人的動作」以外，亦可用來講述「事物的狀態」（如下例中的「下雨」、「電車到達」...等）。

謙讓語Ⅱ（丁重語）形式	說明
Ⅰ「漢語動詞語幹・いたします」	此形式不可使用常體「～いたす」的型態，一定要使用敬體「～いたします」的型態。
Ⅱ 可作為「謙讓語Ⅱ（丁重語）」的「特殊謙讓語動詞」	いたします（します） 参ります（行きます／来ます） 申します（言います） 存じます（知ります／思います） いただきます（食べます／飲みます） おります（います） ございます（あります）

- 明日の朝一の便でアメリカへ（×出発いたす／○出発いたします）。
（我明天早上搭第一班機出發前往美國。）
- これから、東京に（×参る／○参ります）。（我現在要去東京。）
- 今後も努力して参ります。（今後我會繼續努力。）
- 初めまして、私は鈴木と申します。（初次見面，敝姓鈴木。）
- この件の経緯はよく存じております。（我很清楚這件事情的原委。）
- わあ、美味しそう。いただきます。（哇，好好吃喔。開動。）
- 電車は間もなく終点に到着いたします。（電車即將到達終點站。）
- 朝からずっと強い雨が降っております。（從早上就一直下著很大的雨。）

◆ 「謙譲語Ⅰ」專用的特殊謙譲語動詞，有「伺う、申し上げる、拝見する、差し上げる、いただく」…等。以上詞彙使用時一定要有動作對象。

- （×）私は鈴木と申し上げます。（沒對象）（敝姓鈴木。）
- （○）暑中お見舞い申し上げます。（有對象）
   （謹在此向您呈上夏季的問候。）

「謙譲語Ⅱ（丁重語）」專用的特殊謙譲語動詞，僅有「おります」一詞，「おります」使用於沒有動作對象時。「おります」沒有「謙譲語Ⅰ」的用法。

- （○）昨日は一日中自宅におりました。（沒對象）
   （昨天我一整天都待在家裡。）

　　依據文脈，有可能是「謙譲語Ⅰ」，亦有可能是「謙譲語Ⅱ（丁重語）」，也就是兩者通用的特殊謙譲語動詞，有「参る、いただく、申す、いたす、存じている」…等。以上詞彙可同時用於「有動作對象」或「無動作對象」的語境。因此究竟上述的動詞，屬於「謙譲語Ⅰ」，還是「謙譲語Ⅱ（丁重語）」，必須透過文脈來判別。

- （○）明日、東京へ参ります。
  （沒對象，故屬於「謙讓語Ⅱ（丁重語）」）
  （明天要去東京。）
- （○）明日、先生のお宅に参ります。
  （有對象「老師」，故屬於「謙讓語Ⅰ」）
  （明天要去拜訪老師家。）

◆ 第 56 課本文，已提前學習到「いたす（⇨開設いたします）」、「ございます（⇨吉田でございます）」、「申します（⇨青木と申します）」、「おります（⇨考えております）」、「まいります（⇨展開してまいりたい）」等丁重語動詞。老師授課時可以藉機複習一下。

句型 4：お／ご～です

◆ 「句型 4」的「お＋和語動詞ます＋だ／です」與「ご＋漢語動詞語幹＋だ／です」，是用於「表目前狀態」的「尊敬語」形式，語意接近表狀態的「～ている」。這與第 55 課「語句練習」12. 的「お＋形容詞／名詞」這種尊敬語形式（如：お好きですか／お名前は）用法不同，要稍微留意一下。

此外，這種講法所表達的動作，究竟為「未發生」、「已發生」、還是「正在進行」，則需從前後文來判斷。練習 B 的第 1 小題，就是做這樣判斷的練習。

◆ 練習 B 的第 2 小題，是「句型 3」的練習題，因為版面配置的問題，故移到這裡練習。這裡是要學習者判斷，應該使用有對象的「謙讓語Ⅰ」，還是無對象的「謙讓語Ⅱ（丁重語）」。

「謙讓語Ⅰ」　　　　　：伺います、申し上げます、いらっしゃいます
「謙讓語Ⅱ（丁重語）」：参ります、申します　　、おります

本文

◆ 「あちらにおかけになって、お待ちください」當中的「おかけになる」是「座る」的特殊尊敬語動詞，使用第 55 課「句型 4」的請求表現「お～ください」時，除了「おかけになってください」以外，亦有簡略的講法「おかけください」。但如果要像上例這樣，使用「～て形」來串聯兩句話時，就只能使用原本非簡略形式的「おかけになる」來改「おかけになって」。

◆ 「お待たせいたしました」為「待つ」的使役形「待たせる」，再套用上第 56 課「句型 1」的謙讓表現時的型態。這個講法非常常見，可以請學習者直接當作是慣用句背下來。如果是非敬語的場景，例如朋友之間的對話，則是可以使用「待たせて、ごめん」、「待たせたなあ」等講法。

◆ 「高級感溢れる」當中的「溢れる」是「洋溢」或「充滿」的意思，帶有某種特質滿溢而出的感覺。「高級感溢れる」描述的是某個事物（例如商品、場所、設計等）給人一種高端、精緻或奢華的印象，常見於形容時尚品牌、豪華酒店、高檔餐廳等。

「高級感溢れる」是句子「高級感が溢れています」合併成為一個單字而來，除了「高級感」以外，亦有「活気溢れる、魅力溢れる、自信溢れる、情熱溢れる、やさしさ溢れる」等講法。

語句練習

◆ 01. 的練習，選自本課「句型 1」的例句。「先日提出させていただきましたレポート、もうご覧になりましたか」當中的「提出させていただきましたレポート」屬於連體修飾（名詞修飾）的構造，理應要使用常體來接續名詞，如：「提出させていただいたレポート」。

然而，在正式場合或書面語中，說話者可能會刻意保留「ます形」，以維持整個句子的禮貌語調。即使是在連體修飾的結構中，這種禮貌性有時會被優先考慮，而不嚴格遵循「連體形必須是常體」的規則。例如：

・ご覧になりました方。（看過的人）
・お越しいただきましたお客様。（前來的顧客）

這些例子中，「ご覧になりました」、「お越しいただきました」都是「ます形」的過去形，但用來修飾名詞，這在正式語境中是可以接受的。在實際使用中，尤其是「～（さ）せていただきます」時，日本母語者有時會覺得「ます形」聽起來更自然、更流暢。反而在正式的場合還使用常體，會顯得生硬或不夠圓潤。這種語感上的偏好導致「ます形」被用在連體修飾中，雖然從嚴格的語法規則來看並不完全符合傳統規範。

・提出させていただいたレポート
　用常體，語法上正確，但可能感覺稍顯生硬或機械。
・提出させていただきましたレポート
　用「ます形」的過去形，語感上更柔和，常見於實際交流。

這裡的練習就是使用「～ます／ました」的形式來修飾名詞的敬語用法。但要留意的是，若連體修飾節為否定「～ません／ませんでした」或「名詞、形容詞」，則無法保留敬體的成分。

・（×）お名前をお呼びしませんでした方は、ご退室ください。

　　　　（○）お名前を<u>お呼びしなかった方</u>は、ご退室ください。
・（×）料理が<u>美味しいです料亭</u>をご紹介します。
　　　　（○）料理が美味しい料亭をご紹介します。

◆ 02. 的練習，選自本課「句型2」的例句。「楊と申します。中国から参りました。今、高田馬場に住んでおります」的「申します、参ります、〜ております」為「謙讓語Ⅱ（丁重語）」的用法。

　　本書教導「句型2」時，尚未將「謙讓語」分成「謙讓語Ⅰ」與「謙讓語Ⅱ（丁重語）」，這裡教學時，兩者暫時不予以區分，先同時導入，等到老師進入「句型3」的教學時時，將「謙讓語」概念分開為二後，再回來複習這個例句。

◆ 03. 的練習，改寫自本課「句型2」的例句。「トイレはあそこにございます」的「ございます」為「あります」的「謙讓語Ⅱ（丁重語）」，還原成非敬語的講法，就是「トイレは　あそこに　あります」。

◆ 04. 的練習，選自本課「句型2」的例句。「お探しの資料、ございますよ。こちらでございます」，第一個「ございます」與上一個練習相同，屬於「あります」的「謙讓語Ⅱ（丁重語）」。第二個「ございます」則是丁寧語的「ございます」，接續在名詞後方，屬於名詞的「特別丁寧體」（第56課「語句練習」06）。

　　「お探しの資料」使用到了「句型4」的「お〜です」表目前狀態的用法。「何を探していますか」改成這種用法，就是「何をお探しですか」。「探している資料」則變為「お探しの資料」（做連體修飾時，不可加入「です」）。

　　這一整句話還原成非敬語，就是「探している資料、ありますよ。こちらです。」

◆ 05. 的練習，選自對話本文。「吉田部長に、ABC 商事の青木様が　お見えです」。當中的「お見えです」是「句型4」表目前狀態的用法。「お見えになる」為「来る」的另一種特殊尊敬語動詞形式，「見える（看見）」，在這裡延伸為「出現」或「到來」的意思，因此「お見えになる」意思就是「某人來到某地」。然而「吉田様が

お見えになっています」又過分冗長，因此使用簡約形式的「お見えです」。

　　誠如「句型 4」的解釋，「お～です」的型態，無法從字面外觀上判斷其動作究竟為「未發生」、「已發生」、還是「正在進行」，需從前後文來判斷，因此可以提醒告訴學習者，這裡就是「来ました」、「来ています」的意思。「青木様がお見えです」，就是「青木様が来ました」、「青木様が来ています」的尊敬講法。

　　「～がお見えです」是一種常見的表達形式，「某人有訪客」則使用「～に～が　お見えです」(此句為吉田部長有訪客，此訪客為青木先生)，可以請學生將它當作慣用表現記起來即可。

◆ 06. 的練習，選自對話本文。「お茶とコーヒーがございますが、どちらになさいますか」。「ございます」為「あります」的「謙讓語 II（丁重語）」，「なさいます」則為「します」的「特殊尊敬語動詞」。因此這句話還原成非敬語，就是「お茶とコーヒーがありますが、どちらにしますか」(第 29 課「句型 2」）。

◆ 07. 的練習，選自對話本文。「暑いので、お気をつけて、お召し上がりください」。這裡主要練習特殊尊敬語動詞配合第 55 課「句型 4」的請求表現「お～ください」的用法。這三句練習當中的「お召し上がりください」、「お渡りください」、「お越しください」分別還原成非敬語的表現，就是「食べてください」、「渡ってください」、「来てください」。

◆ 08. 的練習，選自對話本文。「～ていただき、ありがとうございます」的表現，已於第 56 課「句型 2」學習到。由於這個表現很常使用，因此這裡再度提出來做練習。用法就不再贅述。

◆ 09. 的練習，選自對話本文。「素晴らしゅうございます」、「暑うございます」、「よろしゅうございます」此為第 56 課「語句練習 06.」所提及的，「イ形容詞」後接特別丁寧體「ございます」時，會產生「ウ音便」的情況。

　　イ形容詞ウ音便規則如下：

①將語尾「い」，轉為「う」後，再加上「ございます」。
　例：安い　　→　安うございます
　　　暑い　　→　暑うございます
　　　面白い　→　面白うございます

・今日は随分お暑うございますね。（今天好熱喔。）
・昨日のドラマは大変面白うございました。（昨天的連續去非常有趣。）

②若語尾「い」的前一個音為「i」段音，則「iい」轉為「～yuう」後，
　再加上「ございます」。
　例：大きい（kiい）　→　大きゅう（kyuう）ございます
　　　涼しい（shiい）　→　涼しゅう（syuう）ございます
　　　美しい（shiい）　→　美しゅう（syuう）ございます

・以上でよろしゅうございますか。（以上這樣可以嗎？）
・この店の料理はあまり美味しゅうございません。
（這間店的料理不怎麼美味。）

③若語尾「い」的前一個音為「a」段音，則「aい」轉為「oう」後，
　再加上「ございます」。
　例：有り難い（aい）　→　ありがとう（oう）ございます
　　　冷たい（aい）　　→　冷とう（oう）ございます
　　　お早い（aい）　　→　おはよう（oう）ございます

・おはようございます。今日は昨日と違って、とても暖こうございますね。
（早安。今天跟昨天不同，很溫暖耶。）
・エレベーターの交換はかなり金額がかかりますが、住民一人一人の負担金
　はそれほど高うございませんので、どうかご安心くださいませ。
（雖然換新的電梯需要花很多錢，但每個居民的負擔金額並不是很高，
　敬請安心。）

イ形容詞的「特別丁寧體」（ウ音便）在正式的商務場合經常會出現，但現階段為了不造成學習者過大的負擔，僅需讓學習者了解有這樣的現象即可，不需死背規則。因此這裡的練習題，是以直接給變化後答案的方式來練習。

◆　10. 的練習，選自對話本文。「現在、　～状況に　ございます」的「ございます」為「あります」的「謙讓語Ⅱ（丁重語）」，因此還原成非敬語就是「現在、～状況に　あります」（現在正處於某種情況）的意思。亦可以直接講成「現在、～状況です」。

　　「～にございます」和「～にあります」都帶有「正處於某狀態」的動態感，強調當下正在持續的狀況，而「～です」則更像靜態描述，單純說明「這就是現在的情況」。

　　「～状況にございます」非常恭敬，多用於正式場合、對上級或客戶；「～状況にあります」則普通禮貌，使用於一般對話、稍正式場合；「～状況です」則是簡單的禮貌，使用於「日常對話」。

◆　11. 的練習，選自對話本文。「中でも、　～が　特に　人気でございます」的「ございます」為丁寧語的「ございます」，還原成非敬語就是「中でも、　～が特に　人気です（當中，又以～特別受到歡迎）」。

　　「中でも」的「で」用於表示「在某個範圍內」，意思是「在這些當中」、「在這個範圍內（尤其）」。它從一個整體中挑出某個特別的部分來加以強調。「中でも、～が　特に　人気でございます」表示「在某個範圍內，～特別受歡迎」，此句話亦可當作是常用的表現來記憶。

◆　12. 的練習，選自對話本文。「今まで、～たことがございますでしょうか」還原成非敬語的講法，就是「今まで、～考えたことがありますでしょうか／ありますか」的意思。意思就是「至今為止，您有沒有～過呢？」或「請問您至今是否曾經～過？」這是一種非常禮貌的詢問句，用來確認對方是否有過某種經驗。

延伸閱讀

◆ 日本近年來透過放寬「經營管理簽證」（Business Manager Visa）政策，吸引外國人前來創業並居留。對外國人而言，日本創業既具吸引力又充滿挑戰。一方面，日本市場穩定、法制健全，特別在東京、大阪等城市，商業潛力無限，政府也提供創業支援與稅務優惠。另一方面，語言障礙與文化差異成為絆腳石，公司設立需提交日文文件，商業慣例講究細節與人脈，外國人若無專業協助或獨特競爭力，難以立足。因此，創業雖具可能性，但成功需付出相當努力。

經營管理簽證為外國創業者開啟了一扇門，但其門檻曾讓人望而卻步。傳統上，申請人需設立公司並投入 500 萬日幣資本金，或雇用兩名全職日本員工，同時提交可行商業計畫並租賃實體辦公室。然而，2025 年 1 月起，日本放寬規定，延長簽證停留期至 2 年，取消立即出資與辦公室要求，轉以商業計畫的品質為審核核心。這一改革大幅降低資金與實務負擔，使簽證更具吸引力。然而，申請仍需專業支援，審批過程耗時 3-6 個月，對無經驗者仍非易事。

◆ 近年來，許多中國人看準這一簽證的低門檻，將其作為「潤」（逃離中國）與長期居留的工具。一種常見模式是成立不動產公司，投入最低資本金（500 萬日幣或以現物出資替代），隨後購買多件低價房產（如鄉村老屋或公寓），透過出租創造公司營業額。例如，某人可能購入數棟鄉村公寓，委託管理公司收租，每年產生數百萬日幣收入，表面上滿足簽證要求的「經營活動」。此後，他們可申請配偶與子女的家族簽證，享受日本醫療與教育福利。這種策略在中國富裕階層中日益流行，特別在新政放寬後更易操作。

這種做法是否合法？從法律層面看，若公司真實運營、繳稅並提交完整財務報表，則符合簽證要求。日本入國管理局主要審查業務的「持續性」與「穩定性」，不動產收租屬合法經營範疇，因此表面上無違法之虞。然而，若公司僅為空殼，無實際運營或收入造假，則屬濫用制度，一旦查獲，可能導致簽證被拒或驅逐。此外，簽證更新時，當局會檢查公司營運狀況，若房產空置率高、收益不穩定，或業務規模過小（如僅持有少量低價物件），可能被質疑經營能力，影響續簽。尤其日本近年對制度濫用日益關注，審查趨嚴，長期仰賴此策略者需承擔一定風險。

第 58 課

土曜日に、お会いすることにしましょう。

> 學習重點

◆ 本課主要學習表「轉變」的「～ことになる」以及表「決定」的「～ことにする」。「句型1～2」分別學習「～ことになる／なった」與「～ことになっている」；「句型3～4」則是分別學習「～ことにする／した」與「～ことにしている」。

◆ 「～ことになる」經常與第44課「句型3」，同樣是表轉變的「～ようになる」被拿來作比較。之前學習的「～ようになる」主要用於「能力的轉變、以及狀況或習慣的改變」。而這裡學習的「～ことになる」則是使用於「警告」，若使用過去式「～ことになった」，則表示「事情自然演變致這個結果」，兩者使用的「語境」是不同的。因此學習者若有疑問，建議使用語境來說明。

・日本語が話せるようになった。（能力轉變）
・急行が止まるようになった。（狀況轉變）
・引っ越すことになった。（非說話者單方決定的事態演變）
・治療しないと死ぬことになるぞ。（警告）

◆ 「～ことにする」經常與第44課「句型4」，同樣是表決定的「～ようにする」被拿來作比較。之前學習的「～ようにする」主要用於「說話者努力使其實現（涉及努力）」，而這裡學習的「～ことにする」則是使用於「說話者有意志地決定做某事（不涉及努力）」。一樣建議教導時，使用語境的方式來說明。

・明日から早く起きるようにする。（說話者努力去達成某事）
　明天起盡量早起，早起很痛苦，也不一定爬得起來，但我會努力。
・明日から早く起きることにする。（說話者有意志地決定做某事）
　明天起決定早起，沒有什麼努不努力的問題，就是決定早起。

單　字

◆　「サミット（Summit）」通常指「高峰會」或「首腦會議」，多用於描述高層級的正式會議，尤其是政治、經濟或國際事務相關的場合。參與者通常是國家領導人、政府官員或重要組織的代表。議題重大，涉及政策制定、國際合作等。規模較大，具象徵性且備受關注。如：「G7 サミット（G7 高峰會）」、「環境サミット（環境高峰會）」… 等。

◆　「セミナー（Seminar）」則是指「研討會」或「講座」，是一種教育性或專業性的小型聚會，旨在分享知識、技能或討論特定主題。參與者多為一般民眾、學生或專業人士。內容偏向學習、培訓或交流，通常有講師主導。規模較小，形式靈活（如線上或實體）。如：「就職活動セミナー（就業活動研討會）、「投資セミナー（投資講座）」… 等。

句型 1：～ことになりました／なります

◆ 本句型學習的「～ことになる」會隨著「なる」的時制不同，語意也不同。首先，若使用「～ことになった／ことになりました」，則表示「因天時地利人和，事情自然演變致這個結果」。強調「非說話者單方面決定的結果」。前方可接續動詞「原形」或「ない形」。練習 A 的第 1 小題，就是「ことになった」的練習。

- 今度東京に転勤することになりました。（我要調職去東京了。）
- 私たちは結婚することになりました。（我們要結婚了。）
- 親と相談した結果、その会社に就職しないことになった。
 （和雙親商量的結果，決定不去那間公司上班了。）

若使用「～ことになる／ことになります」，則表示「未來事情將會演變成...的結果」。經常配合條件句「～と／～たら」使用，來「警告」聽話者「切勿這麼做」。練習 A 的第 2 小題，就是「ことになった」的練習。

- 毎日遊んでばかりいると、年を取ったら悔やむことになるよ。
 （如果你一天到晚都在玩，等到你老後一定會後悔喔。）
- あの人に物を貸すと、返してもらえないことになるので貸さない
 ほうがいいよ。
 （把東西借給那個人，到最後他一定不會還你，所以最好不要借他。）

◆ 這裡再補充說明，關於「～ようになる」與「～ことになる」的異同。

「～ようになる」表示某種狀態或能力的「逐漸變化」或「達成某種程度」。強調的是過程或結果的自然發展，描述某人或某事物經過時間或努力後達到的狀態。通常用於「能力的提升或習慣的養成」或「自然變化的過程」。

- 日本語が話せるようになりました。（我變得能說日語了。）
 強調經過學習後獲得了說日語的能力。

- 朝早く起きられるようになった。（我變得能早起了。）
  表示習慣或能力的改變。
- 彼のことが理解できるようになった。（我開始能理解他了。）
  描述心態或理解力的逐漸變化。

「〜ことになる」表示某事「被決定」或「自然而然地變成某種結果」。強調的是客觀事實或外部因素導致的結果，描述不由自己完全控制的情況，或者某種決定、安排的結果。通常用於「事情的決定或安排（常有被動感）」或「某種必然的結果」。

- 来週から新しい仕事を始めることになった。（我下週開始要幹新工作了。）
  可能是公司安排的，帶有「被決定」的感覺。
- この計画は中止することになった。（這個計劃被取消了。）
  表示此決定不是說話者能完全掌控。
- 彼と結婚することになった。（我和他要結婚了。）
  可能是雙方或外部因素促成的結果。

「〜ようになる」：狀態或能力的變化（逐漸達成），多與個人努力或感受相關，強調過程（從不會到會，從不好到好等），說話者可能有部分的主控權。

「〜ことになる」：事情的決定或必然結果，多與外部決定或情況相關，強調結果（事情已定或自然導向某結果），說話者通常是被動或無完全控制權。

- 能力 vs. 決定：
  泳げるようになった。（我學會游泳了。個人能力的提升。）
  プールで泳ぐことになった。
  （我得在游泳池裡游泳了。可能是別人安排或情況使然。）

- 習慣 vs. 結果：
  毎日運動するようになった。（我開始每天運動了。自己養成的習慣。）
  毎日運動することになった。（我得每天運動了。可能是有外部要求，如醫生

建議。）

- 理解 vs. 安排：
 彼の気持ちが分かるようになった。
 （我開始理解他的心情了。主觀心態變化。）
 彼と話すことになった。（我要和他談談了。可能是被安排或情況導致的。）

句型 2：〜ことになっています

◆「句型 2」延伸上一個句型，練習「〜ことになっている／ことになっています」的表達方式。它有兩種語意用法，第一種是表示目前的「預定」。練習 A 的第 1 小題，就是這個用法。

・金曜日の夜、山田さんのお別れパーティーを開くことになっています。
　（星期五預計要舉辦山田先生的歡送派對。）
・A：部長はいつアメリカへ出張するんですか。（部長何時要去美國出差？）
　B：来月の初めに行くことになっています。（預計下個月的月初要去。）

第二種用法是表示「一直以來所維持，遵循著這個慣例、規則」。強調「並非某人現在才剛做的決定，而是早就已經被決定好的」。練習 A 的第 2 小題，就是這個用法。

・この公園では、たばこを吸ってはいけないことになっている。
　（這個公園本來就是規定不能抽菸的。）
・うちの会社では、お客さんに会う時以外は、私服を着てもいい
　ことになっている。
　（在我們公司，除了見客人以外，本來就是可以穿便服的。）
・我が家の長男は代々父親の仕事を次ぐことになっている。
　（我們家族一直以來每一代都是由長男來繼承父業的。）
・この国の男子は 18 歳になったら兵役に行かなければならない
　ことになっている。
　（這個國家的男生到了 18 歲，本來就要去當兵。）

◆ 關於「〜ようになる」加上「〜ている」，也就是「〜ようになっている」的型態，本教材並未提出學習。這裡僅提出來補充說明。「〜ようになっている」可以用來表達「某事物被設計或安排成某種方式（人為的設定）」或者「某事自然而然地變成某種狀態（非人為的結果）。」

「表示設計或安排」的用法，用於描述「某事物被有意設定成某種狀態，常見於說明規則、系統或物品的功能」。

- このドアは自動的に閉まるようになっています。
（這個門被設定成會自動關閉。）
強調門的設計或功能。
- 試験は公平になるようになっています。（考試被安排得公平。）
表示制度上的設定。
- ここでは靴を脱ぐようになっています。（這裡被規定要脫鞋。）
描述某個場所的規則。

「表示自然形成的狀態」的用法，用於描述「某事隨著時間或情況自然變成某種樣子」，帶有「已經如此」的感覺。

- 彼は朝早く起きるようになっています。（他已經習慣早上早起了。）
表示一種自然養成的習慣。
- この地域は冬に雪が降るようになっています。
（這個地區到了冬天就會下雪。）
描述自然規律或現象。

關於「ようになっている」，建議教學者先不要提出，若有學生提出詢問，再稍微加以補充說明即可。

句型 3：〜ことにしました／します

◆ 本句型學習的「〜ことにする」，隨著動詞「する」時制不同，語意也不同。首先，若使用「〜ことにした／ことにしました」，則表示「之前做的決定」。練習 A 的第 1 小題，就是「ことにした」的練習。

・その日から、健康のために毎日運動することにした。
（從那天開始，我就已決定要為了身體健康，每天運動。）
・何度やってもできなかったので、彼はその仕事を辞めることにした。
（由於不管做幾次都做不好，所以他決定要辭去工作。）

若使用「〜ことにする／ことにします」，則表示「現在當下剛剛做出的決定」。經常配合表原因・理由的「〜ので／〜ために」使用，來說明自己做此決策的理由。練習 A 的第 2 小題，就是「ことにした」的練習。

・みんなが集まりやすいので、誕生日パーティーはうちで開くことにする。
（因為大家容易聚集，所以我決定生日派對在我家舉辦。）
・健康のために、もうお酒は飲まないことにします。
（為了健康，我決定不再喝酒了。）

◆ 這裡再補充說明，關於「〜ようにする」與「〜ことにする」的異同。

「〜ようにする」表示「努力使某事成為某種狀態」或「設法做到某事」。強調的是持續的努力或意圖，讓某個目標得以實現。帶有主動性，說話者試圖控制或影響某個情況，通常涉及習慣、規律或持續的行為。多使用於「努力維持某種狀態」或「表示意圖或決心。」

・毎日運動するようにしています。（我努力每天都運動。）
  強調持續的努力或習慣的養成。
・遅れないようにします。（我會設法不遲到。）

表示有意避免某種情況。
- 分かりやすいように説明します。（我會試著解釋得清楚易懂。）
  努力讓結果符合某個目標。

「～ことにする」表示「決定某事」或「把某事定下來」。強調的是一次性的決定或主觀的選擇，通常不涉及持續努力。帶有說話者的主觀意志，是一種內心的決定或方針的確立，不一定馬上行動。多使用於「個人的決定或方針」。

- 毎日運動することにしました。（我決定每天運動。）
  強調決定本身，而不是是否真的做到。
- 明日は休むことにした。（我決定明天休息。）
  表示一次性的決定。
- あのことは忘れることにする。（我決定忘掉那件事。）
  主觀上確立某個想法或態度。

「～ようにする」：努力使某事實現或維持。強調持續的努力或行動。通常涉及持續性或習慣。聚焦於過程（如何達成目標）。努力達成某狀態。

「～ことにする」：決定某事。強調內心的決定或意志。通常是一次性決定。聚焦於結果（決定本身）。確立某方針。

- 習慣 vs. 決定：
  毎日早く起きるようにする。（我會努力每天早起。）
  強調持續的努力，可能不一定每次成功。
  毎日早く起きることにする。（我決定每天早起。）
  只表示下了這個決心，不涉及是否做到。

- 避免 vs. 選擇
  失敗しないようにします。（我會設法不失敗。）
  表示努力避免失敗的意圖。
  失敗しないことにします。（我決定不失敗。）

聽起來像自我鼓勵或主觀意志，但不一定有具體行動。

・行為 vs. 方針
 丁寧に話すようにする。（我會試著說話有禮貌。）
 努力讓行為符合某標準。
 丁寧に話すことにする。（我決定要說話有禮貌。）
 確立一個說話的方針。

◆ 此外，若「〜ことにする」前接動詞「た形」，以「〜たことにする」的型態，則用於表達「事實上並非這樣，但說話者將某事就當作是這樣來處理」。「なかったことにする」意思是「當作沒這件事」。關於「〜たことにする」，本教材並未提出學習。這裡僅補充說明。

・自分のミスなのに、部下に「お前がやったことにする」と言う上司は最低だ。
 （明明就是自己的失誤，卻對部下說「就當作是你做的」，這樣的上司真的很差勁。）
・あの人は、家族旅行に行ったのを出張に行ったことにして、
 会社から回数券をもらった。
 （那個人把和家人去旅行說成是出差，向公司拿乘車回數票。）
・素直に謝ってくれたら、そのことはなかったことにする。
 （如果你乖乖道歉的話，我就當作沒這回事。）

句型 4：〜ことにしています

◆ 「句型 4」延伸上一個句型，練習「〜ことにしている／ことにしています」的表達方式，來表達「很久之前就做下的決定，到目前為止都還維持著這個動作／已經成為了一個習慣」。

　　・通勤の電車の中では、英会話を聴くことにしています。
　　（我一直有在通勤電車中，聽英文會話的習慣。）
　　・最近かなり太ったので、甘い物を食べないことにしているんです。
　　（由於最近胖蠻多的，所以我最近都不吃甜食。）

◆ 第 44 課「句型 4」亦有學習了「〜ようにしている／ようにしています」來表達「說話者之前就做決定，將會盡量、盡最大努力來維持著這樣的努力」。兩者語感上有些微的差異（請參考「句型 3」的說明），練習 B 的第 2 小題則是練習兩者都可以使用的情況，老師可以藉由這些舉例來告訴學生兩者之間的語感差異。

本文

◆ 「どうも、お世話様です」當中的「お世話様です」，亦可替換為「お世話になっております」。「お世話様です」比較簡短、直接的表達，語氣較為輕鬆，帶有一點點「上對下」的語感（但不是絕對）。由於這裡使用「お世話様です」的人是荻原律師，律師的專業形象比較高，社經地位高於業務員青木先生，因此律師可以使用這樣比較輕鬆的語氣來跟青木先生講話。反之，青木則不太適合對於律師使用「お世話様です」。

「お世話になっております」則更正式、更謙虛的表達，常用於商務場合、書信或與不太熟悉的人交流時。它不僅表示感謝，還隱含「我一直受到你的照顧」的意思，帶有持續性的感恩之情。因此教學者可以告訴學習者，若沒有把握，就盡量使用「お世話になっております」。

◆ 「この度、弊社はペコスさんと契約を締結することになりました」，當中的「この度」已於第 56 課的「本文」當中出現過，這裡與本課學習的「〜ことになりました」一起使用，以「この度、〜ことになりました」的固定形式，表示「這一次，事情已經確定為〜」或「此次，我們達成了〜的結果」。它用來宣布某個重要事件或決定，並帶有正式的語氣。

整句話的意思是「這一次，我們公司與沛可仕公司正式確定了簽訂合約的結果」。這句話含有「簽約是一個經過協商或決策的重要事件」，且「現在已經確定下來」的語感。

◆ 「海外における不動産販売委託契約」當中的「〜における」，是複合格助詞「〜において（於 ...）」的連體形，用於指明某個具體的「場所」、「領域」或「情況」，讓後面的內容限定在這個範圍內。相較於簡單的「で」（例如「海外で」），「〜における」更常見於法律文件、合同、學術文章或商務文書中，具有更高的正式程度。如果說成「海外での不動産販売委託契約」，雖然意思差不多，但「で」太口語化，感覺沒那麼正式。而「〜における」讓這句話更適合出現在正式文件或

合同中，突顯了專業性。

　　此外，本書不導入複合格助詞「～において」的用法。教導時，可直接告訴學習者，「～における」為「～での」的正式講法即可。

◆ 「ご都合をお聞かせ願えますでしょうか」，當中的「お＋和語動詞ます＋願う」、「ご＋漢語動詞語幹＋願う」是一種謙讓語的表現形式，用於請求對方做某事。例如：

・図書館では小さな声でお話し願います。（＝話してください）
（在圖書館請輕聲細語交談。）
・室内での喫煙はおやめ願います。（＝やめてください）
（請勿在室內抽煙。）
・来週の懇親会に出席希望の方は至急ご返答願います。
（＝返事してください）
（欲出席下週懇親會的人，請盡快回覆。）

　　這裡將「願う」改為可能形「願える」，再加上「でしょうか」疑問句尾，則使句子變成一個委婉的請求，而不是直接的要求。意思是「能否拜託你...」。

　　「ご都合をお聞かせ願えますでしょうか」，「ご都合」是「您的方便」或「您的安排」的意思。而「聞かせる」使用「聞く」的使役形，意思就是「請求對方告訴我」，「請對方讓我知道」的意思，因此一整句話就可以翻譯為「能否請您告訴我您的方便時間／安排？」。這是用來詢問對方日程或意願的非常客氣的表達，可請學習者當作是慣用句將其唸熟背下來。

◆ 「ずいぶん急ですね」意思是「這真是相當突然啊」或「這也太急了吧」。表達了一種驚訝或感慨的情緒，覺得事情來得太快或太倉促。這句話的語氣通常是輕鬆中帶點驚訝，不一定是負面的評價，而是根據說話者的態度來決定。例如，可能只是單純感嘆，也可能隱含一點「有點措手不及」的感覺。

◆ 「大変お忙しい中、お時間を作っていただき、ありがとうございます」已於第 56 課「句型 2」以及第 57 課「語句練習」08. 學習到。整句話的意思是「非常感謝您在百忙之中抽空為我安排時間」。這句話不僅表達感謝，還特別強調對方在忙碌的情況下仍願意付出時間，讓感謝顯得更真摯且有分量。是一句常常使用的表現，可以要求學習者直接背起來。

這句話可以用於「商務會議開始時，向客戶或上司致謝」亦可用於「拜訪某人或接受採訪時，用來開場，表示對對方配合的感激」。

在日本文化中，強調對方的忙碌並感謝他們的付出是一種常見的禮貌方式。這不僅是單純的謝謝，而是通過承認對方的努力（即使對方未必真的很忙），來展現自己的謙遜和尊重。

◆ 「目を通す」和「読む」在日語中都與閱讀有關，但它們的語義和使用場景有明顯的不同。「読む」是「閱讀」、「讀」，指的是認真地理解文字內容的行為。強調的是深入閱讀並吸收內容，通常伴隨理解或思考的過程。適用於書籍、文章、信件等需要完整閱讀的情況。「読む」涉及較深的參與，可能需要花時間理解細節或感受文字。例如，「本を読む」（讀書）指的是認真閱讀一本書。

・小説を読む。（讀小說）
・新聞を読む。（讀報紙）

「目を通す」字面意思是「讓眼睛通過」，引申為「瀏覽」、「粗略地看一遍」。強調的是快速或大致地查看內容，不一定深入理解或細讀。通常用來表示確認內容、檢查是否存在問題，或簡單了解大意。「目を通す」：更表面化，通常不追求完全理解。例如「書類に目を通す」（瀏覽文件）指的是快速翻看文件內容。

・レポートに目を通す。（瀏覽報告）
・メールに目を通す。（看一眼郵件）

> **語句練習**

◆ 01. 的練習，選自本課「句型1」的例句。「親と相談した結果、大学院へは進学しないことになった」當中的「～た結果」，用來表示「某個行動或事件發生後所導致的結果」。前方接續動詞「～た」或者「名詞＋の」，表示某件事情已經完成或發生，而「結果」則意味著「作為結果」或「因此」。整體結構「～た結果／の結果」通常用來描述因果關係，強調前面的行動直接導致了後面的狀況。

◆ 02. 的練習，選自本課「句型1」的例句。「業績悪化のため、他社に事業を売却することになった」當中的「～ため」，並不是第40課「句型3」所學習到的「目的」或「利益」，而是「原因」。

　　表「原因」的「～ため（に）」，前接「動詞た形」或「名詞、形容詞」，表「造成後述事項結果的原因」。後述事項多為非意志性的動作。

・父はタバコを吸いすぎたために、病気になってしまいました。
（因為爸爸吸菸過量，所以生病了。）
・私が住んでいるアパートは、大きな通りに近いため、うるさいです。
（因為我住的公寓離大馬路很近，所以很吵。）
・工事現場は危険なために、入ることは許されていません。
（因為施工現場很危險，所以不允許進入。）
・長く続いた内戦のため、大勢の人が死にました。
（因為內戰持續很久，死了很多人。）

◆ 補充複習：我們之前第40課所學習到的「～ため（に）」，用於表「目的」時，前接「動詞原形」或「動作性名詞」，表「為了達到某目的，而做了後述事項」。後述事項多為意志性的動作。

・日本の大学に入るために、日本語を勉強しています。
（為了進入日本的大學，我現在正在學習日文。）

・部長は会議に出るため、わざわざオーストラリアまで飛んでいった。
（部長為了出席會議，特地飛去澳洲。）
・お互いの理解のために、パーティーが開かれた。
（為了相互理解，舉辦了派對。）

　　用於表「利益」時，前接表「機關團體」或「某人」的詞彙，表「為了此人／此團體的利益」。後述事項也是意志性的動作。

・家族のために、一生懸命働きます。
（為了家人，我努力地工作。）
・結婚する二人のためのパーティーが開かれた。
（舉行了一個為了慶祝即將結婚的兩人的派對。）
・会社のために、家族を犠牲にしてまで働く必要はない。
（沒必要為了公司，工作到犧牲家人這種地步。）
・山田さんは犬のために、庭付きの一戸建てを購入した。
（山田先生為了他的小狗，買了有庭院的獨棟別墅。）

◆ 03. 的練習，選自本課「句型 2」的例句。此練習為「句型 2」的「ことになっている」的練習，說明請參考「句型 2」。

◆ 04. 的練習，選自本課「句型 3」的例句。「急いでも、もう間に合いそうもないので、次の新幹線で行くことにしよう」。這裡的「間に合いそうもない」，為第 49 課「句型 4」動詞接續樣態助動詞「そうだ」的否定形式。這裡則是練習使用「〜ても、　〜そうもない」，來表達「即使做了某事，看起來也不太可能有好的結果」。它帶有一種無奈或放棄的語感，常用來表達某種努力可能徒勞的情況。

　　整句話的意思就是「即使匆忙也趕不上，匆忙，也是徒勞」，因此乾脆搭下一班新幹線去。

◆ 05. 的練習，選自對話本文。這裡複習第 56 課「對話本文」學習到的「〜と申します」，以及第 57 課「句型 4」所學習到的「ご在宅でしょうか」的用法。說明

請參考上述各課。

◆ 06. 的練習，選自對話本文。這裡複習第 56 課「句型 4」學習到的「ご連絡させていただきました」，並練習第 57 課「語句練習」01. 使用「ます」形來後接連體修飾「青木」的講法。說明請參考上述各課。

◆ 07. 的練習，選自對話本文。「つきましては」為「接續詞」，意思是「關於此事」或「有鑑於此」，用來「承接前文」提到的內容，並引出後續的說明、請求或行動。讓我來詳細解釋它的意思和用法。正因為它需要有前文可以承接，因此練習題的部分，將前文部分以括弧的方式做提示。詳細可參考第 56 課「本文」部分的說明。

◆ 08. 的練習，選自對話本文。「お礼かたがた、先生のお宅にお伺いしたく存じております」當中的「～かたがた」屬於接尾辞。以「A かたがた、B」的形式，來表達「做 B 動作的同時，也順便達到了 A 這個目的」。主要使用於正式、商業上打招呼的場合。能使用的語境非常有限，多為「挨拶、お詫び、見舞い…」等與移動、拜訪相關語意的動作性名詞。

・この度、大阪支店の支店長に就任することになりました。
　ご挨拶かたがた、ご報告申し上げます。
　（這次，我即將就任大阪分店的分店長。來跟您報告，也順便打個招呼。）
・東京に引っ越して参りました。お近くにお越しの節は、
　お遊びかたがたお立ち寄りください。
　（我搬來東京了。如果您有機會到這附近，歡迎您順道過來玩。）
・その後、体調はいかがですか。一度お見舞いかたがた、
　お伺いいたしたく存じますが、ご都合のほど、お聞かせください。
　（那之後您身體無恙吧。我想找個機會過去拜訪、探視您，請告訴我您有空的時間。）

◆ 09. 的練習，延伸上一個練習 08. 的後半段。「お伺いしたく存じております」是一個非常正式且謙遜的表達方式，常用於日語的敬語場景。「伺う」是「行く」的特殊謙讓語動詞，意思是「拜訪」或「造訪」。「お伺いしたい」就是「我想要

拜訪」的意思。「たい」的連用形「たく」，用來連接後面的動詞，這裡就是要接續「存じております」（知っている）。

這種說法多見於書信、正式請求或禮貌性對話中，日常口語中幾乎不會使用，因為太過鄭重。若將其還原成非敬語，就是「（先生のうちへ）行きたいと思っています」。因此這裡的練習「～たく存じております」，意思就是說話者對某件事情有強烈的意願，但以謙遜的方式表達出來，避免顯得過於直接或自我主張。可以根據語境翻譯為「我誠摯地希望能…」、「我謙卑地想要…」或「我恭敬地期望…」。

◆ 10. 的練習，選自對話本文。「来週の初め頃なら、今のところは大丈夫です」，當中的「なら」表示「如果是…」或「若是……的情況下」。它用來假設某個條件，並在此條件下陳述後續的結論或判斷。「今のところ」是一個慣用語，字面意思是「目前的狀況」或「就現在來說」，表示「截至目前為止」或「暫時」。它強調當前的狀態，但暗示未來可能會有變化，具有暫定性質。

「～なら、今のところは」使用帶有條件性的「なら」和暫定性的「今のところ」，表說話者對於這個回應「留有餘地」。它暗示未來可能有變數，比如說話者之後可能會有新的安排。根據目前的情況是可行的，但不保證之後不會有變化。這也是一種很實用的回應方式，可請學習者背起來。

◆ 11. 的練習，選自對話本文。「できれば、今週中に見ていただければと思っておりまして」當中的「できれば」，是「如果可以的話」或「要是可能的話」。用這樣的表達方式，可以向聽話者來表達自己的希望，但不強加於人，帶有謙虛和商量的語氣。

「見ていただければ（見てもらえれば）」，意思是「如果您能看一下的話」。這是對對方提出請求時的謙遜表達。「～と思っておりまして」則是「我正在這樣想著、我希望如此」。說話者用這種講法進一步柔化語氣，讓請求聽起來不那麼直接。

整句話的意思，就是「如果可能的話，我希望您能在本週內看一下」。這句話

是用非常謙遜的方式表達說話者的期望，同時給對方留有餘地，不顯得強硬。

這句話亦可使用之前學習過的「今週中に見ていただければ幸いです（如果您能在這週內看一下，我將不勝感激。）」這種講法比原句略簡潔，但同樣正式且謙遜。

◆ 12. 的練習，選自對話本文。這裡學習副詞「とりあえず」的用法。「とりあえず」常用來表達「先做某事以應對當前情況」，後續可能還有調整或進一步的計劃。它帶有「不求完美，先解決眼前」的語感。通常表示「暫時」、「先這樣」、「眼下就這樣做」，強調當下採取某個行動或決定，而不一定是最終方案。中文可以翻譯為「先」、「暫時」、「姑且」、「眼下」、「總之」等，依語境而定。

1. 表示「先做某事」或「暫時解決」：用來表示當下先採取某個行動，之後再看情況。
・とりあえず、ここに荷物を置いておこう。（先把行李放在這裡吧。）
・とりあえず、ビールを注文しよう。（先點杯啤酒吧。）
強調眼下先行動，不代表最終決定。

2. 表示「姑且試試」或「先起步」：用來表達某個行動是初步嘗試，結果還不確定。
・とりあえず、電話をかけてみよう。（先打個電話試試吧。）
・とりあえず、やってみるか。（姑且先試試看吧。）
帶有「先試一試，後面再說」的輕鬆態度。

3. 表示「總之」「無論如何」：用來總結或引出一個結論，特別在對話中回應時。
・とりあえず、無事に着いてよかったね。（總之，平安到達就好。）
・とりあえず、今のところは問題ないよ。（無論如何，目前沒什麼問題。）
用來安撫或簡化話題。

4. 表示「應急措施」：用來應對當前狀況，先採取一個臨時方案。
・とりあえず、この薬を飲んでおいて。（先把這個藥吃了吧。）
・とりあえず、応急処置をしておこう。（先進行急救處理吧。）

強調眼下的必要性，後續可能有更妥善的處理。

「とりあえず」多用於日常對話或半正式場合，在非常正式的書面語（如公文）或對上級的敬語中不太合適。它暗示當前的行動只是暫時的，後面可能會有變化。其他類義語，如「まずは」（首先）或「当面は」（目前）。

「とりあえず」也經常與「～よう」、「～ておく」等表現搭配使用。

- とりあえず～しよう：先做某事吧。
- とりあえず～ておく：先把某事處理好。

延伸閱讀

◆ 在日本從事商業活動或日常生活，簽約是不可避免的一環。日本的民法（民法典）對契約的成立與效力有明確規定，無論是書面還是口頭形式，都有其法律依據。日本民法以「意思表示」為契約成立的核心。根據民法第 521 條，契約是當事人雙方的意思表示一致時成立的法律行為，不以特定形式為必要條件。這意味著，除非法律特別規定（如不動產買賣需書面登記），契約原則上可採書面、口頭甚至默示形式成立。然而，為了避免爭議，實務上多數重要交易仍以書面為主，並附上明確條款。

簽約時需注意幾個關鍵點。首先，雙方必須具備「行為能力」，即年滿 20 歲且精神健全，若涉及未成年人或受監護人，需監護人同意。其次，契約內容不得違反公序良俗（民法第 90 條），例如賭博或非法交易無效。此外，若契約涉及欺詐、脅迫或重大誤解（民法第 96 條），受害方可主張撤銷。因此，簽約前應確保雙方意願真實且資訊透明。

◆ 在日本民法下，口頭約定只要雙方意思表示一致，即可構成契約。例如，A 向 B 口頭承諾以 10 萬日幣出售一台二手電腦，B 表示同意，雙方達成共識後，契約即成立，具法律約束力。此時，A 若反悔，B 可依民法第 555 條主張履行或賠償。然而，口頭契約的問題在於舉證困難。若無證人、錄音或後續書面確認，發生糾紛時難以證明約定內容，法院可能無法判決。因此，雖然口頭契約合法有效，但在重要交易中並不建議。

◆ 在日本簽約，特別是與企業或不動產相關時，有幾點需格外小心。第一，確認契約條款明確，例如價格、交付時間與違約責任，避免模糊用詞。日本文化重視細節，條款不清可能導致誤解。第二，若涉及外國人，建議準備日文與母語雙語版本，並請專業人士審閱，因日本法院以日文文件為準。第三，某些契約依法需書面形式，如不動產買賣（民法第 176 條需登記）、租賃契約（建議書面化以利爭議處理）等，口頭約定在此類情況下無效或難以執行。

日本民法對簽約採自由原則，口頭約定只要意思一致即可成立契約，具法律效力，但因舉證困難，實務上風險較高。簽約時應注意行為能力、合法性與條款清晰度，並在重要交易中優先採用書面形式。對外國人而言，理解這些規範並搭配專業支援，能有效降低法律風險，確保權益不受損。口頭契約雖便捷，卻非萬全之策，謹慎為上。

第 59 課

荻原先生に確認していただいているところです。

> 學習重點

◆ 本課主要學習兩個形式名詞，分別為「句型1」與「句型2」的「こと」；「句型3」與「句型4」的「ところ」。

形式名詞「こと」的用法眾多，我們已於第16課「句型4」以及第21課「句型4」學習過將動詞句名詞化的用法（ピアノを弾くことができます、趣味は映画を見ることです、ドバイへ行ったことがある）、亦於上一課第58課學習了表「結果」的「ことになる」以及表「決定」的「ことにする」。本課要學習的，則是表「忠告、建議」（本課「句型1」）的用法以及表「行為不必要」（本課「句型2」）的用法。

「句型3」學習的形式名詞「ところ」用於表達時間點，屬於「aspect（動貌）」的範疇。隨著前接的動詞動貌不同，分別表「某動作即將發生前的場面（〜るところだ）」、「某動作進行中的場面（〜ているところだ）」以及「某動作剛發生後的場面（〜たところだ）」。

「句型4」則延伸「句型3」的用法，學習「〜るところだった」，來表達「反事實的事態」。

> 單　字

◆「日経新聞」作為日本最具影響力的經濟報紙，其地位與作用值得深入探討。這份由日本經濟新聞社發行的報紙自1876年創刊以來，便以經濟、商業與金融報導為核心，成為商業界與投資者不可或缺的資訊來源。它不僅提供股市動態、企業財報與產業趨勢等專業內容，還以日經平均指數作為日本經濟的風向標，影響力甚

至擴及全球金融市場。對於每日發行量達 200 萬份的它來說，這不僅是數字的證明，更是其權威性與公信力的象徵。

談及「日經新聞」的權威性，無疑在經濟領域中它幾乎無可匹敵。超過 140 年的歷史積累，搭配專業的記者與分析師團隊，讓它得以率先披露企業併購或政策動向等獨家消息。其報導風格以客觀、中立為主，依賴數據與事實說話，避免陷入政治立場或煽情爭議，這使得商務人士與決策者將其視為可靠的參考。然而，它的專業性也帶來局限，對於政治、社會或文化議題的關注遠不如「朝日新聞」或「読売新聞」那樣全面，甚至偶爾被批評過於親近大企業。但這些批評並未動搖它在核心領域的地位，正如《華爾街日報》之於美國，「日經新聞」在日本經濟報導中同樣屹立不搖。

這份報紙的價值不僅在於資訊的傳遞，更在於它如何形塑人們對經濟世界的理解。對投資者而言，它是決策的依據；對企業來說，它是曝光與檢驗的平台。即便在數位時代，它依然透過數位版與英文版擴展影響力，證明其適應力與前瞻性。總的來說，「日經新聞」不僅是一份報紙，更是日本經濟脈動的紀錄者，其權威性與專業性讓它在瞬息萬變的世界中穩坐一席之地。對於追求經濟洞察的人來說，它無疑是值得信賴的良伴。

句型 1：〜ことです

◆ 本句型學習的「〜ことだ」，前接「動詞原形」或「ない形」，用於「說話者對於聽話者的狀態感到擔憂，因而給予聽話者一些說話者自己認為會是有幫助的建議或忠告」，意思是「就得該…。就應該要…。最好做…。」。

◆ 此用法也經常與「〜には」、「〜たければ／たいなら」一起使用，用來描述「如果要達到前述的目的，就必須去做後述的事情／後述事情是最好的方法」。

・美しくなるには、まず心を磨くことだ。

　這裡的「ことだ」表示「要變美麗，關鍵在於首先磨練內心」或「應該先從磨練內心開始」。它強調「心を磨く」（磨練內心）是達成「美しくなる」（變美麗）的核心。

・作文がうまくなりたければ、たくさん文章を読むことですよ。

　在這個句子中，「ことですよ」的「ことだ」同樣表示「這是重點」或「應該這麼做」，加上「よ」使得語氣更親切，像是在提醒或建議。「たくさん文章を読む」（大量閱讀文章）被強調為提升作文能力的關鍵。

◆ 練習 B 的第 1 小題與第 2 小題的前半段相同，這樣編排的目的，是要讓學習者先於第 1 小題練習「〜には」的用法，之後再於第 2 小題練習「〜には、　〜ことだ」的用法。

　「動詞＋には」用來表示「為達成某個目的或結果，後句是所需的條件或手段」。意思是「為了要實現某件事，這個動作或條件是必要的」。因此後句多半會接續「必須要做這個動作」這樣的具體條件，或者是本課學習的，表建議的「〜ことだ」。

句型 2：〜こと（は）ありません

◆ 這裡學習的「ことはない」表達用來表示「沒有必要做某事」或「不需要做某事」。語感上帶有一種「讓對方感到安心」的語氣，常用來安慰、建議或說明某種行為是不需要的。

・君は何も悪いことをしていない。だから謝ることはない。

這裡的「謝ることはない」意思是「你沒有必要道歉」或「不需要道歉」。因為前文提到「君は何も悪いことをしていない」（你沒有做任何壞事），所以後面用「ことはない」來強調道歉是多餘的。

・ゆっくりでいいから、慌てることはない。

在這個句子中，「慌てることはない」意思是「你不需要慌張」或「沒有必要慌張」。前面的「ゆっくりでいい」（慢慢來就好）說明了情況不急迫，因此「慌てることはない」進一步安慰對方，讓對方放鬆心情。

◆ 剛才學習到的「句型1」，若前方使用否定的形式「〜ないことだ」，則表示「不做某事才是正確的選擇」或「應該避免某事」。它帶有一定的指導性或忠告意味，建議對方不要採取某個行動。例如：「慌てないことだ」的意思是「不要慌張才是對的。」（建議保持冷靜）積極建議避免某行為，強調「不做」的重要性。

而本句型的「〜ことはない」則表示「沒有必要做某事」，單純否定行為的必要性，常帶有安慰或解釋的感覺。例如：「慌てることはない」的意思是「你不需要慌張。」（告訴對方沒必要緊張）放鬆、安慰，強調「不用做也沒關係」。

「〜ないことだ」：給予建議或警告時，適合在教訓、指導或提醒的語境中。
・そんな人と付き合わないことだ。（不要和那樣的人交往才是對的。）
建議對方避免和這種品行的人交往。

「～ことはない」：安慰或說明某事不需要時，用於讓對方放鬆心情或解釋的語境中。
　・そんな人と付き合うことはない。（你不需要和那樣的人交往。）
　　告訴對方，若不喜歡他，沒必要去理他。

◆　「～ことはない」除了上述的「不必要」的用法以外，亦有「不生起（不會發生）」的用法。例如「近頃、東京へ行くことはないだろう」（我最近應該不會去東京吧／沒有機會去東京吧），用於表達「這件事情發生機率極低」。此用法本課並未導入，教學者了解即可。

句型3：〜ところです

◆ 「〜ところだ」用於表示時間點。「ところ」後方的斷定助動詞「だ／です」不可省略。隨著「ところ」前方動詞的型態不同，所表達的時間點也不同。

「動詞原形＋ところだ」，表示「說話時，正處於某動作要發生的前一刻」，
　可翻譯為「正要…」。
「動詞ている形＋ところだ」，表示「說話時，某動作正進行到一半」，
　可翻譯為「正在…」。
「動詞た形＋ところだ」，表示「說話時，某動作剛結束」，
　可翻譯為「剛剛…」。

上述三種用法，無論是「〜るところだ」、「〜ているところだ」還是「〜たところだ」，時制上都屬於現在式。

「〜るところだ」
・ちょうど今から試合が始まるところです。（剛好現在要開始比賽。）
・これから家を出るところだ。（現在正要離開家。）
・今、出かけるところです。（現在剛好要出門。）

「〜ているところだ」
・今論文を書いているところです。（現在正在寫論文。）
・今、考えているところですので、少し待ってください。
　（因為現在正在想，所以請你稍等一下。）
・A：お茶を飲みませんか。（要不要喝茶？）
　B：今、宿題をしているところなので、後で飲みます。
　　（現在剛好在寫功課，等一下再喝。）

「〜たところだ」
・たった今起きたところです。（我現在剛睡醒。）

- 今、勉強が終わったところです。（我現在剛寫完功課。）
- Ａ：もしもし、亜希子、わたし、由美。（喂，亞希子嗎，我是由美。）
  Ｂ：あっ、ちょうどよかった。今、帰ってきたところなの。
  （阿，剛好。我現在剛剛到家。）

◆ 「今、出かけます」只是單純陳述一個即將發生的動作或決定，沒有特別強調動作的階段，只是表達說話者「出門」這個事實或意圖。而本句型學習的「今出かけるところです」主要是用於告知對方，說話者「說話當下（今～ところです）」正處於某個動作「即將發生／即將施行」的階段，因此多半用來回應對方的發話詢問。例如室友把你叫住，有問題要問你，而你告知他，你說話當下正處於要出門的狀況，所以無法和他耗。這時就會使用「今出かけるところです」。

「今宿題をしています」只是單純描述一個持續的狀態，沒有特別強調「過程中的某個點」。用於人家問你「何をしていますか」時的回答。而「今宿題をしているところです」，則是像上述的例子的問句這樣，朋友邀你喝茶，而你告知他，你「目前（今～ところです）」的狀況處於「做作業」這個動作當中，因此無法與他去喝。

「今帰ってきました」則是用於你到家後，用來告知家人自己已經回到家的情況。進門後簡單報告自己的狀態而已。而「今帰ってきたところです」則是強調現在「剛踏進家門，才剛到家，還沒完全安頓下來」。就像例句的對話一樣，告知對方他來電的時機非常巧妙，因為打電話來的「現在（今～ところです）」，剛好處於「我回家」這個動作剛完成的局面。

句型 4：〜ところでした

◆ 「句型 4」延伸「句型 3」的用法，以「動詞原形＋ところだった」，來表達「當初差點就發生了…的狀況，幸好沒發生」，經常與「もう少しで、危うく」等副詞搭配使用。中文可以翻譯為「差點就…」。原則上，句子的時制上屬於「過去式」。

- 死んでしまうところだった。（當時差點就死了。）
- 大切なことを見逃してしまうところだった。（差點就錯過重要的地方了。）
- もう少しで遅刻するところだった。（差點就要遲到了。）
- 考え事しながら歩いていたので、危うく車にぶつかるところだった。
（因為我一邊想事情一邊走路，所以差點就要被車撞上了。）
- もう少しで１位になるところだったのに、追い抜かれた。
（差一點就第一名了，結果卻被迎頭趕上。）

◆ 「ところだった」常用在回顧某個驚險或關鍵時刻，語氣中可能帶有鬆一口氣、後怕或慶幸的情緒。它也可以用來誇張地描述情況，增加說話的戲劇性。例如：「もう少しで死ぬところだった！」（我差一點就死了！）可能只是誇張表達某個很累或很危險的經驗。

◆ 「句型 3」所學習的「〜ところだ」用於表示動作的某個階段（即將開始、正在進行、剛完成），描述的是「實際」發生的狀態。而這裡學習的「〜ところだった」則表示某事「差一點發生但沒發生」，帶有「假設」和回顧的意味。

本文

◆ 「青木、ペコスさんとの契約、進んでる？」。「ペコスさん」的「ペコス」是公司名稱，「さん」通常是用來表示對人的尊敬或親切，放在名字後，如「田中さん」「山本さん」。但在日語中，「さん」有時也會被用於非人的事物上，例如公司、店鋪、動物甚至物品，表達一種擬人化的親切感或輕鬆的語氣。這在口語或非正式場合中更常見。

在日常對話中，尤其是內部員工之間或與熟悉的合作對象交談時，偶爾會聽到對公司名稱加上「さん」，如「トヨタさん」「ソニーさん」。這通常帶有親切或隨意的語感，而不是正式的敬意。但在正式場合（如商務信函、會議或對客戶說話時），一般不會對公司名稱加「さん」，而是直接使用公司名稱（如「ペコス社」、「ペコス様」）或加上更正式的敬稱（如「貴社」）。

「青木、ペコスさんとの契約、進んでる？」是一句比較隨意的問句，語氣像是同事之間或內部對話，而不是正式的商務交流。它並不表示正式的尊敬，而是更像一種習慣性或情感上的修飾，類似於把公司擬人化。在非正式場合（如內部對話、熟人之間），加上「さん」是可以接受的，尤其是如果說話者想讓語氣聽起來更友善或輕鬆。但如果這是對外部公司（特別是客戶或地位較高的合作方）的正式詢問，直接說「ペコスさん」可能會顯得不夠得體，應該用「ペコス社」や「ペコス様」來代替。

「進んでる？」意思是「有沒有進展？」。因此這一句的意思是春日部長在詢問青木，「與沛可仕公司的合約進展得怎麼樣了？」或「青木，與ペコス公司的合約正在推進嗎？」這句話的語氣很隨意，可能是同事或上司在日常對話中問進度，而不是正式的報告或會議用語。

・宿題、進んでる？（作業做得怎麼樣了？）
・プロジェクト、順調に進んでるよ。（項目正在順利推進哦。）
・話が進んでるみたいだね。（看起來談話有進展了呢。）

◆ 「そこら辺のことは、社長がなんとかしてくれる」的「そこら辺」意思是「那個地方」、「那個範圍」或「那方面的事情」。在實際使用中，「そこら辺」不僅限於具體的物理位置，還可以用來指代抽象的概念，比如「某個話題」、「某個問題的範圍」或「某方面的事情」。

這句話的意思是：「那方面的事情，社長會幫忙解決的」。或「那些問題，社長會處理好的」。它帶有口語化、隨意的語感，表示說話者不想或不需要詳細說明某個範圍內的事務。整句話傳達的是：「那些相關的事情，社長會搞定的。」

◆ 「一通り拝読しました」意思是「大致」、「大體上」或「一遍」。它表示某個動作或內容被完整但不深入地完成，通常帶有「從頭到尾簡單過了一遍」的語感。帶有輕鬆或概括的感覺，暗示說話者可能只是初步處理或了解某事，而不是精細研究。

◆ 「相手が違反した場合」、「破った場合」，分別省略了「契約を」。「契約を違反する」和「契約を破る」都可以用來表示「違反契約」。「違反した」語氣正式、中立，側重不遵守規則的事實，適合商務或法律語境。「破った」則偏向語氣口語化、帶情緒，側重約定被破壞的感覺，適合日常或主觀表達。這裡律師顯然地位比較高，他通篇的講話口吻，感覺上就比較「大牌」，「高大上」的感覺。

語句練習

◆ 01. 的練習，選自本課「句型 1」的例句。「最後まで元気でいたいなら、無茶をしないことです」當中的「元気でいたい」，為「元気でいる」加上希望助動詞「たい」的用法。此用法已於第 53 課「語句練習」04.「名詞 or ナ形容詞＋でいる」以及第 55 課「語句練習」06.「元気でいてください」當中學習過。而「無茶をしないことです」則於本課「句型 1」學習過，因此這裡就不再針對這兩點進行說明解釋。

◆ 02. 的練習，改寫自本課「句型 2」的例句。「まだ子供なんだから、何もそこまでいうことはないでしょう」，當中的「〜んだから」已於第 52 課「語句練習」01. 學習過，這裡就不再贅述。

「何も」為副詞，用來加強語氣，表達說話者的驚訝、不滿或覺得對方言過其實的情緒，常與「句型 2」學習到的「〜ことはない」（不必要）搭配，表示「根本沒必要做到那樣」。

注意，「何も」在這個語意下，其重音為 1 號音（重音核落在「な」）。如果是要表達「什麼也沒有」或「什麼都不」的語意（例如：何も要らない）時，重音才是為 0 號音。

◆ 03. 的練習，選自對話本文。「ただいま、弁護士の荻原先生に内容を確認していただいているところです」當中的「ただいま」呼應本課「句型 3」所學習的，句尾的「〜ているところです」。表示「目前」正處於這樣的狀況。而「先生に内容を　確認していただいている」改成非敬體，就是「先生に　内容を　確認してもらっている」（正請律師幫我們確認內容當中）之意。關於「〜てもらう」的用法，可以複習第 30 課的「句型 2」。

◆ 04. 的練習，選自對話本文。「注意してほしいのは、うちが独占販売かどうかというところだ」，當中的「〜てほしい」，為第 34 課「句型 4」所學習到的「期望對方做某事」的講法。這裡自然是上司春日先生期望青木以及律師能夠留意到後

面這一點。

　　「かどうか」為第 37 課「句型 2」所學習到的「封閉式問句作為名詞子句」的用法。「というところだ」的「ところ」，原本有「地方」、「地點」的意思，在這裡引申為「某個具體的方面」或「某個關鍵的部分」。「という」則是用來指代前面提到的內容（這裡是「うちが独占販売かどうか」），把它框定為討論的重點。合起來，「というところだ」就是在說「事情的關鍵在於這個部分」或「我要講的就是這一點」。因此，這一整句話的意思就是「我希望你要留意的問題點是，我們是否擁有獨家銷售權的這個問題」。

　　「～というところだ」的用法，可以當作一種慣用表現請學習者記憶下來即可。

◆ 05. 的練習，選自對話本文。「他社に参入されては困る」為間接被動。這一個句型已於第 42 課「句型 3」學習過，這裡就不再贅述。

◆ 06. 的練習，選自對話本文。「社長がなんとかしてくれるから、お前が心配することはないよ」當中的「なんとかしてくれる」是「會想辦法解決」或「會處理好」的意思。具體來說，「なんとか」表示「某種方法」或「設法」，而「してくれる」是「する」加上第 30 課「句型 3」所學習到的表恩惠授受的「～てくれる」，表示對方（這裡是社長）會為你（或某人）做某事，帶有幫助或恩惠的語感。

　　整句話「社長がなんとかしてくれるから、お前が心配することはないよ」的語意思是告訴對方「因為社長會處理好一切，所以用不著你操心」。

◆ 07. 的練習，選自對話本文。「早速、荻原先生に進捗状況を聞いてまいります」當中的「参ります」是第 57 課所學習到的「謙讓語 I」或「謙讓語 II（丁重語）」，這裡的「～てまいります」還原成非敬體，就是第 20 課「句型 3」所學習到的「～てきます」（去問了之後回來），因為這個「回來（てきます）」的動作對象，並不是針對文中的「荻原先生」或聽話者上司，而是表達青木自己的動作，因此屬於「謙讓語 II（丁重語）」。

◆ 08. 的練習，選自對話本文。「一日も早く、契約の内容を固めておくことだ」，這裡主要練習慣用表現「一日も早く」的用法。意思是「盡可能快」或「越快越好」。它字面意思是「連一天也不想耽誤地快點」，引申為「希望事情能在最短時間內完成」或「越早越好」。它通常用來表達某件事非常急迫或重要，需要立即行動。

◆ 09. 的練習，選自對話本文。「昨日お送りした契約書、ご覧いただけましたでしょうか」當中的「お／ご〜いただく」是第56課「句型2」所學習到的請求表現，改為可能形「お／ご〜いただける」再加上第56課「本文」中所學習的，柔和的疑問語氣的「でしょうか」而來。用來詢問對方是否已經完成了某個動作。

因此這裡練習的「〜ていただけましたでしょうか」就是「您是否已經幫我完成了某事？」的極其禮貌的問法。它既表達了對對方的尊敬，也小心翼翼地確認某件事是否已經發生。整句話的意思是：「昨天我 mail 給您的合約，您是否已經看過了呢？」這是一種非常正式且恭敬的詢問方式，常用於商務場合或對上級、長輩等需要表示尊敬的對象。

◆ 10. 的練習，選自對話本文。「土曜日にまとめてご説明します」當中的「まとめて」源自於動詞「まとめる」（整理、總結、匯集）的「て形」，在本句型中作為副詞使用，表示「把事情集中起來處理」或「一次性地完成」。這裡就是練習「まとめて〜する」的用法。

整句話的意思是「我會在星期六把所有內容集中起來向您說明」或「我會在星期六一次性地向您說明」。這裡「まとめて」暗示說話者可能有多個事項或內容需要解釋，而這些將被整理好並在星期六一起呈現，而不是零散地分次說明。

◆ 11. 的練習，選自對話本文。「何か罰則とかはございますでしょうか」。「何か」是「何」，加上表示不確定的語氣助詞「か」。「何か罰則」可以理解為「是否有某些罰則」或「有沒有什麼懲罰措施」。

「とか」為第33課「句型1」所學習到的並列助詞，用於「列舉同一類的要素」，意思類似「諸如此類的」、「比如說」或「像這樣的事情」。它暗示除了提到的「罰則」

外，可能還有其他類似的事項，但不一一列舉。這裡表示「像罰則這樣的事情」或「罰則之類的東西」，帶有輕微的不確定感和開放性，說話者並不確定是否只有「罰則」，只是用它作為一個例子來詢問。它暗示說話者想知道的不僅僅是罰則，還可能包括其他相關的規定或後果。這裡使用「とかは」柔化了語氣，讓問句聽起來不那麼直接或強硬，適合用於正式場合或對不熟悉的對象提問。

「ございますでしょうか」則是非常禮貌地詢問「有沒有」，整個語氣顯得謹慎且恭敬。整句話改為非敬語，就是「何か罰則とかはありますか」。

◆ 12. 的練習，選自對話本文。「お会いする時までに、考えておきます」，當中的「までに」於第 17 課「本文」中學習過，用於表達最終期限。「～ておきます」則是第 33 課「句型 1」所學習的「準備、措施」，意思是「提前做好某事並保持其狀態」。

這裡練習兩者合在一起的進階複合表現「～までに、～ておきます」，表示「在這個期限之前，我會做好這樣的準備措施」。整句話的意思是「星期六我會在與您見面之前，就事先把追加條項考慮好」。整句傳達的是律師的一種負責任的態度，表明說話者會在見面時有所準備，不會臨時應對。

延伸閱讀

◆ 「独占販売（どくせんはんばい）」（獨家代理）是日本商業領域中常見的一種銷售模式，指某商品或服務的製造商或供應商授予特定代理商獨家銷售權，該代理商成為唯一有權在特定地區或市場銷售該產品的實體。這種模式在日本經濟中扮演重要角色，尤其在製造業與品牌經營中應用廣泛。

在「独占販売」模式下，供應商與代理商簽訂契約，明確規定代理商在特定範圍內（例如某地區或全國）的獨家銷售權。供應商承諾不直接銷售產品給其他經銷商或消費者，也不允許第三方介入銷售。例如，日本某知名化妝品品牌可能指定某代理商為其在北海道地區的唯一銷售管道，其他零售商只能透過該代理商進貨。這種契約通常伴隨明確的銷售目標、價格規範與市場推廣責任。

對供應商而言，「独占販売」能簡化銷售渠道管理，集中資源於少數合作夥伴，確保品牌形象與價格的一致性。同時，獨家代理商因享有壟斷地位，具備較強的議價能力與市場控制力，有助於穩定產品銷售。對代理商來說，獨家權利意味著競爭減少，能專注於市場開發與長期利潤。例如，日本汽車零件製造商常透過獨家代理分銷至維修市場，確保零件品質與售後服務的統一。

然而，「独占販売」並非毫無缺點。首先，供應商過度依賴單一代理商，若代理商表現不佳，可能導致銷售停滯或市場份額流失。其次，日本的《獨占禁止法》（反壟斷法）對此模式設有嚴格規範。若獨家契約限制市場競爭，例如強制代理商不得經銷競爭品牌（稱為「排他性條件」），或操控價格，可能被視為不公平交易行為，面臨公平交易委員會的調查與處罰。此外，若市場需求變化，獨家代理商可能無法靈活應對，影響雙方利益。

在日本，「独占販売」廣泛應用於高品牌價值的產業。例如，奢侈品、手錶或專業機械設備常透過獨家代理進入市場，以維持高端形象。另一個例子是地方特產銷售，某些地區的酒類或食品製造商會指定單一代理商負責全國分銷，提升效率。這些案例顯示，「独占販売」在強化品牌與市場控制方面具有獨特優勢。

「独占販売」作為一種商業策略,在日本市場中既有其合理性與效益,也伴隨法律與運營上的挑戰。對供應商與代理商而言,簽訂此類契約前需明確權責、評估市場環境,並確保符合反壟斷法規。唯有在雙方合作基礎穩固且法律風險可控的情況下,「独占販売」才能真正發揮其價值,成為商業成功的助力。

第 60 課

電車に乗ろうとした時、会社に呼び戻されて...。

學習重點

◆ 本課主要學習兩個與意向助動詞「～（よ）う」相關的句型，以及兩個使用到形式名詞「はず」的句型。「句型 1」與「句型 2」分別為「～（よ）うとする」以及其否定「～（よ）うとしない」；「句型 3」與「句型 4」則是「はず」與其否定「はずがない」的講法。

◆ 本課也是本教材的最後一課了，學習至此，大約為學習者培養了至「中級中期」（N3 以上）的程度。接下來的銜接教材，建議老師可以依照學習者的需求，選用與日本語能力試驗相關的教材，如弊社出版的『穩紮穩打！新日本語能力試驗 N2 文法』等，又或者是以讀解為主軸的教材。也期望學習至此的學習者，能夠藉由本教材，打穩日文的基底，往後的學習更上一層樓。感謝各位的選用。

單　字

◆ 上一課單字部分學習了「嫌い」的動詞「嫌う」，這一課則是學習「好き」的動詞「好く」。在現代文中，「好く」與「嫌う」多以被動態「好かれる」、「嫌われる」的形式使用，鮮少使用「彼を好く」、「騒音を嫌う」等主動態的講法。因此這兩課的例句，也都是已被動態的方式出現。

・みんなに好かれようとするから、逆に友達ができないのよ。
・嫌われたくなければ、陰で人の悪口を言わないことです。

◆ 「ノー残業デー」是日本職場中一個引人注目的概念，直譯為「無加班日」，旨在改變過勞文化並提升員工的生活品質。這個制度通常由企業或政府推行，規定

在特定日子，例如每週的某一天，所有員工必須按時下班，不得留下來加班。它的出現源於日本長久以來的工作文化問題——過長的工時不僅影響健康，也壓縮了家庭與個人時間，因此「ノー残業デー」被視為一種改革的象徵，試圖在效率與休息間找到平衡。

這個措施的意義不僅在於減少加班，更在於喚起社會對工作與生活平衡的關注。對員工而言，這是一次喘息的機會，讓他們能陪伴家人、追求興趣，或單純地放鬆身心；對企業來說，它則是提升員工滿意度與生產力的策略，因為充分休息的人往往能在工作時更專注。然而，現實中它的效果卻因企業文化而異。有些公司真心落實，讓員工感受到改變；但也有些地方只是形式上的規定，員工礙於壓力仍暗自加班，使其初衷難以實現。

總的來說，「ノー残業デー」是一個簡單卻深刻的嘗試，反映了日本社會對過勞問題的反思。它不僅是職場規則的調整，更是對人性需求的回應。雖然推行過程中難免遇到挑戰，但它提醒我們，工作的目的不該是耗盡人生，而是讓生活更美好。

句型 1：～（よ）うとします

◆ 本句型學習的「意向形＋（よ）うとする」，若前接動詞為「人為的，意志性」的動作，則解釋為「嘗試要去做某事時」、「正要去做某事時」。經常與「～たら」或「～時」一起使用，表示「當某人要做某事時，就發生了後述事情來打斷此動作」。中文可以翻譯為「試圖…。試著要。」

◆ 「意向形＋（よ）うとする」，若前面的動詞為「非人為的，非意志性」的，則解釋為「動作或變化即將發生」。此種用法本教材不導入，這裡僅提出來供教學者參考。

・ほら、見て。夕日は地平線に沈もうとしている。
（看阿，夕陽正要往地平線西沉。）
・電車のドアが閉まろうとした時、一人のおじいちゃんが
　飛び込んできたんです。
（當電車門即將要關閉的時候，有位老爺爺衝了進來。）

◆ 本句型不只學習「～（よ）うとする／します」，亦學習此句型作為從屬子句時的各種進階複合表現，如「～（よ）うとしたら／した時」、「～（よ）うとしても／したが」、「～（よ）うとするから」以及「～（よ）うとすれば、するほど」…等。詳見練習 B。上述各別接續的句型皆是曾經學習過的文法，因此不再針對上述各別文法進行說明。

句型 2：～（よ）うとしません

◆ 本句型延續「句型 1」，以其否定的形態「（よ）うと（は／も）しない」，來表示「別人不肯…做」。此用法都是「敘述他人不願意按照說話者的期待做事」，因此「不可使用於第一人稱」。

「～（よ）うとしない」表示主語完全沒有去做某事的意願或努力，甚至可能有意識地拒絕。它比單純的否定（如「勉強しない」＝不學習）更強調意志上的不配合。

「いくら叱っても、息子は勉強しようとしない」的意思是「不管怎麼責罵」、「無論多麼嚴厲地責備」，「いくら～ても」表示「無論多麼～也」。整句話的意思是：「不管我怎麼責罵，兒子都不願意學習」或「無論我多麼嚴厲地訓斥，兒子也不打算學習」。語感帶有說話者（可能是父母）的無奈或失望情緒，強調兒子不僅不學習，而且缺乏主動改變的意願。

◆「～（よ）うとしない」不像「～（よ）うとする」這樣前面可以有無意志的動作，「～（よ）うとしない」通常用於「人」的「有意志」的行為，描述某人不願採取行動。不適用於無生命的東西，因此不能說「機械が動こうとしない」（機器不願動），而應說「機械が動かない」（機器不動）。

◆「～（よ）うとしない」只能用於講述第三人稱「沒意願」，如果是要講自己「第一人稱」沒意願，則必須改用「～（よ）うとは思わない」。

當然，這並非代表「～（よ）うとは思わない」不能使用於第三人稱。若搭配「だろう」、「～と思う」等表說話者推測語氣，「～（よ）うとは思わない」亦可以用於第三人稱。

・彼は謝ろうとは思わないだろう。（＜我想＞他大概不想道歉吧。）
　這裡是說話者的推測，而不是直接描述行為。

關於這一點，授課時就不必特別提出來。授課老師僅需專注於「第三人稱＋（よ）うとしない」（練習A第1小題）、「第一人稱＋（よ）うとは思わない」（練習A第2小題）的練習即可。

句型 3：〜はずです

◆ 本句型學習的「はずだ」基本上用於「說話者依據某些客觀的事實，來進行客觀的判斷」。中文意思可翻譯為「應該（說話者的判斷）」。

・4月ですから、桜はもうそろそろ咲くはずです。
（現在是四月，所以櫻花應該差不多該開了。）

而這個用法，又衍生出另一種使用情況，用於表「說話者舉出一個事實或狀況作為理由，藉由這個理由來說服聽話者、或試圖使聽話者了解某事」，如下例：B藉由陳先生已經在日本住過15年這個理由，來說服A說，當然他日文會棒阿，因為住了日本15年阿。中文意思接近「理當為…。也難怪…」。此用法本書不導入教學。

・A：陳さんは日本語がうまいね。（小陳日文好棒喔）
　B：日本に15年も住んでいるんだから、上手なはずです。
　　（他住了日本15年，當然很棒阿。）

◆ 例句的練習也舉出「はずなのに、〜」、「はずの＋名詞」以及「はずなんだけど...」等進階複合表現。

句型 4：〜はずが（は）ありません

◆ 本句型延續「句型 3」，以其否定的形態「〜はずが（は）ない」，來表示「根據邏輯或某些依據，完全否定前述事項的可能性」。中文翻譯為「不可能...！」。口氣上較為主觀、強烈。若前面使用否定句，構成「〜ないはずがない」的形式，則表示「強烈的肯定」。中文翻譯為「不可能不…！」。

・あの人がそんなことをするはずがない。（他不可能做這種事。）
・彼は私の居場所を知っているはずがない。（他不可能知道我在哪裡。）
・あなたは陳さんの親友だから、彼の居場所を知らないはずがない。
（因為你是小陳的好朋友，所以你不可能不知道他在哪裡。）

◆ 「はず」的否定形，可使用「句型 3」，前接否定句的用法「〜ないはずだ」，亦可使用本項文法「〜はずがない」的形式，兩者在口氣上有所不同。

「〜ないはずだ」：對於否定句的推測，口氣上還是稍有遲疑。
・彼は私の家を知らないはずです。（他應該不知道我家吧。）

「〜はずがない」：完全否定一句話的可能性，口氣堅定。
・彼は私の家を知っているはずがない。（他不可能知道我住哪裡。）

本 文

◆「どうかされましたか」，若還原成非敬語，就是「どうかしましたか」。「どうか」的「か」，為第 9 課「句型 3」，表封閉式問句的「か」，用於詢問「是否」有發生事情？因此回答的時候會是以「はい／ええ／いいえ」等 Yes/No 句回答。

而口語中常見的「どうしましたか？」、「どうした？」則是使用了疑問詞的閉式式問句。是說話者看到某狀況後，確定發生了事情，而問說「你怎麼了、你還好吧？」，因此回答會是直接敘述被問話者自身的狀況。

◆「どうやら、お客様が販売現場で暴れ出して、帰ろうとしないらしいんですよ」當中的「どうやら」是一個副詞，表示「看起來」、「似乎」、「好像」，用來表達說話者根據某些線索或情況做出的初步推測。它帶有一種「不太確定但有一定根據」的語感，通常是用來總結觀察或聽來的資訊。這裡與第 52 課「句型 2」表推測的「らしい」呼應，「らしい」強調資訊的來源是間接的，通常帶有「我不是親自確認」的感覺。

這裡以「どうやら〜らしい」的結構來表示「說話者自己也不確定，一切都是聽公司的人講的」。整句話的意思是「看起來，顧客好像在銷售現場鬧了起來，而且聽說他還賴著不走」。

「どうやら」開頭，像是說話者在整理思緒或引出話題：「看起來好像是這樣…」。「らしい」結尾，補充了資訊來源的不確定性：「聽說是這樣吧」。整體感覺像是：「我聽到一些消息，根據這些線索看起來，顧客好像在鬧，不肯走。」

「〜んですよ」則是口語的解釋語尾，帶有「我跟你說這個情況」的語氣，可能還有一點無奈或抱怨。請參考後述「語句練習」07. 的說明。

◆「今のところ、なんとも言えません」當中的「今のところ」，已於第 58 課「語句練習」10. 當中解釋過，這裡不再贅述。而「なんとも言えません」的「なんとも」

為副詞，後接否定的表現。整句話直譯是「什麼也無法說」，自然翻譯為「不好說」、「無法評論」。

這句話帶有謹慎、不肯定的感覺，說話者可能因為資訊不足、情況不明朗或不想貿然下結論而使用。它是一種中立且禮貌的回應，避免直接給出承諾。常見於被問及意見、預測或評價時，但說話者覺得還沒到能回答的時候，避免給出明確的正面或負面回答。

・A：このプロジェクト、成功すると思いますか？
　　（你覺得這個項目會成功嗎？）
　B：今のところ、なんとも言えません。（目前還不好說。）

◆「今日の夜の７時ごろにうちにいらっしゃい」當中的「いらっしゃい」，是「いらっしゃる」的命令形（源自於「いらっしゃいまし」的省略），而在現在對話中，「いらっしゃい」則被使用為「来い」、「行け」、「居ろ」的尊敬語。因此這句話講成非敬語的形式，就是「７時ごろにうちに来い／来て（ください）」的意思。

因此，「いらっしゃい」也轉為在歡迎客人來訪時的打招呼用語。

語句練習

◆ 01. 的練習，選自本課「句型 2」的例句。「うちの子ったら、ちっとも勉強しようとしない」當中的「ったら」算是一個副助詞，它源自「と言ったら」（一講到這個人...），接續在表達「人」的名詞後方。意思是將此人提出來當作「話題」，然後針對這個人，說話者表明自己擔心，或對此人責備的心情。

這句話的「ったら」在這裡表達了說話者（可能是母親或家人）對「うちの子」（我家的孩子）不願意學習的行為感到有些無奈或輕微的不滿。這種語氣帶有一點感情色彩，像是抱怨。

「ったら」在這裡亦用來突顯主語（這裡是「うちの子」）的某個行為或狀態，彷彿在說「這個孩子啊，真是這樣」。它把焦點放在孩子不學習這件事上，帶有一種感嘆的感覺。

◆ 02. 的練習，選自本課「句型 2」的例句。「頑張ろうとしないで、文句ばかり言う男なんて、大嫌い」當中的「なんて」是一個副助詞，在這裡它帶有一種輕蔑或否定的語氣，用來強調說話者對「頑張ろうとしないで、文句ばかり言う男」（不努力只會抱怨的男人）的負面評價。它把這個「男」描述成一個令人不屑或不值得重視的對象。

「ったら」跟「なんて」都有對此人輕蔑的語氣，「ったら」的作用是突出主語的行為或狀態，並加入說話者的感情（可能是輕蔑、無奈、驚訝等）。語氣上更像是在「感嘆」或「抱怨」，帶有口語化的親切感或個人情感。「うちの子ったら、ちっとも勉強しようとしない」表達了對「うちの子」不學習的無奈和輕微責備，像是在說「這個孩子啊，真是讓人沒辦法」。

「なんて」的作用是強調某個對象或事物的特性，並帶有說話者自身強烈的感情（可能是輕蔑、驚訝、讚歎等）。語氣上更像是在「評判」或「總結」，往往帶有否定或誇張的意味。「頑張ろうとしないで、文句ばかり言う男なんて、大嫌い」

把「不努力又愛抱怨的男人」概括成一類，並表達強烈的輕蔑和嫌棄，像是在說「這種男人真是太差勁了」。

「ったら」感情色彩相對溫和，通常帶有無奈、親昵或輕微的不滿。即使有輕蔑，也不會太強烈，更多是說話者對熟悉對象的感嘆。語氣上更個人化，像是在自言自語或與親近的人聊天時使用。

- あの人ったら、いつも遅刻するのよ。（那個人啊，總是遲到。）
  語氣裡有點抱怨，但不一定是強烈的輕蔑。

「なんて」感情色彩更強烈，輕蔑或否定的意味通常更明顯。它可以用來表達強烈的反感、驚訝或誇張的評價。語氣上更具批判性，像是在公開表態或宣洩情緒。

- こんな汚い部屋なんて、住めないよ（這麼髒的房間，我才住不下去呢。
  語氣裡有明顯的嫌棄）

「ったら」多用於描述具體的人或事物，尤其是說話者熟悉的對象（家人、朋友等）。
常見於日常對話，特別是女性用得較多，帶有感性或撒嬌的感覺。不一定總是輕蔑，也可以用來表達驚訝或讚歎。

「なんて」可以用於更廣泛的對象，不限於熟悉的人，也可以指抽象的事物或某類型。
適用於表達強烈意見的場合，無論是正面（驚歎）還是負面（輕蔑）。在否定語境中，輕蔑感更突出，且常伴隨誇張的語氣。

- あいつったら、毎日ゲームばかりしてる。
  （那傢伙啊，每天只知道玩遊戲。）
  語氣裡有點無奈和輕微的不滿，但不一定是強烈的輕蔑。

- 毎日ゲームばかりしてるあいつなんて、嫌いだよ。

（每天只知道玩遊戲的那傢伙，我討厭他。）
語氣更強烈，直接表達嫌棄和批判。

◆ 03. 的練習，選自本課「句型 2」的例句。「さすがに、これを持って出かけようとは思わないね」當中的「さすがに」有「果然」、「畢竟」或「實在是」的意思，用來表示某件事情符合預期，或者在某個情況下顯得理所當然。整句話的意思是「果然（或實在是），我不會想帶著這個出門」。這裡的「さすがに」表達了一種理所當然的判斷，可能是因為「これ」（這個東西）太不方便、太奇怪或太不合適或太笨重之類的。

此外，「さすがに」來自於ナ形容詞「さすが」轉為副詞形。它除了有「就連...也都」的意思以外，也有「真不愧、名不虛傳」的意思。

・大人しい彼もさすがに怒った。（就連溫馴的他也都生氣了。）
・さすが本場の味だ。（真不愧是正統的味道。）

◆ 04. 的練習，選自本課「句型 3」的例句。「誰もいないはずなのに、足音がする」，主要練習進階複合表現「はずなのに」，與第 39 課「句型 3」學習到的表逆接的「のに」一起使用，表達「某件事情本來應該是某個預期的狀態，但實際情況卻與這個預期相反」，口吻中帶有一種驚訝、困惑或矛盾的語感。整句話的意思是在表達「按理說沒人（可能是因為環境、時間等因素），但實際上卻有腳步聲」，因此讓說話者感到意外或疑惑。

◆ 05. 的練習，選自本課「句型 3」的例句。「スマホ、見なかった？この辺に置いたはずなんだけど...」，主要練習進階複合表現「はずなんだけど...」，就是第 34 課「句型 3」所學習到的「〜んですが」的常體口語表現，用來「開啟一個話題」。整句話的意思是「說話者認為自己把手機放在這個地方（可能是因為習慣或記憶），但現在卻找不到，所以語氣中帶著疑惑，因此開啟這個話題，隱晦地希望對方幫忙確認或提供線索」。

◆ 06. 的練習，選自對話本文。「今日お伺いすることになっていたんですが、急

な用事ができてしまって」當中的「んですが」，用法與05.的練習當中所提到的「んですが」一樣，用來提出這個話題。而「ことになっていた」則是第58課「句型2」所學習的「表目前預定」的「ことになっている」改為た形而來，用來表示「本來／原本的預定」。

因此「ことになっていたんですが」就是用於說話者「提出一個話題，而這個話題說，原本是預定要做...的，但（預定發生了改變）」。整句話的意思是「今天原本已經安排好我要來拜訪的，但是突然有急事冒出來了…」。

◆ 07. 的練習，選自對話本文。「お客様が現場で暴れ出して、帰ろうとしないんですよ」，這裡練習本課「句型2」，表示「第三人稱不願意做某事」的用法，並配合「～んですよ」，把前面的情況作為一個事實提出來，並嘗試向聽話者說明，帶有「這就是現在的狀況」的語感。

「～んですよ」在這裡讓語句聽起來像是說話者在向聽者訴說一個棘手的情況，可能帶有點抱怨或無奈的語氣（例如服務業員工在向同事或上司報告）。它不僅僅是陳述事實，還隱含了「這件事有點麻煩」、「我希望你明白這狀況」的感覺。在日常對話中，這種用法很常見，尤其當說話者想讓對方感同身受或期待回應時。

◆ 08. 的練習，選自對話本文。「これから先生のお宅にお伺いすることができなくなりました」當中的「～なくなりました（なくなった）」，為第44課「句型3」所學習到的，表狀況轉變的「ようになりました」的否定型態。意思就是「原本可以去老師家拜訪的，現在因為狀況變了（客人在現場大鬧），因此去不了了」。

◆ 09. 的練習，選自對話本文。「わざわざお時間を取っていただいたのに、行けなくなって、申し訳ございません」，這裡練習「～ていただいたのに、～申し訳ございません」。此用法已於第56課「句型2」學習過，用來表達說話者對於「聽話者專程為自己做了此事，但自己卻辜負了聽話者」的心情。

◆ 10. 的練習，選自對話本文。「できれば、面会の時間を明日の午前中に変更させていただけないでしょうか」當中的「～（さ）せていただけないでしょうか」，

為第 56 課「句型 4」所學習的，表請求對方給自己允許的「～（さ）せていただけませんか」更委婉、客氣的講法。

「～ないでしょうか」這種語尾帶有更強的試探性和柔和感，給人一種小心翼翼、極度謙虛的印象。因為用了否定形式「～ない」，再加上疑問「でしょうか」，整體語氣顯得更迂迴，像是「我不太敢確定您能不能允許我這樣做，您看行不行？」。適用於非常正式或需要極度謙卑的場合，比如對地位高的人或初次拜託時。對話文中的這個語境，很明顯是因為青木先生捅了婁子（客人大鬧不走），而造成了荻原老師的困擾，因此更謙卑地向荻原老師懇求更換面會的時間。

◆ 11. 的練習，選自對話本文。「午前中に、なんとか解決できそうです」當中的「なんとか」是一個副詞，意思是「設法」、「好歹」、「勉強」，表示某事可能不容易，但會盡力做到。帶有一種「不確定但努力嘗試」的語感，像是「總會有辦法的」。

「できそうです」則是第 49 課「句型 3」所學習到的樣態助動詞，表示「看起來像是」「似乎能」，語氣上帶有可能性而非絕對肯定。「解決できそうです」意思是「看起來能解決」。這是說話者對於目前情況的判斷。

這句話表達了說話者對「在上午解決這個問題有一定的信心」，但因為用了「なんとか」（設法）和「そうです」（看起來），語氣並非百分之百確定，而是帶有一點謹慎的樂觀。

◆ 12. 的練習，選自對話本文。「遅くても夕方までには帰っていただかないと（困ります）」當中的「～ないと」後方省略了「困ります」。此用法於第 40 課「句型 2」學習過，表示「如果前方語境不成立，說話者將會感到困擾」。

「帰っていただく」改為非敬語的形式就是「帰ってもらう」，意思就是「請鬧場的客戶回去」。整句話的意思是「如果他在傍晚沒回去的話，我們公司就會很困擾」。

第55課「句型4」，曾經學習過「元気でいてくださらないと困ります」的表現。兩者都用於表達「如果（對方）不做某事我會很困擾」。差別在於「～てくださる（くれる）」的動作主體為「對方」，而「～ていただく（もらう）」的動作主體為「己方（我請對方做）」。

因此像是55課，希望奶奶長命百歲的例句，就較不適合替換為「元気でいていただかないと困ります」，因為這並非我方主動去要求奶奶去做某事的語境，而是期望奶奶的狀態能常保健康，且奶奶能否長病百歲，並不是我方單方面說了算的問題。

而本課要請鬧場的客戶回去的語境，也不太適合替換為「帰ってくださらないと困ります」。因為這裡帶有「我方」想叫客戶滾蛋的含義在，而不是「極度客氣且帶有懇求感，抬高對方地位，像是說話者在低姿態地請求」的語氣。

延伸閱讀

◆ 在日本商業文化中,「クレーム」(客訴)原本是顧客表達不滿的正當途徑,然而,當部分顧客將其推向極端,要求店員「土下座(どげざ)」(跪地道歉)時,這一行為已超越合理範圍,演變為「カスタマーハラスメント」(顧客騷擾,簡稱「カスハラ」)。這種現象不僅挑戰服務業的傳統價值,也促使日本法律做出調整。

日本服務業長期秉持「顧客至上」的理念,店員被要求以極高忍耐力應對投訴。然而,這種文化卻被少數人濫用,轉化為對員工的壓迫工具。「土下座」作為傳統中極端的謝罪形式,本應用於重大過失,如今卻成為顧客羞辱店員的手段。例如,2013 年札幌某服飾店顧客因商品瑕疵要求店員下跪並錄影,事件曝光後引發爭議。這顯示,客訴已從改善服務的初衷,淪為權力展示的舞台。這種扭曲不僅破壞商業互動的和諧,也暴露了文化價值在現代社會的脆弱性。

當客訴越界,對員工造成精神或身體傷害時,便構成「カスタマーハラスメント」。厚生勞動省將其定義為投訴中「要求與手段不符,且危害工作環境」的行為,例如要求「土下座」、長時間辱罵或威脅。這些行為對員工心理構成沉重負擔,可能引發壓力疾患或離職。以運輸業為例,一名員工因配送延誤被強迫下跪,事後身心受創,企業也因員工流失付出代價。這種騷擾不僅傷害個體,更削弱企業運作效率,凸顯規範的迫切性。

面對「カスハラ」的氾濫,日本法律的調整勢在必行,且已見成效。首先,既有法律提供基礎保障。刑法中的「強要罪」(第 223 條)與「名譽毀損罪」(第 230 條)可懲處威脅或羞辱行為,店內鬧事則適用「威力業務妨害罪」。然而,這些規範多針對結果而非預防,難以全面遏止問題。2020 年《勞動施策綜合推進法》修訂強化企業責任,要求防止職場騷擾並間接涵蓋「カスハラ」,厚生勞動省的指南更敦促企業建立保護機制。這雖非強制法規,卻為員工權益撐起保護傘。

最值得注意的是地方立法。2024 年東京都通過《カスタマー・ハラスメント防止條例》,於 2025 年施行,明確禁止無理要求與過度糾纏,成為全國先例。群馬

縣與北海道隨後跟進，顯示地方自治體對此問題的重視。雖然缺乏直接罰則，但透過教育與企業合作，這些條例試圖從根源改變社會觀念。法律的進展反映出，日本正從「顧客至上」的單向思維，轉向平衡顧客權利與員工尊嚴的雙贏模式。

「クレーム」與「土下座」的現象，從合理投訴演變為顧客騷擾，既是文化慣性下的產物，也是現代商業的挑戰。日本法律從既有規範到勞動法調整，再到地方條例的制定，逐步回應這一問題，試圖在服務精神與勞動權益間尋求平衡。對企業與個人而言，理解並適應這些改變，不僅能減少爭議，更有助於構築更健康的商業環境。カスハラ的遏止，仰賴法律的完善，更需社會觀念的轉變，唯有如此，才能讓「顧客至上」回歸其本意，而非成為壓迫的藉口。

穩紮穩打日本語 中級1

解答

第 49 課

「句型 1」練習 B

1. ① A：気分が悪そうですね。
　　 B：ええ、二日酔いなんです。
　 ② A：そのノートパソコン、重そうですね。
　　 B：いいえ、とても軽いですよ。
　 ③ A：斎藤くんは頭が良さそうですね。
　　 B：ええ、東大出身ですから。
　 ④ A：あの新人は真面目そうですね。
　　 B：ええ、素晴らしい人材です。
　 ⑤ A：このかばん、便利そうですね。
　　 B：いいえ、重くて、持ち歩くのに大変なんです。
　 ⑥ A：日向ちゃん、嬉しそうですね。
　　 B：ええ、学級委員長に選ばれたんです。

「句型 2」練習 B

1. ① あの先生の授業は、面白くなさそうです。
　 ② この椅子は、丈夫じゃなさそうです。
　 ③ 彼は、お金がなさそうです。

2. ① いいえ、あまり美味しくなさそうです。
　 ② いいえ、あまり有名では（じゃ）なさそうです。
　 ③ いいえ、いい男では（じゃ）なさそうです。

「句型3」練習B

1. ① そろそろ雨が止みそうですから、もう少し待ちましょう。
   ② バスが行っちゃいそうですから、急いでください。
   ③ トイレットペーパーがなくなりそうですから、買っておいてください。

2. ① 円安ですから、海外からの観光客がこれからも増えそうです。
   ② 今年は暖冬ですから、桜が予想より早く咲きそうです。
   ③ あちこちで戦争が起こっていますから、
      食糧の価格がさらに上がりそうです。

「句型4」練習B

1. ① 来そうにありませんね。
   ② (一週間では) 治りそうにありませんね。
   ③ 上がりそうにありませんね。
   ④ (一晩では) 覚えられそうにありませんね。
   ⑤ (5,000万円では) 買えそうにありませんね。

2. ① 物価が上がっても、私の給料は上がりそうもないです。
   ② 不景気ですから、お客さんは増えそうもないです。
   ③ この仕事は難しくて、私一人ではできそうもないです。

語句練習

01. ① 琥太郎君は暇そうですから、デートに誘おうと思っています。
    ② 新しいiPhoneはよさそうですから、買おうと思っています。

02. ① あの人はいい人じゃなさそうだから、
    あまり関わらないほうがよさそうだね。
    ② ここは治安がよくなさそうだから、
    このマンションは買わないほうがよさそうだね。

03. ① 今にも戦争が勃発しそうだから、早く海外へ脱出したほうがいいよ。
    ② 今にも株式市場が暴落しそうだから、
    持ち株を全部売却したほうがいいよ。

04. ① 彼のことを忘れるのに、もう少し時間がかかりそうです。
    ② 自分の気持ちを整理するのに、もう少し時間がかかりそうです。

05. ① あの二人は、当面（当分の間）結婚しそうにありません。
    ② 社長は、当面（当分の間）引退しそうにありません。

06. ① 3日ぐらい休んでいるんだけど、風邪まだ治りそうになくて…。
    ② 娘の誕生日で早く帰りたいんだけど、
    仕事がなかなか終わりそうになくて…。

07. ① お前、何呑気なこと言ってんだ。
    ② お前、誰のおかげで飯食ってんだ。

08. ① よし、あいつが入社したら、しごいてやろう！
    ② よし、逆らう奴らを全員殺してやろう！

09. ① 美味しくなさそうだから、割引してもお客様が買ってくれるかどうか…。
    ② このかばんは有名なブランドではなさそうだから、リサイクルショップに持ち込んでも、買い取ってくれるかどうか…。

10. ① 弁護士を通して、話し合ってもらったほうがいいと思いますよ。
    ② 正規なルートを通して、送金してもらったほうがいいと思いますよ。

11. ① 妻に毎月それだけお金を使われては、破産してしまいそうだ。
    ② こんなに働かされては、過労死しちゃいそうだ。

12. ① そんなに彼女が好きなら、プロポーズしてみたらどうですか。
    ② そんなに彼のことが気になるなら、お茶にでも誘ったらどうですか。

第 50 課

「句型 1」練習 B

1. ① 呉さんは、まずそうな飲み物を飲んでいます。
   ② 清水さんは、高そうなかばんを持っています。
   ③ 五十嵐さんは、真面目そうな人と付き合っています。
   ④ 3匹目の子豚は、丈夫そうな家に住んでいます。

2. ① 危なそうなスポーツですね。
   ② 汚なそうなシャツですね。
   ③ 友達が少なそうな人ですね。

「句型 2」練習 B

1. ① 子供たちは、元気そうに遊んでいます。
   ② 穂花ちゃんは、気持ちよさそうに寝ています。
   ③ 晴翔君は、いつも寂しそうに一人で本を読んでいます。

2. ① 危うく道で転びそうになった。
   ② 危うく階段から落ちそうになった。
   ③ 危うく海で溺れそうになった。
   ④ 危うく交差点で轢かれそうになった。
   ⑤ 危うく大怪我をしそうになった。
   ⑥ 危うく山で遭難しそうになった。

「句型 3」練習 B

1. ① 父の話によると、兄は来年、自衛隊に入隊するそうです。
   ② ニュースによると、北朝鮮がまたミサイルを発射したそうです。
   ③ 王さんからの手紙によると、大阪での起業がうまく行っているそうです。
   ④ 乗り換えアプリによると、次の電車の到着は、およそ20分後だそうです。

2. ① A：李さんが飼っていた猫が亡くなったそうですよ。
      B：それで、彼は元気がないんですね。
   ② A：あの店のラーメン、美味しいそうですよ。
      B：それで、いつも行列ができているんですね。

「句型 4」練習 B

1. ① 円安が進めば進むほど、株価が上がるんだって？
   ② あの歌手はライブ中に立ったまま気絶したんだって？
   ③ 井上さんは去年結婚したばかりなんだって？
   ④ ドバイの様子は彼が想像していた通りだったんだって？
   ⑤ えっ？遊園地で後ろから頭を殴られたんだって？
   ⑥ 佐々木君は留学するために貯金をしているんだって？
   ⑦ これ、冷やすと美味しいんだって？
   ⑧ テレビを買ったら、NHKの受信料を払わないと駄目なんだって？

語句練習

01. ① 昨日拾ってきたハムスター、今にも死にそうな感じだったよ。
    ② 菫ちゃん、今にも泣き出しそうな感じだったよ。

02. ① 戦争で死ぬ人もいれば、莫大な利益を得る人もいる。
    ② 人生を楽しんでいる人もいれば、人生に苦しんでいる人もいる。

03. ① 先生の話では、日本の経済は思ったよりよくないそうよ。
    ② 社長の話では、今期の売上は思ったより伸びなかったそうよ。

04. ① 陽平君は穂花ちゃんのことが好きだって言ってたよ。
    ② みんながそのワンピース、すごく可愛いって言ってたよ。

05. ① 美味しそうなわらび餅ね。1パック買わない？
    ② 面白そうなゲームね。ダウンロードして遊んでみない？

06. ① 論文のテーマ、もう決まった？
    ② 母の日に何をあげるか、もう決まった？

07. ① 晴翔君はバイトで疲れているから、今晩みんなと一緒に飲みに行かないって。
    ② 五十嵐さんはこの辺りは治安が悪くなったから、引っ越したいって。

08. ① 決められない会議なら、やる意味がないじゃん。
    ② やってみなきゃ、うまくいくかどうかわからないじゃん。

09. ① だからここんとこ、悲しそうに彼女の写真を眺めているんだ。
    ② だからここんとこ、偉そうに人を見下しているんだ。

10. ① 今のところ、問題はありません。
    ② 今のところ、原因は不明です。

11. ① もしかしたら、あの二人は離婚するかもしれません。
    ② もしかしたら、彼が会社を辞めるのはただの噂かもしれません。

12. ① 寝るだけだったら、この安いホテルで十分です。
    ② 今日だけだったら、付き合ってやってもいいよ。

第 51 課

「句型 1」練習 B

1. ① ええ、母が料理をしているようですね。
   ② どうやら飲みすぎたようですね。
   ③ うん。農薬がいっぱい使われているようですね。
   ④ うん。彼、忙しいようですね。
   ⑤ ええ、佐々木君はお金持ちのようですね。

「句型 2」練習 B

1. ① 今日は、真夏のように暑い。
   ② ピエールさんは、日本人のように日本語が上手だ。
   ③ 彼は、子供のような考え方をしている。
   ④ イタリアは、長靴のような形をしている。
   ⑤ この香水は、おならのような匂いがする。

「句型 3」練習 B

1. ① オレンジのような甘酸っぱい味です。
   ② 中国のような独裁的な国です。
   ③ どこにでもあるような普通の家です。
   ④ 助手のような雑用が多い仕事です。
   ⑤ スターウォーズのような緊張感あふれる映画です。
   ⑥ 下手したら死ぬような、難しい病気です。

語句練習

01. ① どうもこの肉は腐っているようだ。
    ② どうもそれは詐欺のようだ。

02. ① この彫刻は、まるで生きているようだ。
    ② あの子の考えは、まるで大人のようだ。

03. ① 彼の嬉しそうな様子から見ると、きっと大学に受かったのだろう。
    ② 外国人から見ると、日本は円安の影響で物価が格安の国なんです。

04. ① 本当の私は、あなたが思っているようなすごい人間じゃないよ。
    ② ツアーガイドは、あなたが思っているような楽しい仕事じゃないよ。

05. ① こないだ、穂花ちゃんが陽平君と教室でキスしているのを見ちゃった。
    ② こないだ、佐々木君が芸能人のようなイケメンと腕を組んで街を歩いているのを見ちゃった。

06. ① そもそも君がやれって言い出しただろ？
    ② そもそもこうなったのはお前のせいだ。

07. ① 私のこと、好きだと言ったじゃない。
    ② こうなったのも、全部あなたのせいじゃない。

08. ① 今日、学校を休もうかな。
    ② 私、陽平君とヤっちゃおうかな。

09. ① 安かったら、試しに使ってみてもいいかなあと思ってみただけです。
    ② イケメンだったら、デートしてみてもいいかなあと思ってみただけです。

10. ① これ以上の消費税の増税はごめんだ。
　　② くだらないお説教はごめんだ。

11. ① あの人と仲直りしたいなら、素直に謝っちゃえよ。
　　② やりたい仕事でしょう。だったら引き受けちゃえよ。

12. ① 今の仕事をこのまま続けると死んじゃいそう。
　　② 何かしていないと寝ちゃいそう。

第 52 課

「句型 1」練習 B

1. ① 暖かくて、春らしい日が続いています。
   ② その服、派手すぎます。もっと学生らしい服にしなさい。
   ③ 部屋には、ぬいぐるみがいっぱいあって、いかにも女の子らしい部屋ですね。
   ④ このところ、雨らしい雨も降っていない。

2. ① 教師なら、教師らしくしなさい。
   ② 社会人なら、社会人らしくしなさい。
   ③ 親なら、親らしくしなさい。
   ④ プロなら、プロらしくしなさい。

「句型 2」練習 B

1. ① 同僚から聞いたんですが、駅前に新しくできた焼肉屋が美味しいらしいよ。
   ② 天気予報によると、明日、大雪が降るらしいよ。
   ③ テレビで言ってたんですが、NISA で投資信託をこつこつ積み立てていけば、お金持ちになれるらしいよ。

「句型 3」練習 B

1. ① 決済は、現金よりクレジットカードのほうがポイントが貯まるらしい。
   ② あの店は、牛丼よりカツ丼のほうが美味しいらしい。
   ③ 資産運用は、現金で貯金するより不動産を購入しておくほうが節税になるらしい。

「句型4」練習B

1. ① 厳しいというより、性格が悪いと思います。
   ② 頭がいいというより、天才だと思います。
   ③ 難しいというより、無理だと思います。
   ④ 賑やかというより、猥雑だと思います。
   ⑤ 危ないというより、犯罪だと思います。
   ⑥ 倹約家というより、ケチなだけだと思います。

語句練習

01. ① まだ子供なんだから、大目に見てやれよ。
    ② 彼女はもう子供じゃないんだから、自分で決めさせましょう。

02. ① 最近は忙しくて、ろくに休む暇もない。
    ② 最近は忙しくて、ろくに睡眠も取れていない。

03. ① 早朝より、むしろ深夜のほうが仕事が捗る。
    ② 休日は出かけるより、むしろうちでのんびりしたい。

04. ① パチンコに行ったら、全財産を失った。
    ② ビールを飲んだら、頭が痛くなった。

05. ① 日銀が利上げしたら、株価が暴落するんじゃないかなあ。
    ② 部長になっても、給料はそんなに変わらないんじゃないかなあ。

06. ① 旅行の予定があるなら、早めにパスポートの更新をしたほうがいいと思います。
    ② お酒を飲むなら、車で行かないほうがいいと思います。

07. ① 妹の息子、つまり甥の結婚式に出る予定です。
    ② 東日本大震災の翌年、つまり2012年に日本に来ました。

08. ① この間、菫ちゃんのことが好きだって言ってたじゃん。
    ② この間、タバコをやめるって言ってたじゃん。

09. ① 承知の上で決断したことです。
    ② 両親と相談した上で決めたことです。

10. ① デフレって知ってる？
    ② 生成AIって知ってる？

11. ① デフレというのは、ものやサービスの価格が継続して下落する状態のことです。
    ② 生成AIというのは、学習データをもとに、さまざまなコンテンツを生成できる人工知能のことです。

12. ① 言い換えれば、通貨の価値が上がる現象なんです。
    ② 言い換えれば、AIが勝手に自分で学習して、進化していくことなんです。

第 53 課

「句型 1」練習 B

1. ① 泣きたいくらい（ぐらい）宿題が多い。
   ② 息が止まりそうになるくらい（ぐらい）驚いた。

2. ① 平仮名くらい（ぐらい）書けるだろう？
   ② 挨拶くらい（ぐらい）できるだろう？
   ③ 酎ハイくらい（ぐらい）飲めるだろう？
   ④ 決算書くらい（ぐらい）読めるだろう？

「句型 2」練習 B

1. ① J-POP は K-POP ほど人気がありません。
   ② 日本はアメリカほど物価が高くないです。
   ③ 今日は昨日ほど寒くなかったです。

2. ① いや、思っていたほど面白くなかったです。
   ② いや、思っていたほどうまくいっていません。

「句型 3」練習 B

1. ① 富士山ほど美しい山はない。
   ② 佐々木さんほど真面目な学生はいない。
   ③ 桜ほど日本人に愛されている花はない。
   ④ イーロンマスクほど有名な起業家はいない。

2. ① 彼女ほど大事な人はいない。
   ② 大学に受かったことほど嬉しいことはない。

「句型 4」練習 B

1. ① 彼と食事には行きたくないが、お茶くらい（ぐらい）なら行ってもいいかな。
　② あなたとは付き合えないが、キスくらい（ぐらい）ならしてあげてもいいよ。
　③ 授業をサボるのは良くないが、一回くらい（ぐらい）なら許されるだろう。
　④ エルメスのカバンは高くて買えないが、スカーフくらい（ぐらい）なら買えると思う。

2. ① 中途半端な知識で投資するくらい（ぐらい）なら、何もしないでお金を銀行に預けたほうが安全だ。
　② 自殺するくらい（ぐらい）なら、会社を辞めればいいのに。
　③ 儲けたお金を半分以上税金に持っていかれるくらい（ぐらい）なら、経費としてバンバン使っちゃったほうがいい。

語句練習

01. ① バッテリーの寿命は、3年ぐらいしか持たない。
　② 今、コーヒーを買うお金ぐらいしか持ち合わせていない。

02. ① 昨日の試験は、思ったほど難しくなかった。
　→ 思ったより簡単だった。
　② あの映画は、思ったほど面白くなかった。
　→ 思ったよりつまらなかった。

03. ① 価値観について考えさせられる小説。
　② 生きる意味について考えさせられる出来事。

04. ① ずっと、元気でいる。
　② このまま、大学生でいる。

05. ① 言わせてもらいますけど、もっと効率的な方法があると思います。
　　② 言わせてもらいますけど、あなたのその考えはどうかしてるよ。

06. ① 欲しいものがあれば買ってあげるから、機嫌を直してよ。
　　② 家事をやりたくなければやらなくていいから、俺のそばにいてよ。

07. ① もしかして彼、私に秘密にしていることがあんの？
　　② もしかしてあなた、隠し子がいんの？

08. ① 人が自分の陰口を言っているのを聞いちゃった。
　　② さっき陽平君と小太郎君が公園で喧嘩しているのを見ちゃった。

09. ① Ａ：彼、バイトをクビになったらしいよ。
　　　　Ｂ：だから落ち込んでいるんだ。
　　② Ａ：あの家、幽霊が出るらしいよ。
　　　　Ｂ：だからずっと売れないんだ。

10. ① あの人は作家として知られている。
　　② あなたは親として失格だ。

11. ① 他人のことはどうでもいいって言いたいんだね。
　　② もう俺とは関わりたくないって言いたいんだね。

12. ① こんな会社、辞めてやる！
　　② こんちきしょう、殺してやる！

第 54 課

「句型 1」練習 B

1. ① 来週行くのはアメリカです。
   ② 私が欲しいのは iPhone です。
   ③ 彼が好きなのは男性です。
   ④ 馬鹿なのはお前だ。
   ⑤ 琥太郎君が付き合っていたのは菫ちゃんだ。

2. ① 私が先週この雑誌を買ったのはコンビニ（で）だ。
   ② 私が先週コンビニで買ったのはこの雑誌だ。

「句型 2」練習 B

1. ① 部長が出発したのは成田空港からです。
   ② 晴翔君が旅行に行きたかったのは日向ちゃんとです。
   ③ 商品のお取り置きができるのは来週までです。

2. ① 野菜が枯れてしまったのは、気温が低すぎたからです。
   ② コロナで重症になってしまったのは、ワクチンを打たなかったからです。
   ③ 彼を殺したのは、彼に殺されそうになったからです。

「句型 3」練習 B

1. ① コーヒーを飲んだら、お腹が痛くなった。
   ② 泣いたら疲れちゃった。
   ③ 家へ帰ったら、ネットで買ったものが届いていた。
   ④ テレビをつけたら、好きな俳優さんが出ていた。

⑤ 一人でバーで飲んでいたら、変なおっさんに声をかけられた。
⑥ 高校時代の友人と電話で話していたら、いつの間にか5時間経っていた。

「句型4」練習B

1. ① もっと前からダイエットしていたら、ウエディングドレスが着られたのに。
   ② もっと早く気づいていたら、こんなことにならなかったのに。
   ③ もし彼に出会わなかったら、もっとマシな人生を過ごせたのに。
   ④ あと1万円あったら、買えたのに。

2. ① 面接の時、あんなミスさえしなかったら、
   今頃社員になっていたのかもしれない。
   ② あの時、親の言う通りにしていなかったら、
   幸せになれたのかもしれない。

語句練習

01. ① 佐々木君が好きなのは、女の人じゃなくて男の人です。
    ② 彼が穿いているのは、スカートじゃなくてキルトです。

02. ① こないだ、ポッドキャストとかで聞いたんだけど…。
    ② こないだ、雑誌とかで読んだんだけど…。

03. ① 会議は、すでに始まっている。
    ② 病院に運ばれた時は、すでに死んでいた。

04. ① 売上は、コロナ禍前を上回っている。
    ② インフレは、予想を上回っている。

05. ① 東京に限って言えば、すでに20代の10人に1人が外国人だ。
    ② この国に限って言えば、コロナで死んだ人より、
       過剰な自粛で犠牲になった人のほうが多い。

06. ① 物価は、ほぼ2倍になっている。
    ② 工事は、ほぼ完成した。

07. ① いったいどうしたの？
    ② いったいどういうこと？

08. ① えっ？昨日彼女にプロポーズする予定だったの？
    ② 来週、海外に行く予定だったの？

09. ① 積立投資って、一度設定しておけば、毎月自動的に買い付けが行われます。
    ② 長期記憶って、いったん覚えてしまえば、
       忘れることはほとんどありません。

10. ① ミニマムライフを始めてみたら、家具なんてほとんど必要ないってこと
       に気がついた。
    ② 同僚と話していたら、自分は、今の仕事について何もわかっていないって
       ことに気がついた。

11. ① 彼が急に帰国することになったのはどうして？
    ② 昨日の夜、遅くまで起きていたのはどうして？

12. ① もっと早く出発すれば、渋滞に巻き込まれなかっただろうに／のに。
    ② ちゃんと勉強していれば、試験に合格できただろうに／のに。

穩紮穩打日本語 中級 2

解答

第 55 課

「句型 1」練習 B

1. ① A：確認事項、もう読まれましたか。
    B：はい、（もう）読みました。
   ② A：昨日、荻原先生に会われましたか。
    B：はい、会いました。
   ③ A：先週、大阪へ行かれましたか。
    B：いいえ、行きませんでした。
   ④ A：お正月はご実家に帰られますか。
    B：いいえ、帰りません。

2. ① 長谷川さんは、去年退職されたんです。
   ② 皆さんは、お散歩に出掛けられています。
   ③ ご高齢の方たちは、毎日この公園内の散歩コースを歩かれています。

「句型 2」練習 B

1. ① 部長は、新しい車をお買いになりました。
   ② 社長は、明日の便にはお乗りになりません。
   ③ こちらの座席は、どなたでもご利用になれます。

「句型 3」練習 B

1. ① 部長の奥様は、コーヒーを淹れてくださいました／お淹れくださいました。
   ② オンラインショップにて、お客様が商品を購入してくださいました／ご購入くださいました。

③ 予約してくださった／ご予約くださったお客様、
　　誠にありがとうございました。

「句型4」練習B

1. ① 面接の方は、この部屋にお入りください。
　② こちらのワインをご自由にお飲みください。
　③ こちらの資料をご参照ください。

語句練習

01. ① あなたに会えるのを楽しみにしています。
　　② 一緒に旅行に行くのを楽しみにしています。

02. ① 敷金に関しては、部屋を引き払う際に返金されます。
　　② ご入会に関しては、事務局までお気軽にお問い合わせください。

03. ① マイナンバーカードは健康保険証としてご利用になれます。
　　② この席では電源コンセントが、お使いになれます。

04. ① たくさん応援してくださったのに、こんな結果になってしまって、
　　　ごめんなさい。
　　② 時間を割いて提案書を読んでくださったのに、ご期待に沿えず、
　　　申し訳ありません。

05. ① お降りの際は、お忘れ物にお気をつけください。
　　② ご入場の際は、必ずアルコール消毒をお願いします。

06. ① ずっと幸せでいてください。
　　② ありのままのあなたでいてください。

07. ① この近くにおしゃれなカフェがオープンしたとか聞いたんですが、
もう行ってみましたか。
② 会議で新しいシステムが導入されるとか聞いたんですが、
いつからですか。

08. ① 君、タバコ買ってきてくれ。
② おい、この書類、コピー取ってきてくれ。

09. ① 今日のお昼はサンドイッチでいい。
② 靴は履いたままでいい。

10. ① 外国人のお客様も来るだろうから、英語のパンフレットも用意して。
② 会議は長くなるだろうから、早めに昼食を取ろう。

11. ① ご出身は台湾でいらっしゃいますね。
② ご予約の青木様でいらっしゃいますね。

12. ① 今、お忙しいですか。
② 最近、お元気ですか。

第 56 課

「句型 1」練習 B

1. ① この辞書を、少しの間お借りします。
   ② 私の傘をお貸しします。
   ③ ただいまお席をご用意します。
   ④ 1組2名様をディナーにご招待します。

2. ① ご説明しますので、お座りください。
   ② 明日までにご連絡しますので、ご安心ください。
   ③ 写真をお撮りしますので、こちらにお集まりください。
   ④ お月謝をお渡ししますので、ご確認ください。

「句型 2」練習 B

1. ① 部長にゴルフセットを貸していただきました／お貸しいただきました。
   ② お客様にアンケートを記入していただきました／ご記入いただきました。
   ③ 申込書を提出していただいた／ご提出いただいた方のみ、入場可能です。

「句型 3」練習 B

1. ① よくわからないので、もう一度説明していただけませんか。
   ② すぐ戻ってくるので、少しの間、荷物を預かっていただけませんか。
   ③ エアコンが壊れているようなので、部屋を変えていただけませんか。
   ④ 空港まで友達を迎えに行くので、車を貸していただけませんか。

2. ① ご回答いただければ幸いです。
   ② 新しいプロジェクトについて詳しく説明していただければ幸いです。
   ③ ご意見いただければ幸いです。
   ④ 分析の結果を教えていただければ幸いです。

「句型4」練習B

1. ① それでは、審査結果を発表させていただきます。
   ② 早速、本題に入らせていただきます。
   ③ 抹茶、飲ませていただきました。美味しかったです。
   ④ 社員研修を受けさせていただきました。大変、ためになりました。

語句練習

01. ① 詳細につきましては、決まり次第ご案内いたします。
    ② 詳しい内容につきましては、添付ファイルをご覧ください。

02. ① 契約の内容をご確認いただきたく、ご連絡いたしました。
    ② 流れの詳細についてご教示いただきたく、ご連絡いたしました。

03. ① お仕事を紹介してくださるんですか。
    ② 探すのを手伝ってくださるんですか。

04. ① お手隙の際に、お電話ください。
    ② お手隙の際に、ご返信いただけますと幸いです。

05. ① それでは、質疑応答に移らせていただきたいと思います。
    ② また機会があれば、ぜひご一緒させていただきたいと思います。

06. ① システム担当の井上でございます。
    ② こちらが弊社の新製品のパンフレットでございます。

07. ① 新入社員のピエールと申します。
    ② 営業担当の斉藤と申します。

08. ① いつもお世話になっております。
    ② 青木はただいま留守にしております。

09. ① 就活中の学生さんに向けて、会社の説明会を開催しております。
    ② 職場での人間関係に悩んでいる人に向けて、対処法について紹介します。

10. ① 詳しく話をお聞きしながら、プロジェクトを進めてまいりたいと考えて
       おります。
    ② お客様の満足度を高めてまいりたいと考えております。

11. ① イベントにご出席いただきたく、ご連絡した次第でございます。
    ② 今後ともよろしくご指導くださいますようお願い申し上げる
       次第でございます。

12. ① お食事は、いかがいたしましょうか。
    ② 先方への返答は、いかがいたしましょうか。

第 57 課

「句型 1」練習 B

1. ① A：部長はもう昼食を召し上がりましたか。
    B：はい、（もう）召し上がりました。
   ② A：社長夫人も忘年会にいらっしゃいますか／おいでになりますか。
    B：はい、いらっしゃいます／おいでになります。
   ③ A：社長は会議室で何をご覧になっていますか。
    B：決算書をご覧になっています。
   ④ A：先生はそのことをご存知ですか。
    B：いいえ、ご存知でないと思います。

2. ① A：昨日、何時にお休みになりましたか。
    B：夜11時に寝ました。
   ② A：お嬢様、どちらのお洋服をお召しになりますか。
    B：このワンピースにします。

「句型 2」練習 B

1. ① 来週また参ります／伺います。
   ② 私はイロハ商事に勤めております。
   ③ 資料は後でゆっくり拝見しますね。
   ④ 来週、引っ越しいたします。
   ⑤ 昨日、部長のお宅でケーキをいただきました。
    旅行のお土産もいただきました。
   ⑥ ご覧に入れたい／お見せしたいものがございまして、
    ちょっとよろしいでしょうか。
   ⑦ 私から一言申し上げてもよろしいでしょうか。

⑧ その件については、何も伺っていません／伺っておりません。
何も存じません。

「句型 4」練習 B

1. ① 会費のご入金はお済みでしょうか。{ これからやる・もう済んだ }
   ② 井上さん、お客様が会議室でお待ちです。{ 今待っている・待つ予定だ }
   ③ もうお帰りですか、まだ早いのに。{ これから帰る・もう帰った }

2. ① お世話になります。春日と言います。{ 申します・申し上げます }
   ② 遅刻の理由は先ほど課長に言いました。{ 申しました・申し上げました }
   ③ 昨日、北海道へ行きました。{ 参りました・伺いました }
   ④ 昨日、先生のお宅へ行きました。{ 参りました・伺いました }
   ⑤ 一段と寒くなってきましたね。{ 参りました・伺いました }
   ⑥ 私は昨日、事務所にいました。{ おりました・いらっしゃいました }

語句練習

01. ① 先日ご注文いただきましたお品、お持ちいたしました。
    ② 先日お送りしました見積書、内容に不備があり、大変失礼いたしました。

02. ① ピエールと申します。フランスから参りました。
    今、神楽坂に住んでおります。
    ② 鄭と申します。台湾から参りました。今、吉祥寺に住んでおります。

03. ① 会議室は3階にございます。
    ② 書類は机の上にございます。

04. ① お求めの商品、ございますよ。こちらでございます。
    ② ご希望のデータ、ございますよ。こちらでございます。

05. ① 荻原先生に、ワタナベ商事の伊藤様がお見えです。
　　② 営業部の井上さんに、お客様がお見えです。

06. ① （お土産には）和菓子と洋菓子がございますが、どちらになさいますか。
　　② （本日のランチは）ロースカツ定食と天丼がございますが、
　　　 どちらになさいますか。

07. ① 滑りやすいので、お気をつけてお渡りください。
　　② 朝から大雨で足元が悪いので、お気をつけてお越しください。

08. ① ご提案の内容を見ていただき、ありがとうございます。
　　② 依頼を引き受けていただき、ありがとうございます。

09. ① 今日はお暑うございますね。
　　② ご注文は以上でよろしゅうございますか。

10. ① 現在、電話は大変混み合って、繋がりにくい状況にございます。
　　② 現在、コロナの新規感染者数が大幅に増加している状況にございます。

11. ① 中でもダイビングや釣りなどのアウトドアスポーツが特に
　　　 人気でございます。
　　② 中でも過激な内容の動画で「いいね」を稼ぐ迷惑系 YouTuber が
　　　 特に人気でございます。

12. ① 今まで AI によって自動生成された動画をご覧になったことが
　　　 ございますでしょうか…。
　　② 今まで SDGs という言葉を耳にされたことがございますでしょうか…。

第 58 課

「句型 1」練習 B

1. ① 大学を辞めることになりました。
   ② 来月、国へ帰ることになりました。
   ③ この仕事は、私が担当することになりました。
   ④ 明日開催予定のサミットには、出席しないことになりました。
   ⑤ 兄弟で相談した結果、父を介護施設に入れることになりました。
   ⑥ 父が住んでいた実家は売却しないで、賃貸に出すことになりました。

2. ① 家賃滞納を続けると、アパートから追い出されることになりますよ。
   ② 若いうちに投資について勉強しておかないと、
   　一生悔やむことになりますよ。

「句型 2」練習 B

1. ① お客様の歓迎会は、ホテルで開催することになっています。
   ② 明日、お客様に新製品を見ていただくことになっています。
   ③ 今回は、私がお客様を案内することになっています。

2. ① 毎週土曜日の夜は、夫と一緒に外食をすることになっています。
   ② 電車の中では、通話をしてはいけないことになっています。
   ③ 会社を休む時は、前日までに上司に連絡しなければならないことに

   　なっています。

「句型 3」練習 B

1. ① 大学を卒業したら、父親の会社を継ぐことにした。
   ② 次の連休は、家族で海外旅行をすることにした。
   ③ お互い価値観が違うから、彼と別れることにした。
   ④ 嫌な奴が来るから、今夜のパーティーには行かないことにした。

2. ① 大学卒業後は、父親の会社を継がないで自分で起業することにする。
   ② 生活に困っているので、父親の土地を売り払うことにする。
   ③ この仕事は、いずれ AI に取って代わられるから、今のうちに転職することにする。
   ④ 彼女は口が軽いから、もう彼女には何も話さないことにする。

「句型 4」練習 B

1. ① 認知症予防のために、新しいことには挑戦することにしています。
   認知症予防のために、新しいことには挑戦するようにしています。
   ② 老後貧乏にならないように、給料の 10％ を株に投資することにしています。
   老後貧乏にならないように、給料の 10％ を株に投資するようにしています。
   ③ 大事な要件は電話ではなく、会って伝えることにしています。
   大事な要件は電話ではなく、会って伝えるようにしています。
   ④ 忘れるといけませんから、ビットコインの秘密鍵は紙に書いて金庫にしまうことにしています。
   忘れるといけませんから、ビットコインの秘密鍵は紙に書いて金庫にしまうようにしています。

語句練習

01. ① いろいろ調べた結果、先生が間違っていることに気がついた。
    ② 二人で話し合った結果、お互いに理解し合えないところがあって別れた。

02. ① 過労のため、自ら命を絶った。
    ② 繁忙期のため、納期の調整をお客様にお願いする場合がございます。

03. ① これからお客様が来ることになっているから、その件はまた後で。
    ② これから大阪支社へ行くことになっているから、その件はまた後で。

04. ① 頑張っても、マイホームは買えそうもないので、
       ボーナスを貯金しないで全部使っちゃおう。
    ② いまさら一生懸命勉強しても、大学に受かりそうもないので、
       諦めて就職先を見つけよう。

05. ① 私、ワタナベ商事の伊藤と申しますが、陳社長、ご在宅でしょうか。
    ② 私、税理士の新井と申しますが、長谷川様、ご在宅でしょうか。

06. ① 先日、御社の資本金の増資の件で、
       ご説明させていただきました税理士の新井です。
    ② 先日、ご自宅のリフォームの件で、ご案内させていただきました小澤です。

07. ① つきましては、以下の日程の中からご都合の良い日時をすべて
       お知らせいただけますと幸いです。
    ② つきましては、次回入荷分のご予約ができますが、
       いかがいたしましょうか。

08. ① ご挨拶かたがた、お知らせ申し上げます。
    ② お見舞いかたがた、家を訪ねることにした。

09. ① この件については、早急に対応いたしたく存じております。
　　② ご提案に関して、前向きに検討いたしたく存じております。

10. ① 午後3時からなら、今のところは大丈夫です。
　　② 3時半以降なら、今のところは大丈夫です。

11. ① できれば、会議の前日までに資料を送っていただければと思っておりまして…。
　　② できれば、会議の日程を再調整していただければと思っておりまして…。

12. ① （詳細は未定ですが）とりあえず、基本的なスケジュールを立てておきますね。
　　② （会議の時間まで少しありますので）とりあえず、コーヒーでも飲みましょうか。

第 59 課

「句型 1」練習 B

1. ① 会議室を使うには、予約が必要です。
   ② 引き締まった体を維持するには、筋トレが大事です。
   ③ 会員限定のページを閲覧するには、まずはログインしてください。
   ④ 日本語の文章を正しく理解するには、豊富な語彙力が必要です。

2. ① 会議室を使うには、まず先生の許可を取ることです。
   ② 引き締まった体を維持するには、筋トレを怠らないことです。
   ③ 会員限定のページを閲覧するには、会員に加入することです。
   ④ 日本語の文章を正しく理解するには、たくさん読む練習をすることです。

「句型 2」練習 B

1. ① 困ったことがあったら、私に言ってね。一人で悩むことはありませんよ。
   ② 短い旅行なんだから、わざわざ見送りに来ることはありませんよ。
   ③ 大丈夫だから、怖がることはありませんよ。
   ④ 彼にも責任があるから、君だけが責任を取ることはありませんよ。

2. ① 気持ちはわかるが、何もみんなの前であんなに怒ることはないでしょう？
   ② 夫婦喧嘩は勝手だが、子供まで巻き込むことはないでしょう？

「句型 3」練習 B

1. ① ええ、たった今できたところです。
   ② さっき出かけたところです。

③ ちょうど今、みんなで相談しているところです。
④ 今、調べているところです。
⑤ ちょうど今から食べるところです。
⑥ まだです。ちょうど今、配車アプリをダウンロードしているところです。

「句型4」練習B

1. ① あっ、危ない！牛乳を買い忘れるところだった。
   ② 危うく浮気がバレるところだった。
   ③ あともうちょっとで交通事故に遭うところだった。

2. ① あと一日株を売り損ねていたら、全財産を失うところだった。
   ② 先生が注意してくれなかったら、自分の人生をダメにするところだった。
   ③ 銀行員が振込を止めてくれなかったら、詐欺集団に騙されるところだった。

語句練習

01. ① 一生幸せでいたいなら、とにかく自分に正直でいなさい。
    ② 年をとっても健康でいたいなら、栄養に気を配ることが大切ですよ。

02. ① 彼も悪気があって言ったことじゃないんだから、
       そんなに怒ることはないでしょう？
    ② 大したことじゃないんだから、そんなに気にすることはないでしょう？

03. ① ただいま、エンジニアにシステムの不具合を修正していただいている
       ところです。
    ② ただいま、お客様にプロジェクトの修正案を検討していただいている
       ところです。

04. ① 確かめてほしいのは、総会で取った予算が十分かどうかというところだ。
② 調べてほしいのは、提案書にある解決策が本当に有効かどうかというところだ。

05. ① お客様に文句を言われては困るからな。
② 競合相手に秘密を漏らされては困るからな。

06. ① 弁護士がなんとかしてくれるから、安心して任せなさい。
② 親がなんとかしてくれるから、今は資格試験のほうに集中して。

07. ① 早速、ご指示いただいた資料を準備して参ります。
② 早速、ご注文の品を手配して参ります。

08. ① 一日も早く、皆さんとお会いできる日を楽しみにしています。
② 一日も早く、新しい環境になれるといいですね。

09. ① 先日お送りしたメール、ご確認いただけましたでしょうか。
② 先ほどご説明した点、ご理解いただけましたでしょうか。

10. ① 土曜日にまとめて夏休みの宿題をやるから、遊びに来ないで。
② 土曜日にまとめて買い物を済ませようと思っています。

11. ① 何か他にご質問とかはございますでしょうか。
② 何かお困りのこととかはございますでしょうか。

12. ① 次の会議までに、報告書をまとめておきます。
② 夏休みが終わるまでに、読書リストの本を全部読んでおきます。

第 60 課

「句型 1」練習 B

1. ① ちょっとお昼寝をしようとしたら、インターホンが鳴って宅配便が来た。
   ② ちょうど友達に連絡しようとした時、向こうから電話がかかってきた。
   ③ タバコをやめようとしたが／しましたが、なかなかやめられない。
   ④ 僕から逃げようとしても、無駄だよ。
   ⑤ みんなに好かれようとするから、逆に友達ができないのよ。
   ⑥ 寝ようとすればするほど、目が覚めてしまう。

「句型 2」練習 B

1. ① 息子は叱られても、謝ろうとしません。
   ② あれだけ言ったのに、息子は部屋を片付けようとしません。
   ③ 息子は毎日ダラダラして、仕事を探そうとしません。
   ④ 医者にあれだけ注意されているのに、夫はお酒をやめようとしません。
   ⑤ 娘は夢ばかり見ていて、現実を見ようとしません。
   ⑥ この年頃の子供は、母親にべったりで離れようとしません。

「句型 3」練習 B

1. ① 今日は日曜日ですから、会社には誰もいないはずです。
   ② 有名なレストランですから、美味しいはずです。
   ③ 10年前に会った時、彼は小学生でしたから、今は高校生のはずです。

2. ① 若い時から資産運用を始めていたら、
     もっと多くの資産を築くことができたはずです。
   ② もし違う人と結婚していたら、もっと幸せになれたはずです。

「句型4」練習B

1. ① 俺があんなやつに負けるはずはありません。
   ② あんな質の悪いものが売れるはずはありません。
   ③ １日でこちらの単語をすべて覚えられるはずはありません。
   ④ ブランド品がこんなに安いはずはありません。
   ⑤ 何も自分でできない彼が、料理が上手なはずはありません。

2. ① あのレストランの前に行列ができていますから、
      美味しくないはずはありません。
   ② 彼はきっと来ます。自分の子供を助けに来ないはずはありません。

語句練習

01. ① あいつったら、また授業をサボったよ。
    ② 私の彼氏ったら、全然好きだと言ってくれないの。

02. ① 自分で調べようとしないで、すぐ質問してくる人なんて、大嫌い！
    ② 人の話を聞こうとしないで、自分の意見ばかり押し付ける人なんて、
       大嫌い！

03. ① さすがにこれだけの量の仕事を一人で片付けようとは思わないね。
    ② さすがにこんなに寒い日に泳ごうとは思わないね。

04. ① 出かける前に財布をバッグに入れたはずなのに、入っていなかった。
    ② 決して今は好況じゃないはずなのに、なぜか株価が高い。

05. ① メール、届いていなかった？返信したはずなんだけど…。
    ② まだ帰らないの？今日はノー残業デーのはずなんだけど…。

06. ① 今日は彼女と映画を見ることになっていたんですが、急に仕事が入って、行けなくなった。
　　② 新しいプロジェクトを開始することになっていたんですが、予算の問題で延期になった。

07. ① 彼ったら、私の言うことを全然聞こうとしないんですよ。
　　② あいつはいつも、自分の都合でしかものを見ようとしないんですよ。

08. ① 怪我をしてしまったので、サッカーをすることができなくなりました。
　　② 老眼が進んで、小さい文字を読むことができなくなりました。

09. ① ご親切に道を教えていただいたのに、迷ってしまって申し訳ございません。
　　② 手伝っていただいたのに、まだ終わらせることができなくて申し訳ございません。

10. ① できれば、次回のミーティングにリモートで参加させていただけないでしょうか。
　　② できれば、来月の出張に同行させていただけないでしょうか。

11. ① 明日のプレゼンの準備が、なんとか間に合いそうです。
　　② 雨が降り出す前に、なんとか帰れそうです。

12. ① 期限までに書類を提出していただかないと（困ります）。
　　② 今日中に対応していただかないと（困ります）。

日本語 - 14

穩紮穩打日本語 中級篇～教師手冊與解答

編　　　著	目白 JFL 教育研究会
代　　　表	TiN
排 版 設 計	想閱文化有限公司
總 編 輯	田嶋 恵里花
發 行 人	陳郁屏
插　　　圖	想閱文化有限公司
出 版 發 行	想閱文化有限公司
	屏東市 900 復興路 1 號 3 樓
	Email：cravingread@gmail.com
總 經 銷	大和書報圖書股份有限公司
	新北市 242 新莊區五工五路 2 號
	電話：(02)8990 2588
	傳真：(02)2299 7900
初　　　版	2025 年 05 月
定　　　價	680 元
I S B N	978-626-99745-0-4(平裝)

國家圖書館出版品預行編目 (CIP) 資料

穩紮穩打日本語 . 中級篇：教師手冊與解答 / 目白 JFL 教育研究会編著 . -- 初版 . -- 屏東市：想閱文化有限公司 , 2025.05
　面；　公分 . -- (日本語；14)
ISBN 978-626-99745-0-4(平裝)

1.CST: 日語 2.CST: 讀本

803.18　　　　　　　　　　　　　114006482

版權所有 翻印必究
ALL RIGHTS RESERVED

若書籍外觀有破損、缺頁、
裝訂錯誤等不完整現象，
請寄回本社更換。